此生歲月堪回首

阮兆輝 著

目錄

第二章　點滴故人情永在

第三章　愚公移山七十年

第六章　吾手寫吾心中情

信手塗鴉紙上傳

自序　無憾無悔堪回首

我在上一本書《此生無悔付氍毹》明明在〈自序〉裏說，寫了幾年才能完成，怎麼忽然在短短一年間，又出一本新書？是上一本書多出來的東西嗎？究竟是「遺珠」還是「廚餘」？兩樣都不是。這本書中有很多是本來想在前幾本書寫下、卻未動筆的內容。這本書所載的，都是一早已定下來的章節，有些甚至是在出版第一本書《阮兆輝棄學學戲　弟子不為為子弟》時就想寫下的事，卻因篇幅等緣故而押後出版。這次一口氣將舊的加上新的，一併奉上。

這麼快又趕出了一本書，你會懷疑我是否在與年齡競賽？這也不完全無關，只是並不全為此念。歸根究底，是這幾年來每出一本書，總有未盡之言，那些章節也非不重要，而今年我又多了一些想法，為我整理資料的李夢蘭與蘇仲兩位女士，覺得新新舊舊計起來，足夠成書了，於是我又萌再出一書之願。此書能成，她們兩位功不可沒。

新的自是我在前幾本書未盡之言，舊的就有我這幾十年來寫過的文章，稍加整理及修訂，已足夠成章，一次過來個溫故知新，又有另一番體會。原來我的初心還未被染污，始終如一。

我此生應已無憾無悔，但身為梨園子弟，能力所及，當盡最後一點綿力，鼓吹倡議成立粵劇資料館、為香港粵劇立史，並向國家申請粵劇「工尺譜」成為「非物質文化遺產」。這三樁未了心事，有生之年如能成就，此生就真的無憾無悔堪回首了。

【第一章】此生矢志永不移

我只是一介凡夫俗子、江湖賣藝人，實不配去談甚麼人生大道理，但總有一些規條是我此生矢志永不逾越，亦不希望有人挑戰我的底線。我不是在自鳴清高，或賣弄高深莫測，我所恪守的是放諸四海而皆準的人生道理，是父親、恩師及長輩們的諄諄訓誡。但今天的我可能是芸芸眾生眼中，一個固執、死板、迂腐、不通情、不達理，甚至窒礙他人的代表人物。

矢志永不移的規條

《禮記．大學篇》有云：「物格而後知至，知至而後意誠，意誠而後心正，心正而後身修，身修而後家齊，家齊而後國治，國治而後天下平。」儒家所謂的「正心、修身、齊家、治國、平天下」，在我看來，既是人生逐級遞進的目標和理想，也是每一個讀舊書的人都應該遵從的規條。

分析起來，可能「正心、修身」是一種人，「齊家」是一種人，「治國」又是另一種人，「平天下」也是另一種人。如果一個人可以做到「正心、修身、齊家、治國、平天下」，我覺得未必可能。我所認識的人，從背景、性格而論，都是「正心」、「修身」可能是一種人，「齊家」、「治國」、「平天下」又可能是三種人。

我常反問自己，會否像聖人「吾日三省吾身」？我自問做不到。如果我說會三省吾身，分明是假的，哪有那麼多時間去檢視自己？但我會在某時段靜下來檢視一下自己究竟幹了些甚麼。我常會覺得一事無成兩鬢斑，覺得自己沒有成就，但回心一想，何謂成就呢？其實我有些規條可能都是做人的道理。

永不違背藝術良心與初心

我永不違背的是藝術的良心與初心。藝術的良心其實很重要，縱使要我演一齣我不喜歡的戲，但只要我接演了，我都會盡心去演的。縱使那齣戲情節不合理，但為了謀生，也一定要去演。但即使不合理，也不能有誨淫誨盜的地方，不能教人去做壞事，背家叛國，不忠不孝，這是我十分注重的。如果都沒有這些問題，就算那齣戲寫得欠佳，我還是會去演的。只要我答允了演出，就必定全心全力去做，這就是藝術良心。

何謂初心？就是最初的心意、最初的原因，做某一件事的最初願望是甚麼。我為甚麼會寫這個劇本呢？又可不可以把它改到面目全非呢？這就是對初心的檢視。萬事萬物不是不可以改，但如果連初心都改掉，那就危險了！

不為金錢及環境而折腰的界線

我常聽人說：「不為五斗米而折腰」，我也常告誡自己。但是否真的能做到滴水不漏？又不是，因為人總要為口奔馳，問題是界線劃在甚麼地方？阿諛諂媚，曲意逢迎，我一定不去做。拍馬屁的事我一定不去做，惟有不去開罪別人，不站出來罵人，最多只能做到這個地步。這是我為自己劃下的一條界線。

我自行我路

我平素都是我行我素，縱使這齣戲很不濟，但我有沒有辦法演好我的角色？我自行我路，不理其他人如何演出，不評論他人的演出，選擇不作聲。有人會問我：「大家同演一齣戲，你是否沒有責任提點其他人？」但其他人會聽我的說話嗎？如果大家都不聽你的道理，是否要弄到吵架收場，大家以後還合作嗎？所以，我只能堅持自己，不會去改變他人。

大小角色一視同仁

我對大小角色，都是一視同仁看待，這是做演員必需的。如果遇到小角色就看輕，往往就會栽在小角色上，很容易因為忽視小角色，演錯了，或疏忽了。不要以為小角色就沒有人注意，別人會看到你連小角色都演不好，交不準，如何信任你可以勝任做一齣戲的主角？對演員而言，這是很重要的，如果連兩句說話都不用心，說錯了，我如何相信你可以擔演一晚的戲？所以，演員千萬不要看輕角色，舞台上沒有小角色，只有演得好還是不好。

相交以誠

《越謠歌》有云：「君乘車，我戴笠，他日相逢下車揖」，這是古人所寫人與人之間那份珍貴不變的友情。君子之交，不要看輕人，他日人家高車駟馬，在路邊相逢，都會下車打揖。我從來都不敢小看人，我憑甚麼去看不起別人？不要自視過高，如果你是一個平心靜氣、不驕傲的人，你是不會看不起人的。人總有高低起跌，尤其是我們這一行，起起跌跌很明顯，任何人都看得見。我們這一行與一般的公司員工不同，升降只有公司內部同事知道，外人未必知道，但我們這一行的升跌是無法掩藏的。請不要忘記演戲是你的職業，職業沒有好醜之分，只有自己看不起自己。如果你演出失準，那就慘了；任何位置，只要你演得好，就不需計較大小高低。這一行必然有盛衰，盛時不需囂張，衰時又不需自卑，只要堅持自己，富貴貧窮又有何分別？

永不越雷池半步

有人問我：「你有冇賭錢㗎？」我總會回答：「有呀！」有段時期，謠傳我賭錢賭到身敗名裂，我不作聲，不回應，只是一笑置之。我有賭馬，但亦只限賭馬，其他都不是我的喜好。我有時打電話到賽馬會投注，旁邊的人聽到我每注只買十元，他們都很驚訝。雖然每注只有十元，但算起來都有一定數目，當然一定不是一萬幾千的豪賭。我在賭博上會有節制，這是我的規條之一，並不是坊間所謠傳的那樣。

我也喜歡喝酒，最初只是想令自己放鬆一下，減減壓。因為演了整晚戲，要面對觀眾，又要面對劇本，還有同台的人及音樂拍和，必須很專注演出，花去不少心力和體力。散場後回到家中，躺在牀上，鑼鼓聲仍殘存腦中，可能你會覺得我有點兒誇張，但事實就是如此。這種情況在初入行時常會發生，到了現在，偶爾在睡覺時仍有鑼鼓聲在耳邊響起。這些殘存的影像和聲音，令我彷彿仍身處演出的環境中，如何可以放鬆？如何入睡？很多名演員及前輩，都曾有這種經驗，演出後要休息一下，然後吃宵夜、喝酒和傾偈。其實是喝酒、傾偈比吃東西更多，因為喝酒可以令人舒緩和放鬆。我也有這個習慣，只是在做任何工作前絕不喝酒，無論是演出、排戲、圍讀或其他工作，之前一定滴酒不沾，這個規條我是嚴格遵守的。縱使沒有工作的日子，日間我都不會喝酒，如果晚上沒有工作，我才會在晚飯時喝，而且多數是在高興的情況下才會喝。如果晚上有工作，一定要待工作完畢後，吃宵夜時才會喝酒。這是我自己的規條！

我的人生哲學

從「食齋」（吃素）中我領悟到了一些道理：到底「食齋」的理論為何？從何而來？「食齋」雖源於佛教，但其實釋迦牟尼奉行托缽正命，清淨乞食，不論葷素，別人供養甚麼就吃甚麼，要予人方便，故未強制「食齋」。有人說，「食齋」是從南北朝梁武帝而來的，他成功推行佛教全面素食。我不反對「食齋」，尤其是由於信仰及身體健康的問題，但我有點不明白，佛教戒殺生，是因為動物有生命，有血有肉，但植物呢？由種子發芽成為植物，它難道就沒有生命嗎？成長中的植物被割下來，就不等於殺生嗎？其實我不知道為何，總覺得植物也有生命。

我最反對的，卻是將齋菜稱為「酸甜齋魚」、「齋雞」、「齋鵝」、「齋叉燒」、「素翅」等，如果將齋菜改成這些名稱，吃的時候究竟應當它是魚、雞、鵝、豬、翅，還是齋呢？豈不是自己欺騙自己？

我對「出世」這個問題也有些疑惑，「出世」是指出家人的出世，相對一般人的「入世」而言。只要不對其他人構成影響，我覺得「出世」不是問題。每一種宗教都有各自的規條、生活習慣等，就算在「入世」工作中，社會都能夠容許。

例如藝人必須適應任何環境，如果不懂得適應，可能連戲都不會演。做戲就等於適應環境，今天演角色甲，明天要演角色乙，角色甲與角色乙可能完全不同，甚至自己對角色甲或角色乙完全不熟悉，那就要去了解甲、乙兩個角色的生活環境和思想方式。今天演完角色甲，明天轉演角色乙時，就要跟隨角色乙的思路及心態去演。

不故步自封

我從來也認為，學藝由開始一刻就不應停止，也必須不讓它停下來。縱然已有點成就，但也絕不能抱着「今天我還需要學嗎？」的心態。你可能覺得，在台上已能應付自如，還要學嗎？一個人沒有可能懂得全世界，我眼見很多前輩活到一把年紀，雖然未必真的在持續練功，但仍不斷在研究，如「波叔」梁醒波先生早已是前輩級人物，所識所懂還不夠多嗎？不過他不時仍會為穿戴的問題左思右想：究竟這場戲戴紗帽還是解元巾？還會拉着我們這班小子來問。試問我們哪有資格給意見？哪有資格為他決定怎樣穿戴？以他的輩份，仍肯聽取我等小子的意見、接受年輕人的新思想，實在難得。不故步自封，就不會落後，「波叔」的這種態度，令我萬分敬佩。

為甚麼要謙卑？只因一山還有一山高！

我記得父親曾經對我說，當年香港精武體育會有兩位大師中的大師，一位是李連川大師，另一位是陳子正大師。李連川是霍元甲宗師的徒弟，陳子正則有「鷹爪王」之美譽。

有一年陳子正回鄉向一位師叔拜年，回來後有人發現他近手腕處有一道很長的指甲痕。鷹爪門內有幾個用來互相練習的招式，陳子正不及他的師叔手快，被師叔一手捉住，一拉之下，在手腕上劃下了一道指甲痕。曾有人用科學鑒證的方法，證明陳子正一秒鐘可以出七次手，可想而知他的師叔有多厲害。「一山還有一山高」這個至理名言真的要謹記。當時李連川與陳子正兩位都在香港，很多人都想看兩位大師較量，而兩位每提起對方名字，都推崇備至，互相尊重，誰說「武無第二」？

訪問偽術

藝術與偽術只是一線之差。做訪問時該說甚麼？如何說？甚麼時候說？都是一門學問，也是一門藝術。我絕對不怕得罪別人，我常對別人說我對傳媒是有意見的，到底傳媒為誰服務？整個月的頭條都在講富豪爭產，與我們升斗市民有何關係？新聞價值何在？竟然還有人說市民喜歡看。偶一為之在所難免，但每天都在報道相近內容，我不喜歡看，為何不提供其他資訊給我看？是誰決定哪些新聞是大多數人喜歡看的呢？令我感到莫名其妙。不要忘記，傳媒可以左右很多人的思想。我並不反對新聞自由，傳媒有報道的自由，但有自由是否就可以整個月刊登淫照？是否就可把富豪爭產的事天天見報？這些資訊與一般市民的關係何在？傳媒操守實在是很重要的。

談到訪問技巧，我常接受訪問，但我一定會問對方是來自哪一家報館或雜誌社的記者。我不是害怕某些報紙或雜誌帶有政治色彩，而是很怕記者的訪問早已設定路向，將你導入他們需要的答案裏，斷章取義，違背了自己的原意，這是最要不得的。傳媒做訪問，理應是想聽取我的意見，有話照錄，而不是把我硬拉進他們的圈套中，得到他們想要的答案。這是做傳媒絕對要不得的行為。

經常出現的提問，莫過於訪問來香港的海外團體或名人「喜不喜歡香港呀？」哪有跑慣碼頭的人會説「我不喜歡這地方」？怎可以這樣訪問別人？現在我常見到這些廢話訪問，有時還看到多位主持人在屏幕前爭着説話，為甚麼會變成這樣？以前我們每晚演出《歡樂今宵》，如果一班人爭着説話，七嘴八舌講個不停，會令觀眾感到厭煩。我們會分配誰去講哪一個部份，各自會負責自己要講的部份，當然不能講錯，或口齒不伶俐。不過，現在經常看到當某藝人正在説話時，旁邊竟有人強行插嘴打斷他的話，但到他講自己負責的部份時就變得一團糟，不知所云，我真的不明所以。有人説：「阮兆輝，你落後喇！宜家興咁！」其實我在無綫電視工作的後期，已開始出現這個現象。甚至到了海外做嚴肅訪問，介紹某個戰爭紀念碑時，有沒有想想這個紀念碑是為幾多死難者而立？或是因為國家損失多慘重而立？即使已成歷史，但是否適合在紀念碑前嬉戲呢？這是我絕對反對的，連基本尊重也欠奉。你不尊重別人，休想別人尊重你！

本土何價？有資格自稱是「國際大都會」嗎？

近年日本及韓國的演藝事業蓬勃發展，興起的全是本土藝術。中國香港自詡為「國際大都會」，應如何自處呢？「國際大都會」是否只崇尚外國藝術，而忽略自己本土的藝術？美國的歷史很短，也會固守屬於自己的東西，如民謠、校園民歌等，但請看看香港如何看待自身的文化。我並不反對吸收或引進外國的藝術，但絕不可丟棄自己本土的藝術，不能以非主流藝術來抹殺它的存在價值。這是尊嚴的問題，亦是我堅持的原則之一。

有人說粵劇可以代表香港的本土藝術，但有人尊重嗎？政府只在金錢上資助，這不算尊重。不單政府如此，整個香港的文化氛圍也如此。單看用字，日本叫「人氣」，我們又跟着叫「人氣」，日本人說甚麼，我們就跟着說甚麼。好端端一碟芥蘭炒豬肉，現在要叫做「豚肉」。「豚」字原本是漢字，在我而言，我不覺得應該這樣做，這是民族尊嚴的問題。不要人云亦云，學別人叫甚麼「祭」，要知道中國人只有人死了才叫「祭」；日本的「祭」即是中國人的「節」。當然日本有自己的用意，我也同意有時「節」等於「祭」，但如果全部稱之為「祭」，則有點過份。

香港自稱為「國際大都會」，但卻不認識自己的文化藝術，甚至連一家民營劇場也容不下，這像話嗎？多年來，很多人都說我是妙想天開，我的好友曾為我搜集世界上幾十家古舊劇場的資料，難道倫敦地價就不貴？紐約房價就不高？為甚麼別人可以保留那麼多劇場，香港卻不能呢？香港給人感覺是「淺」加「錢」，即膚淺的「淺」加金錢的「錢」。唉！還說甚麼「國際大都會」？

因緣際會遊遍名山大川

有人問我，那幾年在電視台的歲月有何得益？其實我得益甚多！首先是能與一班很有功力的電視人共事，從他們身上吸收不少知識，包括我們行內的前輩「波叔」梁醒波先生、「琴姐」李香琴女士。我因為加入《歡樂今宵》，一班人整天一起工作，在耳濡目染下，從他們身上獲益良多。

七十年代，無綫電視製作了不少遊記節目。那時電視台經常派我到內地出差，令我眼界大開，讓我見到很多聞名不如一見的風景及文物。能親眼看見名山大川讓我感到極度震撼。當年內地資訊不如今天發達，交通亦不如今天便捷，很多景點如非由內地省市部門安排，一般旅客根本無法一遊。例如，很多人未必去過錢塘江觀潮，即使去到亦未必可以逗留多天。我雖然未見過錢塘江最大潮的時候，但見到的都不是「小兒科」，其氣勢之磅礴，令人心膽俱寒。如果不是做遊記節目，我又怎能到訪這麼多地方呢？而且，很多地方都是省市政府招待我們的，在手續及交通上就方便得多，不用太傷腦筋。

在電視台工作的那段日子，因緣際會下，讓我遊遍名山大川，令我眼界大開，而且電視台同事和老闆都很好人。我們口中的「老闆」，是指節目最高負責人，其中梁淑怡女士就是一位很好的「老闆」。

不同界別、不同崗位、跨界別的吸收與得着

講到跨界別，説真的我也從事過不少界別。我很小就進入電影行業，更與一班大哥

哥大姐姐一齊受訓。我不太明白當時老闆為何會如此「正道」，竟要求一班新藝員受訓時必須讀史坦尼斯拉夫斯基的《我的藝術生活》和《演員的自我修養》，其他人做一世戲都未必接觸過這兩本書。那時我只是個小孩子，當然要由母親讀給我聽，但她也不認識所有字。後來我再找回此書細看，仍覺得有很多啟發。原來我們需要先認識舞台，這是訓練的開端，也是很好的學習。不知是否由於這種訓練，我開始四處尋找要學的東西，並參加訓練，吸收新知識。

「從頭做起」這個理論，我覺得是對的。一次肝炎後，我從頭做起；一次扭傷頸部導致半身不遂，我又從頭做起。我心想，因為是從頭做起，所以不覺得辛苦。我從來沒有「吓！點解又要從頭來過？」這種負面想法。電影會教我們思考，雖然有人說粵語片是「七日鮮」，其實並不盡然，但某些好導演會仔細講故事給演員聽，如李鐵先生、李晨風先生、吳回先生等幾位前輩都會很用心講解，以感動演員。我小時候常會聽到哭起來，這間接令我投入角色，對演出會有好處。

粵劇都是一樣。我現時與新秀排戲，都會講故事給他們聽，其中必定會講人物的心理。例如，王寶釧面對丈夫薛平貴出征，開始時仍能心平氣和，講一番大道理，但最終會發狂地捉住薛平貴，因為是真正面對生離死別，不知何年何月才會再見。丈夫薛平貴去打仗，隨時喪命，可能永遠都不會再見了。試想想，如果不對新秀演員解釋這種情懷，他們無法理解，如何演得好？現在我不論與別人排練粵劇或舞台劇，都會向他們詳細講解，不是教動作或唱腔，這些大有師傅可以教他們，我是教他們為甚麼要這樣做，是一條線那樣延續下去，連貫整個感情。這不是平常人能懂的，必須懂做戲才會明白，才能將感情連貫起來，做成一種「圓」的感覺，而且是綿延不絕的「圓」。有些叔父雖然演得好，但總有「斷」的感覺，就是因為他們的感情不連貫，欠缺「圓」。這不是指動作上連貫，動作做完就一定會斷，但眼神、心態、感情卻未完。如果動作停止連帶感情也停止，你的演出就完了，基本上就不能做戲。

現在我除了是演員，還會擔任導師或總監。我十分反對戲曲設有導演，因為戲曲演員必須懂演戲，才有資格踏上舞台，那何來需要導演？不過，現在流行導演制，我只有無奈！我和演員排戲時是排感情，告訴他們整齣戲需要表達哪些感情、為何這支曲要這樣寫、為何這段曲要這樣唱。編劇或撰曲人不用自己是名演員，但必須知道演員如何演，才能寫下去，而不是寫了出來叫演員自己揣摩。如是這樣他就不配做編劇或撰曲人了。

劇本乃「一劇之本」，編劇除了要懂得一齣戲的基本知識外，還要清楚表達這齣戲的中心思想，讓觀眾明白，這是十分重要的。來龍去脈要先講得清清楚楚，再進一步就是希望觀眾看完後有所啟發，能引導他們思考。但我們不希望觀眾在看戲時思考，因為他們容易錯失戲中某些唱段或表演。我們希望觀眾一氣呵成看完全劇，而如果這是一齣好戲，觀眾走出戲院門口，一定會將戲帶回家，思量劇中情節為何如此？為何劇中會有這樣的人出現？這樣的人是如何形成的呢？為甚麼世界會這樣不公平？一旦有不公平，就會惹起人的同情，他們就會思考身邊有沒有這些人存在？有沒有這種現象發生？觀眾會反省自己有沒有做過類似的事？如何去拯救同樣遭遇的人？這是一個進程，看完一齣戲後覺得不開心，覺得不公平，就會將這個故事延伸下去。這是我們希望得到的效果，這也是戲曲作為「高台教化」的社會功能。如果一齣戲有啟發性，可引發觀眾思考，那就更加理想。

有很多道理其實是很有趣的，我父親曾對我說「自立」二字，何謂「自立」？其中一個要求，就是自己可以養活自己，但這是否足夠呢？如果屋裏只有你一個人，你可以生活到嗎？很多人未必可以。買餸、煮飯、鋪牀、摺被你懂得做嗎？可能你會說：「請個工人不就解決了嗎？」但如果工人生病或辭職，如何是好？出街食囉！那就不算是自立了。「自立」就是真真正正在沒有任何人幫助下，可以自己照顧自己，那才算「自立」。

「自由」的大前提，應該還要加上「自律」在前。「自由」不等於可以胡亂來做，「自由」應該與「自律」掛鈎。我從事過很多跨界別工作，包括播音、電影、電視、戲曲、話劇、舞台劇，甚至曾在夜總會唱歌，每一行都有各自的規矩。有些行業的習慣是必須知道的，也必須遵守，總不能恃着做了幾十年演藝工作，就不理其他行業的規矩。正所謂行有行規，例如進入電視台的錄影廠，在全廠關了燈、只開着工作燈的情況下，未開機、未錄影、未試戲，我們也不敢在錄影機鏡頭前走過，這是習慣，亦是規條，需要大家自律。只要你做這一行，就要知道行規。這是最簡單、最顯淺的道理。

孔子的大同理論是烏托邦嗎？

孔子的大同思想，出自《禮記．禮運大同篇》：「大道之行也，天下為公，選賢與能，講信修睦，故人不獨親其親，不獨子其子，使老有所終，壯有所用，幼有所長，鰥、寡、孤、獨、廢疾者皆有所養。」大同思想是我們對未來理想世界的美好憧憬。

我不是研究孔子的學者，但讀過《論語》數篇，那是父親挑選合適的篇章給我讀的，原因是當時我年紀太大了，已經十多歲，他覺得不要從頭開始背《四書》；加上我正忙於拍戲，基本上沒時間讀書。我同意他的見解，他那輩人是先把《四書》背熟，然後才教，初時只背誦而不用理解，老師亦不會解釋給你聽，總之就是背了再算。據說以前香港很多英文學校都用這種教法。我跟隨父親的說話，他認為我不適合從頭開始背誦，就由他安排。我曾經懷疑，為甚麼我十多歲才開始讀書，就不可以由全部背誦開始？原來真的不能，因為我不會安安份份地先背熟這麼多篇書，然後才去理解。舊時的讀書方式，是真的要讀到滾瓜爛熟，連「拍醒都識背」，但我自問做不到，父親明白這點，所以才一篇篇的教導我。

某些孔子的學說我當然讀過，但不是全部都讀過。後來胡國賢校長寫了一齣《孔子之周遊列國》，請我演出孔子一角，他們認為我適合，但我卻十分戰戰兢兢，不知能否勝任。我是在認真考慮後才答允演出的。胡校長把不少《論語》的文字套入劇本中，有些我曾經讀過，有些卻沒有讀過。我曾為孔子的大同思想做了些研究，孔子之所以要周遊列國，是因為他在魯國鬱鬱不得志。他初時在魯國位居要職，備受重用，後來魯國君主不再聽信他的道理，寧聽佞臣之言，他的權力因而被削弱。孔子感到周天子的禮樂已經散失，人心開始崩壞，在魯國也難以實行他的政治抱負，為了尋找實施仁政的國土，開始周遊列國，希望將自己一套大道理傳達給天下人。孔子離開魯國後，周遊列國十四年，受盡冷嘲熱諷，也受到熱情接待。因為他的名聲與學問，故他所到之處，國君皆賞賜高位，但卻不予重用，沒有君主聽從他的大同理論來治國。

究竟大同思想是否不適合國君的心意？其實是既得利益者不願放下利益。施行大同的理念，又會否影響君主們既有的權力？還要天下臣民都願意奉行大同思想，又能否做得到？君主在既得利益下，大多不願意實行大同的治國理念。我在接到《孔子之周遊列國》的劇本後，也曾研究孔子的大同思想，發覺其實是無法實行的。孔子周遊列國十四年，最終可以感化多少國君？又可以感動多少人民？我曾經有個奇怪的想法，如果當時他從游説人民及群眾開始，進而感化國君，又會否成功？但恐怕會招來另一個下場：很容易令掌權者認為他利用群眾去反抗自己，最終與耶穌走上一樣的路。到底大同思想是否最理想，就如烏托邦一樣？如果無法實行，或並不是想像中的理想，是否就此否定孔夫子的學説？我不是反對聖人學説，而是想可否抽絲剝繭地將學説中能實行的東西引申出來？其實大膽地講，孔夫子的大同學説是理想的，但大同行動是失敗的，因為根本無法實行。

恪守師傅的教導

在幾十年裏，我未試過違背所有師父（傅）的教導，無論是我叩頭的師父，還是交學費的師傅。他們有很多道理和教導都是很好的，我從第一天練功或拜師開始，一直恪守至今。不論練功或學戲，其實都有一套基本功，我直到今天在舞台上仍然謹記師父（傅）教導，如何行或站，眼跟手，仍舊照着他們所教去做，從沒變過。

有人曾問我，如果有不適合自己的做法如何處理？如果真的不適合自己，當然要變，但我沒有遇過太不適合自己的做法，那又何樂而不為？師父（傅）教完基礎後，慢慢會引申出其他的知識，如穿蟒要怎樣行？穿海青又要怎樣行？這些都是由基本功的步法引申出來的。

又如揸槍，師父（傅）會教你「揸槍尾、睇槍頭」。揸大刀時「最緊要睇住大刀尾」，因為着大靠有背旗，揸槍要睇住槍頭」。因為那支槍一動，整個身體都會跟着動，所以只要雙眼跟住槍頭，就可以避開背旗，不會碰到它；揸大刀的道理亦相同，「睇住大刀尾，大刀就不會扣入大靠的背旗內」。這些看似沒甚特別的道理，其實全是大道理。最初練習時，師傅一定會教你「揸槍尾、睇槍頭」，但慢慢可能忘記了，以為自己要槍花已要得出神入化，應該不會出錯吧？結果一不留神就栽在細微處。所以恪守師父（傅）的教導是有好處的！

現今的人就看輕最初學的東西，他們認為，在幼稚園學的東西還要溫習嗎？誰知溫習才最有益，那是學藝路上的大道理。我永遠都叮囑後學「練功練功再練功，學戲學戲再學戲，讀書讀書再讀書」。練功排首位，因為再好戲，如果沒有功，會阻礙做戲。不讀書同樣會阻礙做戲，因為不讀書無法深入理解劇本。所以每當遇上不明白的生字、不理解的文句、不懂得唸的詞語，都要從書中找答案，或去問人，這是真真正正的大道理。拳不離手，唱不離口，功不離身，永遠是正道。以我現在的年紀，已無法如年輕時一樣練功了，但不同階段各有不同階段的功可練，當然有少數例外，例如京劇著名武生演員王金璐先生，到了八十多歲還可以做到踢腿而不僅是蹬腿，是十分難能可貴的。

從不誇口

誇口是我一直引以為戒的行為。試問誰不會誇口？但我從不誇口，從不說過頭的話。我自小見過不少「也文也武」的人，還聽人說過：「我成世人都不靠人嘅！」但做得到嗎？

你是否一出世就識行識走？你在襁褓時是否需要別人餵奶、照顧？死後是否自己跳進棺材、自己蓋棺？是否真的可以不靠別人？這個世界其實每一件事都要靠別人，你吃的米和菜都要靠農夫耕種收成。「不靠人」這句話絕對不能說，小事還勉強可以，但誇口說「一世不用靠人」就絕對要不得。第一，這會令人反感；第二，其他人會冷眼旁觀，看你如何應付，這樣你便為自己四面樹敵。到頭來，旁人縱然知道你即將撞板，也不會及早提醒你，只會在你撞板後取笑你。但如果你不誇口，縱然出現失誤，可能還有朋友助你一把，或及早勸誡和指點你，問題或有機會迎刃而解。所以，絕對要警醒自己，不可誇口，無論如何意氣風發，話也不要說過頭。

另外，也不要逼別人到死角，把別人逼到沒轉彎的餘地，這樣對方只會拼死反抗。所謂「留回一線好商量」，「退一步海闊天空」，這兩句話真是大道理。我參加過不少會議，大家在會上的意見可能大不相同，假如雙方僵持不下，那就要看對方還有沒有退路。如果別人已無退路，高手會為對方設下台階，讓別人體面地退下來，那才算真真正正的贏了。如果把對方逼到死角，只會兩敗俱傷，事情亦不會有好結果。

悔之已晚

有一句說話叫做「悔之已晚」，其實我很少出現這種情況。我大多數覺得「悔之已晚」的事情，是我想向某前輩學藝，但對方突然生病甚至已離世，結果無法成事，其他事我絕不會說：「早知就唔會咁喇！」就算賭馬，我都不會悔恨買不中或買不到，只怪自己無眼光，或因事無法下注，或忘記下注。與他人無尤，就不需要有悔恨之心。

「悔恨」二字，我只會用來表達對於無法補救的事情的那種內疚感，如還未對某人說「對不起」，他就離世了，那時我就會有悔恨之意。否則，我絕對不會為一般的事感到悔恨，因為每件事在發生當時所作的決定，我也認為是正確的，否則當時不會下這個決定。日後的變化如何無法預料，雖然最終可能變成錯誤的決定，但那並不是一種「悔恨」，只會怨自己沒有眼光，怨自己當時蠢。其實愚蠢與聰明只是一線之差，聰明人偶爾也會做愚蠢事。

【第二章】點滴故人情永在

在七十多年的歲月裏，我得到很多前輩、同輩及後輩的愛護，當中有交淺言深的，亦有君子之交的。當然亦有與我作對的，那些人我從不放在心上，雖然不會是朋友，但見面時也會點頭打招呼，除非對方當我是陌路人，這些人畢竟數目不多，亦無暇去記住。我惦記的都是值得我掛念的人，父母、妻兒與家人在我的自傳都已提及了，但總有些先賢及好友，我偶然會在心中記起他們點點滴滴的故人情懷。

關德興師傅

我在兒時拍電影時已認識關德興師傅，不單在拍黃飛鴻電影的年代，他是我拍哪吒電影中的父親托塔天王李靖。關師傅雖是粵劇藝人，道貌岸然，但有時也很時髦，穿牛仔裝、拿皮鞭，在《黃飛鴻鞭風滅燭》電影裏，他真的用皮鞭弄熄了點燃的蠟燭。

關師傅學的都是硬橋硬馬的真功夫，據行內人描述，他可以抬起單腳站立，讓花旦坐在他的大腿上，唱完一支主題曲。雖然昔日的主題曲比較短，不如今天那麼長，但不要忘記那個時代的花旦是由男人演的，體重一點也不輕，可見他的腰腿功如何了得。他外貌十分嚴肅，不苟言笑，但十分疼錫我，我長大後還不時與他見面，或我去拜候他，向他請教。可惜我當時太年輕，不懂得如何發問，如入寶山空手回，現在想起來覺得十分可惜。

關師傅可說是一部活字典，他最大的功勞之一是於一九五九年重新修復傳統例戲《玉皇登殿》，把它重現粵劇舞台，否則行內就沒有人識演了，因為很多前輩已忘記如何演出。他花了不少工夫，拉攏了不少前輩，如玉皇一角險些沒人識唱，最後他請得演正生的鄭炳光先生重上舞台演出。

關師傅在未到他拍戲的時候，常會坐在片場一角打坐，靜心等待。他見我要在片場捱夜，曾教我母親千萬不要燉補品給我吃，只燉魚頭加紅棗和薑，湯連湯渣一齊吃就可以了，現在想起來真是很有益的一道湯。「鑑叔」羅品超先生九十幾歲還在舞台上演出，有一次有人問他長壽秘訣，他說喜歡吃魚眼。魚眼是一種很好的食品，間接與魚頭有關，由此可知燉魚頭是很有益的補品。

關師傅亦懂得道家的修為，他說有時會見到一些幽魂，還會為他們超渡。與他拍戲的時候，我年紀實在太小，哪有資格與他聊天？後來我與他去英國為佛道教聯會籌款，同行的還有「麗姐」吳君麗女士，閒談間才知道關師傅的見識廣博，為人亦不古板，偶然還很西化，穿上牛仔裝。據我師父麥炳榮先生提及，以前下鄉演戲時，關師傅很怕賊，睡覺時會用石頭頂住房門，那塊石頭只有他夠力搬得動，可見關師傅力氣很大。但如在祠堂、學校等「外館」留宿，與他同住的人會很害怕：如果火燭怎樣逃生？

我在拍《黃飛鴻獨臂鬥五龍》時，聽聞他們在戲中提到「南詞妹」，是指唱南詞的女子，據說多來自湖南。究竟何謂「南詞」？我最近也在研究中。飾演南詞妹的任燕姐姐廣東話不純正，她的角色就是唱南詞的女子。我相信在清末民初仍有人唱南詞，為甚麼到現在連半點痕跡都沒有留下？我找不到任何南詞的歷史，有文字提及南詞妹等如妓女，會被捉拿，但沒有證據下不敢下斷語。

電影《黃飛鴻獨臂鬥五龍》（一九五六年）《澳門華僑報》的廣告

頂級武師

我真心多謝有心人找到這張珍貴的照片，相中人全是當時的頂級武師。中間的為「蚊叔」林蛟先生，他可能是這個「彩龍劇團」的文武生，他擅演武打戲，所以請了多位武師協助演出。相中的武師有我的師傅袁小田、呂國全、郭鴻賓、董財寶、周小來、蕭月樓、胡月亭和李鴻福。我與胡月亭和李鴻福不太熟絡，除了授業恩師袁小田師傅外，我最感恩的是周小來老師。他與袁師傅是好兄弟，見我走的「搶背」不合規格，容易發生危險，便特意提點我，叫我明天早點到後台，他為我上把，為我抄「搶背」。練了幾天，我的「搶背」完全合格了。周師傅的「搶背」全行公認第一，我真有福氣。

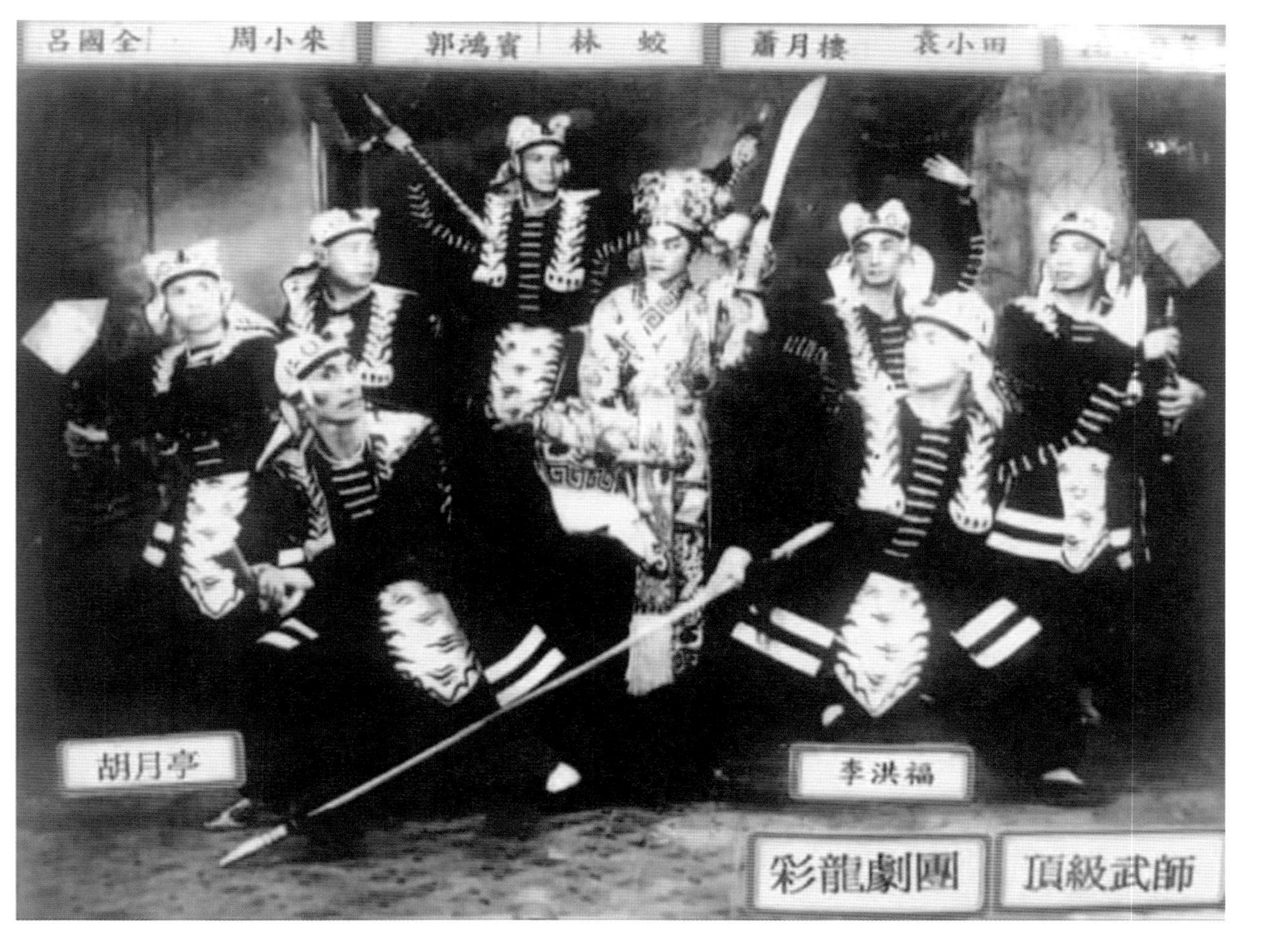

頂級武師合照，中間者為林蛟，武師有我的師傅袁小田、呂國全、郭鴻賓、董財寶、周小來、蕭月樓、胡月亭和李鴻福。

電影《黃飛鴻大鬧花燈》（一九五六年），左起劉湛師傅、「大牛叔」曹達華、「琴姐」李香琴與我。

《黃飛鴻大鬧花燈》

我對武術十分嚮往，片場內他們打的都是硬橋硬馬的真功夫。我在拍《黃飛鴻大鬧花燈》時，與劉湛師傅、「大牛叔」曹達華先生、「琴姐」李香琴女士一同演出。相中抱着我的那位就是劉家良兄的父親劉湛師傅，他是真真正正的黃飛鴻的徒孫、林世榮的徒弟。這齣《黃飛鴻大鬧花燈》也是「琴姐」第一套拍的電影。

陳斗師傅與陸智夫師傅

在武術方面，我拜了「斗爺」陳斗師傅為師。他原是學周家拳的，來到香港後開創道派，他的醉八仙拳是獨門拳術，十分有名。他曾零零碎碎的教過我一些功夫，其中包括舞獅，是師兄駱蘇教我的，由「斗爺」的兒子幫我舞獅尾。

在一個偶然的場合裏，陸智夫師傅見到我，便對「斗爺」說：「我很鍾意你個徒弟！」「斗爺」與陸師傅十分老友，還親身帶我到灣仔拜陸師傅為師。我在陸館也是學舞獅，但兩派大有不同：「斗爺」舞的獅是鶴山裝，獅頭扁長而橢圓，陸館的獅是佛山裝，獅頭大而四方；兩者所打的獅鼓亦有不同。我兩派舞獅都有學，均學得十分開心。「大乾坤劇團」有一次在香港大舞台演出，日戲由我表演舞獅子出洞，就是陸師傅教的。

陸智夫師傅教我舞獅

「大乾坤劇團」在香港大舞台演出，廣告上寫有「由阮兆輝等舞獅子表演獅子出洞」的宣傳語句。

師父與師母

我拜師時，師母是陳秀雲女士，她患上了肝硬化之症，有位名醫教她吸鴉片煙止痛。師父十分痛恨人吸鴉片，嚴禁在家中開煙局，但師母有病，十分痛苦，他無奈下允許了，但千叮萬囑我不能碰鴉片。因為師母要我為她打煙，所以我也懂得打煙。

師母最終無法戰勝病魔去世，後來師父與于素秋女士再婚。于女士與我曾拍過不少戲，彼此相識。她嫁了給師父後，表面上沒有甚麼問題，但我總覺得她與我有些隔膜。

師父如有事找我，必定一早叫我上他家，除非是閒聊，那就會下午到太平館餐廳見面，早期則是去陸羽茶室。如果是談正經事，一定是到他家。師母起牀較晚，早上猶如只有師父一人在家。他早上八點起牀，我拜師後，七時許就起牀準備服侍他，然後才渡海去練功。後來練功場沒有了，就返回師父家中練習。因為師父早起，後來我凡有要事必定早一天晚上打電話給他，告知明早會上來見他，而他如有事找我，也是叫我明天一早上來。那時兩師徒真的可以談心事，起初我十分戰戰兢兢，後來我在大班正式擔任正印小生後，他便再不像昔日那樣動輒就罵，縱然是罵，但方式已不同了，變了像朋友之間的談話。他也會顧全我的面子，不會像以前不理會是否在大庭廣眾，指口篤面就罵起來，完全不留

師父執手教我練功

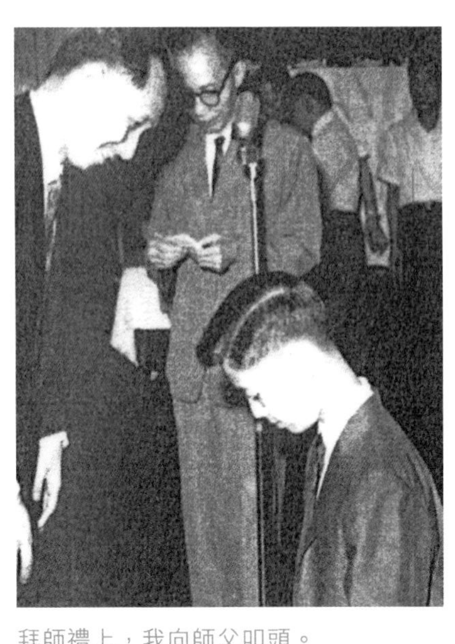

拜師禮上，我向師父叩頭。

情面。後來我們的關係變得像朋友，會出來飲茶，談天說地，會十分體貼的關心對方。

有一年我承接了在遊樂場的賀歲演出，與梁翠芬拍檔，結果所有遊樂場都獲政府批准演戲，唯獨我承接的那個在紅磡遊樂場的演出不獲批。那年我沒有了賀歲的演出，行內叫做「坐年」，當時在行內是一件很丟臉的事。那年年初一我到師父家中拜年及向他叩頭斟茶，他知道我沒有了賀歲演出，瞪大雙眼鬧我為甚麼不通知他，他說一定可以把我安插在其他班演出。他當時是「紅到發紫」，自然有這個能力，但我不想。在我看來雖是小事，但他就覺得丟臉，其實師父心裏很疼惜我。反之，今時今日過年想有戲班演出都難，真是時移勢易。

《孫悟空七打九尾狐》

我拍過幾套孫悟空的電影，但我沒有學過猴戲，可能因為當時身體輕盈，勉力而為。在拍《孫悟空七打九尾狐》時，我差點出了意外。

《孫悟空七打九尾狐》由我飾演孫悟空、陳寶珠飾演青蛇精、蕭芳芳飾演玉兔精、師母于素秋飾演九尾狐，是採用伊士曼七彩弧形闊銀幕拍攝的全套彩色電影。拍戲時，我戴着孫悟空的頭套，全身穿上海虎毛的戲服，因為彩色電影的燈光比黑白電影要強勁得多，片場熱得不得了。有一次，我與陳寶珠在水中拍攝，孫悟空要在海中心游泳，我雖然懂游泳，但誰不知那套背心戲服吸了水後變得十分之重，令我游得非常辛苦，差點出事。那時我高叫工作人員把我拖上去，但沒有人相信我，他們眼見我快沉下去，才馬上把我救上來。我那一

電影《孫悟空七打九尾狐》（一九六四年）

刻才知道穿着皮毛戲服游泳是這樣辛苦的。這次亦是我第一次游泳時飲了海水。電影中還有我最害怕的扮花旦演出，我要以女裝示人，肆意調戲反串的陳寶珠，把「他」迷得暈陀陀。

中聯電影的前輩們

中聯電影公司的演員中，不論是大明星還是一般演員，不少是我佩服得五體投地的人。

「慢電叔」黃楚山先生是其中一位我十分敬佩的前輩，他不論演任何角色都活靈活現，從來不造作，沒有半點在做戲的感覺。與他同場演出，有他帶着入戲，令我很容易投入角色。我在拍戲這段期間，能夠與這麼優秀的前輩做對手戲，真是十分幸運。

伊秋水先生、周志誠先生兩位前輩，都是

電影《母親》（一九五四年），與前輩黃楚山先生和白燕女士合作演出，還有兄長兆開。

演得很自然的演員，從不作狀。「扁姐」白燕女士、「Mary 姨」黃曼梨女士、「小容姐」容小意女士、張活游先生等都是很出色和專業的演員。

「十四叔」張瑛先生和「楚帆叔」吳楚帆先生更是頂尖人物，二人都十分好戲。「楚帆叔」動作較多，有類似話劇式的表演，但演得自然；「十四叔」則沒有太多動作。兩個人屬不同派系，但同樣好戲，不分高下。他們演甚麼人物都非常神似，絕對是「影帝級」演員。

梅綺女士是另一位我十分佩服的女演員，她不論奸險、慈祥、年輕、年老，都演得入木三分。她人既美艷，演技又好，可惜年紀不算太大就離世了。她與我拍哪吒電影時，對我照顧有加，並教我如何演戲，是一位有內涵的演員。她

電影《哪吒蛇山救母》（一九六零年），梅綺女士飾演我的母親，十分和藹可親。

與我合演電影《空谷蘭》時，其中一場虐打我的戲，逼真得連電檢處的人也以為我真的被毒打，險些令電影不准上映。只因為梅綺女士演得逼真，我才能演出被虐打的恐懼和驚慌。有時演員真的要講求對手，好的對手能帶你入戲，演起來便更得心應手。

《父母心》

《父母心》是一齣令我感覺很深刻的電影，我到今天還記得某些場景。那班演員真是好得不得了，劇本情節同樣極好。《父母心》在劇終時，最初劇本是寫送棺材上山，但所有演員都覺得實在太慘了，圍讀時大家反對這個結局安排，覺得劇情已經夠慘，沒有必要劇終時還要慘上加慘。單看劇本已令人哭出來，結果導演秦劍叔修改了結局，飾演父親的「馬大叔」馬師曾先生只說了一句：「我真係好攰！」全劇就完了。觀眾當他太攰睡着了也好，當他休息也好，不要當他死了就足夠了。

電影《父母心》（一九五五年），劇中馬師曾與黃曼梨前輩，演活了為兒子操勞一生的父母。

戲裏的「馬大叔」馬師曾、「Mary 姨」黃曼梨、「聲哥」林家聲、「慢電叔」黃楚山、「飛叔」李鵬飛、「八叔」羅家權等盡是好戲之人。《父母心》絕對值得大家懷念。

國語片的前輩們

我拍過的國語片不算多，有《愛與罪》、《逃亡四十八小時》、《青山翠谷》、《春潮》等。

當中最開心是拍岳楓導演的《青山翠谷》，幾位主角雷震、田青、蘇鳳、丁皓都是新人，反而我已不是新人。我對這套戲的印象不太深，但岳導演的態度卻令我深刻記得。我們尊稱他「岳老爺」，他從不罵人，態度和藹可親，並會清清楚楚向演員交代故事情節，說明他的要求，沒有

電影《春潮》（一九六零年）是我其中一部國語片，導演是陶秦先生。

一點脾氣。新人初演戲時總會有毛病，但他絕少發脾氣。他是一位慈祥的長者，有內涵的好導演。

我對《春潮》的印象較深。因拍攝關係，我在澳門風景酒店住了一段時間，那兒風景優美，後來結業了，十分可惜。當時我們在澳門一些僻靜地方拍外景。可惜劇中的男女主角田青和林翠已離世了，導演陶秦還是最早離世的一位。我不喜歡陶秦教導新人的方式，他對田青冷言冷語，我在旁聽了都不是味兒。他雖然是很有名的導演，我很崇拜他的藝術，卻不同意他教導演員的方式。

《李香君》

七十年代後期開始，我已很少拍電影了。有天突然接到請我拍《李香君》的消息，初時我十分意外，因為「女姐」紅線女女士返回廣州後，我就沒有與她再見面，為何忽然找我拍戲？這套電影的藝術總指導是「女姐」，她想為自己的藝術留下一個記錄，因此開拍《李香君》。聯絡我的人說是「女姐」指定找我拍的。我馬上打電話給她，對她說：「我好保守，內地舞台嘅新變化我可能唔識，我怕做唔掂嚕！」她說：「你唔使驚，我都好保守！」只因她的承諾，於是我便答應了。

我夢寐以求與偶像「蝦哥」羅家寶先生一同演出，在拍戲過程中，「蝦哥」對我十分照顧。拍攝期間，「女姐」不時會站在台上向工作人員講話，凡有這等情況，第一個借機逃竄的必定是「蝦哥」，另一個就是我。「蝦哥」很怕聽這些講話，因為已聽了幾十年，我又很怕接觸政治，所以「蝦哥」一走，我就跟着走。「蝦哥」會出去吸煙，我就在旁與他談天，話題多是演戲及內地生活，令我對內地藝人多了些了解。縱然在不同地區居住，生活方式又不同，但演戲是萬變不離其宗。後來內地的粵劇出現了翻天覆地的變化，「蝦哥」私下對我說，他並不同意，但無法改變，

香港迄今最後一部戲曲電影《李香君》（一九九零年），與我十分尊敬的羅家寶先生合作拍攝。

十分無奈。我發覺現在同一齣粵劇，香港與內地的演出法竟然不一樣，大家都稱為「粵劇」，但卻沒有共同需要遵守的規矩。

近年的電影

我近年偶爾還會在電影大銀幕上現身，例如二零一八年的《古巴花旦》、二零一九年的《戲棚》及二零二三年的《說笑之人》，也有我的份兒。

羅卡伉儷是我的好朋友，他們監製了一齣名為《古巴花旦》的紀錄片，其中發現古巴原來有兩位並非中國人的花旦演員。後來，還發現古巴曾經出現六個劇社，粵劇演出十分興旺。除古巴有粵劇演出，連南非也有粵劇演出，雖不敢說粵劇無處不在，但粵劇其實很早已向四周擴散，是一個擴散得非常快而且範圍廣闊的劇種。

《戲棚》是一齣內容豐富的紀錄片，記錄了戲棚內出現的不同族群的生活，包括戲棚師傅如何搭建戲棚、鄉民的酬神活動和劇團的表演，讓觀眾感受這一座座戲棚蘊藏的魅力。我被情商在《戲棚》客串了幾個鏡頭。我很喜歡這齣紀錄片，因為它認真地記下了戲棚的傳統藝術。搭建戲棚其實是一門非常高深的藝術，由一根根竹枝搭建成一個大戲棚，不是想像中那麼容易。早年戲棚用葵葉遮蓋，還可能有火災危險，後來改用鋅鐵後，戲棚便更加安全，就算打風，最多只會出現移位或偏側。有些戲棚更是跨海搭建的，記得有一年西貢滘西洲的戲棚因廟前空地不足，需伸出海面搭建，漁船回來時將繩索繫在棚底竹柱上，隨着潮水移動的漁船把戲棚拉翻了，戲箱倒入海中，幸好沒有人命損失。戲棚傳說是由魯班先師設計的，在中國建築上發揮了很大的作用，大型建築都需要用棚架輔助。戲棚可說是中國建築的鼻祖，有不可磨滅的價值和地位。《戲棚》榮獲「第十二屆香港電影導演會年度大獎」執委會特別獎及獲選為「第二十六屆香港電影評論學會大獎」年度推薦電影，可喜可賀。這電影的成功，當時西九文化區管理局表演藝術行政總監茹國烈兄功不可沒。

此外，我也參與了《說笑的人》的演出，只客串其中一個角色。最初與製作團隊見面時，我說明已三十年沒拍電影，是個行外人，待我先了解劇本故事後再決定是否接拍。故事男主角是個輕度弱智者，社會信息很正面，於是二話不說答應演出，我在電影中飾演一位校長。我對這齣戲沒有特別要求，只要主題正面、能導人向善就可以了。我亦由此看看自己幾十年沒有拍電影，是否還可以過關？現在拍電影已不用菲林了，我亦不知他們用甚麼形式拍攝，真是一個門外漢！我看過試片後，發覺也可接受。這是一齣值得看的電影。

電影《戲棚》（二零一九年）

電影《説笑的人》（二零二三年）

電影《古巴花旦》（二零一八年）於百老匯 MOViE MOViE Cityplaza（太古城）舉行特別場首映影後談

我的良師

曾經扶持及教導我的梨園前輩多不勝數，我曾經跟過三位花旦，她們還是行內赫赫有名的花旦，但到頭來，我對花旦的基本認識只屬皮毛。她們曾教我跳「羅傘架」和「推車」，但我不能當自己真的曉得。一般花旦的穿戴如大靠、蟒等，我只是略知一二，其他大多不甚清楚，可能是我不上心吧。

我的開山師傅新丁香耀先生，曾是紅極一時的男花旦。我跟他學戲的時候，他已收山不再演出。他教我做「生」角的功夫，卻沒有教我做「花旦」。他收山後演過一次《香花山大賀壽》，是「新艷陽劇團」演出《萬世流芳張玉喬》那一屆班。當時日戲恰巧是師傅誕，演出《香花山大賀壽》，他就演三聖母中其中一位。我沒有跟他學過丁點兒花旦功夫，他亦沒有刻意教我。

「娟姐」羅麗娟女士是另一位我曾經跟隨的花旦，她很疼惜我，我常到她家中，與她的女兒十分熟絡。「娟姐」的女婿與我是師兄弟，同拜袁小田師傅學藝，他移民美國後仍有與我來往，我去美國時也會與他敍舊。有段時期，「娟姐」覺得在香港發展不太得意，考慮移民美國。當時去美國必須申請中華民國護照，我有一位契伯容海襟先生任職於澳門中華民國外交部，「娟姐」於是託我母親去查詢手續，回覆是她曾經返過內地，但只是數日，沒有太大影響，終於順利去了美國。我去美國時都會探望她，第一次探她時，她告訴我曾經大病一場，其後信了耶穌，生活十分安樂，我還與她吃了一餐飯。另有一次到美國探望她，我與她閒話家常，自此再沒有見面。

「碧姐」鄧碧雲女士是第三位我曾經跟隨的花旦前輩，我暱稱她「媽咪碧」。我自小就與她拍電影，其一是《鳳閣重開姊妹花》，而第一位給我「關期」（戲行術語，即演出酬金）就是她。她的「碧雲天劇團」請我演出《梁天來嘆五更》，我飾演凌貴興的兒子，

「媽咪碧」鄧碧雲女士與我

「娟姐」羅麗娟女士的戲裝

樣子招招積積，有幾句曲唱。此外，她還教我做戲，我很少向她請教「生角」的問題，但若同班演出時，遇有疑難都會向她求教。「碧姐」認識生、旦、丑行，她還問我想不想學「耍牙」。「耍牙」是花臉用的表演技巧，但哪有花旦會學「耍牙」？我對她說：「我想學！」她叫我買對牙，她來教我。原來「耍牙」功夫最好的那位前輩是她的契爺，難怪她懂得這一技巧。她不論演、唱和做都有教我，特別是唱字的擺位，如唱「傷心地」，不可以唱成「傷…心地」，一定要唱成「傷心…地」，這是她在唱曲上十分執着的地方。每當她聽到我唱錯了一句，便會立即叫人通知我去見她，並當場糾正我的錯處，還要再唱一次給她聽。「碧姐」曾經帶我去新加坡走埠，其間教曉我不少東西，我十分感謝她的教導。

我雖然前後跟過三位花旦，但沒有一點心機去學花旦的技巧，後來需要扮花旦演出時，只好惡補及找人幫忙裝身了。

「芬叔」黃千歲先生是「聲哥」林家聲先生離開「大龍鳳」後才加入劇團的，他的戲路自成一派，非常骨子。我很喜歡看他演戲，他的唱功好、聲線佳，唯一缺點是不能看急曲。那時「大龍鳳」一星期要做三天日戲，逢星期二、四、日都有日戲演出，夜場演新戲，日場演舊戲。雖云舊戲，但都是「聲哥」在「大龍鳳」時的開山演出，對剛加入劇團的「芬叔」來說等同演新戲。「芬叔」看曲很慢，無法一下子連看三天日戲的劇本。有一次他見我在他箱位前經過，問我可否替他演出日戲，因他無法看急曲。當時第三生是劉月峰先生，戲份也很大，第四生是「奇哥」李奇峰先生，第五生是我。「奇哥」當時在蜜運中，無份演出時就不見了人，只有我在班中，因為要跟着師父和服侍他。那些戲我雖然全部稔熟，不過我也要問准師父才敢答允。師父叫我記熟曲，不要失禮人，用心去做，那即是同意我替「芬叔」演出。「芬叔」馬上叫「衣箱」準備明天的戲服給我穿，當然我穿不上他的「私伙」，因他比我高出很多。我難得在「大龍鳳」這個大班做小生，當然高興。「芬叔」對我十分好，一見我出錯，便立即指點我。他很少罵人，但曾經因為我出錯而罵過我，但對其他人很少發脾氣。我十分喜歡他的演戲方式，並常模仿他的文戲演出，如《刁蠻元帥莽將軍》、《狀元夜審武探花》等都是學他的演出法。

「芬叔」黃千歲先生的戲裝扮相

（前左起）「芬叔」黃千歲先生、「鑑叔」羅品超先生和（後左起）梁潔芳女士、「聲姐」陳劍聲女士敍舊，是一幀十分難得的照片。

前輩真是講之不盡，「一叔」陳錦棠先生是我非常敬佩的一位前輩演員。雖然我倆時有同台演出，亦有接觸過，但無奈他有些演出法，如火氣、沙塵和冤氣，自問無法模仿。不過，我總會按照他的路子去演，如演《香羅塚》、《獅吼記》時，我一定走他的路子。很多人誤以為《獅吼記》是任白名劇，其實是「一叔」開山的，他的陳季常演得一絕。有人笑說他是懼內之人，當然演得好，但也未必一定，演員並非自己是某種人，就懂得演某種戲。生活還生活，演戲還演戲，這是表達能力的問題。

我與「儉叔」歐陽儉先生的淵源來自師父，我拍電影時曾與他合作演出，但跟他不算很熟絡。我拜師之後，師父曾對我說他全行中最好的朋友就是「儉叔」，有朝若他離世，叮囑我一定要照顧「儉叔」，怎料「儉叔」比師父還要先走一步。「儉叔」以前是做「生」行的，後來轉做丑角，跟隨他的有賽麒麟先生和朱少坡先生。「儉叔」的演出雖不是爆笑那一種，卻是那種令你想想就會笑的方式。他是一個十分有內涵的演員，在「新聲劇團」年代主持劇務。當時班內的徐若呆先生，也是掌管劇務的人之一。「波叔」曾說「儉叔」飾演《販馬記》的李奇、《程大嫂》的癩痢牛演得很絕，連他也及不上。在《紅樓夢》中，「儉叔」飾演的賈政也演得很好。昔日的名丑各有自己的風格，不會互相抄襲。

左起「芬叔」黃千歲先生、「麗荷姐」譚倩
紅女士與「一叔」陳錦棠先生的戲裝扮相。

舞台上左起為「儉叔」歐陽儉先生、「仙姐」白雪仙女士和「任姐」任劍輝女士。

「波叔」梁醒波先生的大名真是如雷貫耳，我除了曾在舞台上與他一同演出外，還很幸運能與他在無綫電視的《歡樂今宵》共事多年。當年，我們在開完工作會議後，「波叔」會與我們去公司食堂聊天，增加了我不少演出上的知識。其實，最好的學習機會莫過於在台上，那裏是最好的教室。「波叔」在台上展示了他的藝術造詣，如《六國大封相》的六國王，現已沒有人及得上他的演出。他穿蟒的上場及下場，功架十足，不論戴紗帽或盔頭，也十分入型入格。他實在是一位值得我們懷念及崇拜的老前輩。

「四叔」靚次伯先生亦是一位我十分敬佩的前輩。他是一位慈祥的長者，他的「好」，在於永不會亂認亂講，不懂他就說不懂。我們甚至曾懷疑「他怎會不懂呀？連他都不懂，試問還有誰懂？」「四叔」會坦白說：「沒有做過、沒有學過，當然不會懂，有甚麼出奇？」這句話是至理名言。現在我遇到不懂的，就說不懂，不會誇口亂講。以「四叔」這麼大名的演員，還會直認不懂，這是真話，「知之為知之，不知為不知，是知也」。現在很多人自己不懂就胡扯一番，輩份高、年資久，還可能是很大名的人，卻指冬瓜畫葫蘆，這會害死後輩的！「四叔」是很忠厚的長者，所以講真話。以前我們曾被不少「叔父」亂點一通，而「四叔」則實話實說。

「波叔」梁醒波先生與我

「四叔」靚次伯先生、「嗲姑」梅雪詩女士與我。

「祥叔」新馬師曾先生是另一位我佩服得五體投地的前輩。不要看他身材不高，他在台上實在是無所不能，站出來自有非常氣派，縱使對手或同台演員身材比他高，只要他一出場，就可壓倒台上所有人，不由你不佩服。我在變聲時期曾求教於他，他給我的錦囊是「唱多啲」。最初我以為他在作弄我，但原來真的是「唱多啲」就可以了，這點他當時是很慎重地對我說的。他的演出方法有分寸，他打的蕩子（即群打）是最好的一個。他說只要學好走「細8字」，就可以打得好，我現在教新秀也要求他們練好走「細8字」，因為在台上很多時都是走「細8字」多過走圓台。

「祥叔」的功夫十分獨到，唱腔獨特，他曾對我說他「無聲」（嗓音欠佳），試問誰會相信？原來他是「功夫嗓」，即唱腔由功夫加工而成，後來我細聽之下，發覺他的唱腔確是「功夫嗓」。他有一次失聲，我清清楚楚聽到他在這個情況下唱出《臥薪嘗膽》，連高音也可

「祥叔」新馬師曾先生、尹飛燕與我的清裝照片。

以唱到，還對我說：「學吓嘢喇，細路！」當時他連說話都講不到，卻能唱到高音，當然不如平時那麼好，但能唱完全首曲，真有本事，不由你不服。

黃超武前輩對我很好，有一次，他在美國看到我演《六國大封相》後，立即說我功夫不足。他說六國元帥走出台後，要記住幾點：一、瞪眼要有神，但不可以惡，不要兇神惡煞；眼睛不要四處亂望，要慢慢向台下掃過去；二、站出來就要有「這兒是我作主」的威勢，要吸引觀眾的目光，但不可以「沙塵」。走出台前若不起眼，收收埋埋，絕不可取。因為《六國大封相》是首晚第一場演出，要給觀眾留下印象，要令他們覺得這個文武生做得好。但如何才能做得到，就要下苦功。他在《六國大封相》中飾演的元帥在行中很有名。他還教曉我如何「食鑼鼓」及用雙眼表演。

黃超武先生與我在演唱會後台

「細女姐」任冰兒女士在香港藝術發展局頒發「藝術貢獻獎」給她時，曾經問我：「其實我有咩貢獻啫？」我說：「妳的貢獻多到不得了，我都是學妳的路子做戲！」我的說話令她感到意外。她是一位十分難得的演員，做了一輩子戲，從沒有在台上搶過任何一位演員的戲份。她從不搶戲做，從不爭風頭，只會做足演出角色的戲份。只要有她在台上陪同演出，同台演員就會放心很多，她是那位派定心丸的演員。她不單穩陣，還懂得補漏，在劇本或曲詞中未有表達的地方，她都會在細微處稍作填補。例如，有一次她抱着「斗倌」（舞台道具，代表演員手抱的襁褓嬰兒）出場，那「斗倌」是太子，曲中說「千方百計救出小龍種」，但沒有指明誰是太子，「細女姐」很明顯的指着手中的「斗倌」，說給所有人知他就是太子，令觀眾更加明白。戲台上通曉一切的她，卻從不去蓋過別人，很多新人在做正印的時候，都會請她做二幫。我對她說：「妳知不知不少新人升正印時，都是妳做二幫扶她們上位的！」她在戲行中功勞甚大，如果二幫與正印爭風頭，隨時會害死新人。「聲哥」林家聲先生初做正印文武生時，都是請「細女姐」做二幫。她可說是班中的基石，能力保穩固，是十分難得的。有一次，我請她飾演《紅菱巧破無頭案》中的楊柳嬌，她演得含蓄又不失身份，堪稱一絕。

「細女姐」任冰兒女士飾演的華雲鳳，在《鐵馬銀婚》中力諫親弟華雲龍勿貪戀溫柔，忘記朱元璋之抗元大業。

「英姐」朱秀英女士輩份高、見識廣，懂做「生」，也懂做「旦」，亦能做「丑」，我有段時期常與她同班演出。有一年，她計劃在香港演出《女兒香》，我當時正在外走埠，她便請人叫我打長途電話聯絡她，並要我在某月某日與她做《女兒香》。這齣戲是我從未演過的，我問她要演哪個角色，她說安排我演溫明奇，我擔心做不來，她便說：「我教你做！」回港後她真的親自教我做此角色。可惜一九九八年她「從藝七十年藝術回顧」演《武松》，我無法回港與她演出，我本來應該是演某一場戲中的西門慶。後來，我在錄像中看她的演出，總算沒有錯過她的表演。她之後演《六郎罪子》時也演得很好。

她的《武松》引證了《王祥哭靈》這一節戲，她自己飾演王祥，現時已很少演這一節了。二零一七年，我籌備《粵劇南派藝術精粹——武松》，當中除了演〈戲叔〉的武松外，還演〈哭靈〉的王祥，因為已沒人熟悉王祥一角應如何演了，故我按「英姐」的路子去演，以免其他人亂來。「英姐」熟悉古老戲，亦樂意教人，我常與她同班演出，因而學懂了不少古老戲。

「金輝煌」名劇《碧波仙子》（一九八八年）。
左起我的韋馱、吳仟峰的張珍、尹飛燕的鯉魚精、陳慧思的金牡丹、德鏘的哪吒、朱秀英的龜精、任冰兒的觀音大士，順利完成演出。

在我初出道的時候，與「佳哥」羽佳先生不算太熟絡，後來有機會一同演出。「佳哥」為人十分內向，很少出來應酬及談天。他的戲行知識十分豐富，懂得新舊排場，尤其是舊排場。他的父親「從叔」翟善從先生是小武，與「四叔」靚次伯先生同輩，母親「英姨」周少英女士是女班的小生，他集父母的藝術於一身，自然小武、小生戲都懂，而且功底深厚。可惜後來無論行內人如何勸說，他都不肯再演戲，亦不肯教授，令人十分遺憾和痛心。他在電影中的耍槍花表演十分精彩，不知他有沒有留下演出錄影，可以造福後學？

「錦叔」盧啟光先生與我師父是好朋友，他擅演武打戲，他的師傅就是十分有名的王玉奎先

前左起：蘇翁先生、龍貫天先生、我、羽佳伉儷。
後左起：招慕墀（朱侶）女士、李婉湘女士、勞韻妍女士、李芬芳女士、吳少妍女士，難得聚首一堂。

生。「錦叔」尊師重道，對師傅照顧有加。改革開放後，我邀請他來香港協助我們排演《三帥困崤山》，排得有聲有色。我還提議由我飾演的先軫掛鬚演出（早年文武生是不掛鬚的，但我認為掛鬚較適合），他說「好！」只因當年先軫是由文武生靚少佳先生飾演的，怎會掛鬚呢？在排演《三帥困崤山》的過程中，「錦叔」還教了我們很多有關演此劇的竅門。我們演出的《三帥困崤山》最終總算不負所望，順利完成。

與「錦叔」一同來香港的何建青先生，是一位很有根底的編劇。他幫「佳叔」靚少佳先生將不少古老排場化為新排場，是一大高手。他也來港協助我們排演《三帥困崤山》，大家合作非常愉快。

二零零二年中秋節於佛山祖廟萬福台演出，難得與「錦叔」盧啟光先生（左一）、「英姐」朱秀英女士（左二）和「祖叔」李銳祖先生（左三）同台演出。

菊部相知

我有幸在出身之時，菊部（梨園）仍有多位老前輩健在，唱家「祖叔」李銳祖先生是其中一位。「祖叔」曾在唱曲上對我加以指導，我雖然學了《寶玉怨婚》、《月下追賢》等曲，但仍有不少缺點，「祖叔」特意為我加工修正。以他在菊部歌壇的地位，有一次竟然配我唱《月下追賢》，他唱蕭何，我唱韓信。我說不行，因為蕭何只得結尾一句曲，但他說當年「錢大叔」錢廣仁前輩都是這樣捧他的，為他唱蕭何一角。所以今天為何他不可以這樣捧我，由他唱蕭何，一代傳一代呢？如他日有機會，我也會依樣葫蘆，為他人配唱蕭何。

我有一塊黃楊木製的拍板，是「祖叔」送給我的，據說粵華樂器行將這塊拍板放在飾櫃中陳列，過了一些時日，因受太陽照射久了，「祖叔」買回來後移去上面的一張招紙，發覺部份褪了色。他十分有心，特意拿到澳門請篆刻名家林近先生以朱文刻上「兆輝遺輿」四字，遮蔽了褪色的地方，令我非常感激，對這塊拍板珍而重之。我打拍板

已故古腔名家李銳祖先生送贈的黃楊木製拍板，澳門篆刻名家林近先生以朱文刻上「兆輝遺輿」四字。

佛山祖廟萬福台上，一眾演出嘉賓合照，盛會難逢。

不算精，但也曾花時間用心去練。「祖叔」平易近人，但對官話十分執着，亦教了我很多有關官話的知識。他是唱家，還自製一套竹樂器送給博物館。他會刻意唱龍舟、唱《孝順歌》，還錄了音，希望大家欣賞和學唱。

很難才找到一張我戴着頸箍的相片。我扭傷頸之後戴了八個月頸箍，這張照片是在一次演唱會中，來港演唱的「蝦哥」羅家寶先生、何家光先生和我於後台拍的。這張照片是家光兄提供給我的，值得懷念。何先生曾移民澳洲幾十年，後來回香港居住，之後仍有唱曲，但因年事已高，近年已不再唱了。他是一位很有料的唱家，曾與我合唱《孔明揮淚斬馬謖》，他唱孔明，我唱馬謖。他早年曾在香港大會堂任職經理，移民澳洲一段長時間後，又回港定居。

芸芸唱家之中，我與羅秋鴻先生比較談得來，他是一位我十分尊敬的朋友。他唱腔醇厚、聲底佳，與世無爭，亦有量度。他的藝術發揮與其本人的修養有關。他離世時桃李滿門，還灌錄了多首作品，留傳後世，供後輩學習及欣賞。

戴着頸箍的我，與「蝦哥」羅家寶先生（右一）、何家光先生（中）在後台喜相逢。

羅秋鴻先生與我

難得與崑劇岳美緹老師及張靜嫻老師同台演出

可堪回味

一九六零年，「俞老」俞振飛大師帶領上海京崑劇團來香港演出，由劉異龍、蔡正仁、華文漪等人聯同一班演員來港，岳美緹與張靜嫻也在其中。我非常欣賞岳美緹與張靜嫻這兩位，一生一旦，演生角的岳美緹完全是「俞老」嫡傳，演旦角的張靜嫻演出時令人如飲醇酒，十分陶醉。二零一七年十二月，香港中文大學舉行「中國文藝大師湯顯祖作品之夜暨感謝晚宴」，表演嘉

「中國文藝大師湯顯祖作品之夜暨感謝晚宴」

賓包括王立軍、高博文、陸錦花、岳美緹、張靜嫻及我等。我演了一段《紫釵記》之〈拾釵〉，岳美緹老師與張靜嫻老師演了一段《牡丹亭》之〈驚夢〉。我很難得與她們同台演出，雖然只是每人演一段折子戲，但也感到無上光榮，實在是十分難得的機緣。

這是一幀香港聯藝娛樂有限公司送給我的相片，攝於一九七九年六月「廣東粵劇團」的歡送活動。我當天出席了這次聚會，但原相片已找不到。相片中人物眾多，可知是一次盛大的活動。一九七九年，「鑑叔」羅品超先生和「七叔」文覺非先生率領「廣東粵劇團」來港演出，是改革開放後首個訪港的內地粵劇團。在歡送活動上，香港粵劇界藝人應邀參加者眾，考考大家眼力，能認出多少人？我無法一一認出他們，亦不肯定哪個是「廣東粵劇團」的成員，但在相片中的香港粵劇藝人就多不勝數，包括（排名不分先後）：陳非儂、靚次伯、梁醒波、新馬師曾、陳錦棠、任劍輝、白雪仙、蘇少棠、羅艷卿、關海山、吳君麗、羽佳、林家聲、紅豆子、陳好逑、李寶瑩、李香琴、文千歲、梁漢威、林錦堂、李龍、羅家英、尤聲普、新海泉、南鳳、尹飛燕、龍劍笙、梅雪詩、江雪鷺、言雪芬、朱劍丹、吳美英和我。

香港聯藝娛樂有限公司歡送「廣東粵劇團」的留念合照

良朋好友

香港電影資料館的發起人「慕雲叔」余慕雲先生，是我十分敬佩及崇拜的人。「慕雲叔」花了畢生工夫整理香港電影資料，一年三百六十五天，一天二十四小時，都投身發掘整理電影資料工作中，真是枵腹從公。他從不貪婪，僅支取合理報酬，如有需要，他便馬上幫忙辦妥。他在搜集資料方面是高手，更提倡「電影不能沒有史，不能沒有資料館」，而在他多番努力下，香港電影資料館終於成立了。他同時亦協助國內的資料館搜集和整理資料，因此頻密往來內地與香港之間。雖不敢斷說是否因此過勞，但他就是在這段期間離世，年紀不算大，十分可惜。他唯一的缺點是太信任別人，為人太過老實，有時對方提供的資料可能有問題，但他也深信不疑，成為了他工作上的小瑕疵。後人如有機會可代為整理修訂。

另一位要表揚的是「慕雲叔」的太太。如果沒有「慕雲嫂」，「慕雲叔」根本無法完成他的理想，也沒有這些成就。「慕雲嫂」讓丈夫安心去搜集和整理資料，而任職教師的她則照顧家庭，免除他的後顧之憂，還在家中預留地方給他存放資料，這是很少妻子可以做得到的。「慕雲叔」的成就，實在有賴「慕雲嫂」的鼎力支持。「慕雲叔」的徒弟阮紫瑩是我的契妹，她拜了我的誼父胡鵬先生為契爺，所以我們成了契兄妹。她在資料搜集方面也屬高手。她擁有一股蠻勁和傻勁，一說到要找資料便馬上幫忙，這點我是絕對辦不到的。

我認為，論目前全行生角唱功最好的一位，「仔哥」吳仟峰先生當之無愧。他聲靚、唱功好，還有戲味、有感情。「金輝煌劇團」成立之初，尹飛燕找到吳仟峰拍檔，實在是她的幸運。我為「金輝煌」寫了幾齣比較成功的新戲，包括《花木蘭》、《碧波仙子》、《狸貓換太子》（上本）；但當中亦有失敗之作，如《紅杏枝頭春意鬧》，因為我將《絨花記》改寫得不好，我如有機會必定再改寫一次。因為有「仔哥」參與，「金輝煌」成功建立了一個面貌，成為當時的大班之一。

何家耀先生近年與我合作多了，其兄何國耀先生仍在生時，我曾請國耀兄來香港協助我排演《瀟湘夜雨臨江驛》的其中一場〈遇險翻船〉。國耀兄離世後，家耀兄為其製作了一個紀念專輯，請我擔任旁述。家耀兄對古老戲及排場非常熟悉，我與他亦一同演出多次古老戲。他更提議應該為「工尺譜」申請「非遺」項目，他起草了一份申請書，並已向香港非物質文化遺產辦事署遞交申請，可惜過了多年仍無音信。

好友鄭敏儀女士非常沉迷古腔藝術，並跟隨「琴姐」梁素琴女士及家耀兄學藝，她的古腔及古老戲底子也日漸豐厚。業餘愛好者很少喜歡古腔，她是其中一個例外，除了花了不少時間及心機訓練外，更舉辦了一些「傳幫帶」的傳承演出。她說畢竟做古老戲的人越來越少了，希望盡點綿力推動下一代承傳古老戲，「做得一台得一台」。她出錢又出力，先後籌辦了多次《采泠粵藝傳幫帶》，演出《梨花罪子》、《四郎探母之坐宮》、《王彥章撐渡》、《寒宮取笑》、《斬二王》、《金蓮戲叔》等。

我與李龍同樣十分喜愛演古老戲，近年亦合作多次。有一齣戲我是早年專誠寫給李龍演出的，那是一九九六年高山劇場由半露天劇場封頂改建後重開的首台演出，由「粵劇之家」策劃的《長坂坡》。後來，他偶爾也會演出，但大多只演半齣，而整套《長坂坡》終於安排在二零二四年四月與觀眾見面。這次演出是鄭敏儀女士另一次嘔心瀝血的製作，我與李龍自然盡力去做，旨在將這南北合璧的半傳統戲延續下去。

我於一九八八年曾為香港電台主持《那得幾回聞》節目。那時第五台的台長是「姐姐」鄧慧嫻女士。我奉命到香港中文大學中國音樂資料館，向曹本冶教授商借一些舊錄音資料給香港電台播放。因為有些曲目我也不認識，我當時便邀請了「熾叔」盧家熾先生與我一同主持，這個節目後來還有重播。我最近與「琴姐」梁素琴女士的妹妹梁之潔女士重新整理一些舊曲，由我倆擔任主持，再度在香港電台第五台的「戲曲天地」播放，節目名為《妙曲那得幾回聞》，把一些鮮為人知或私人珍藏的舊曲公諸於眾。聽眾還可以在一年內於香港電台的網站重溫節目，實在造福不淺。

我與梁之潔女士合作主持《妙曲那得幾回聞》

與何家耀先生、鄭敏儀女士攝於演唱會後台。

李龍與我

終於再次圓滿演出《長坂坡》全劇，台上台下氣氛高漲。

【第三章】

愚公移山七十年

雖然我因家貧而輟學，自小在片場度過，但我覺得很開心，因為我的工作可以令家人的生活過得好一點。粵劇是我的興趣，亦是我的職業，今天我擁有溫飽的生活，也算有點名氣和成就，都是粵劇給我的恩賜。甚少有藝人能在舞台上度過七十年，我慶幸今天還能演、還能教、還能寫書和繼續傳承粵劇，甚至有新的跨界別突破，此生實無憾矣！

當天我以「血汗氍毹」作為從藝演出的名稱，是因為舞台生活真的有血有汗，有開心亦有辛酸。我由練功、練唱到登台演出，不斷在失敗中成長。我常以個人經歷勸勉年輕人，有志者事竟成，成功只會留給有準備的人。

我不認同自己是「神童」，亦不會自認是「萬能泰斗」，更沒有資格被尊稱為「梨園祭酒」，這些純屬宣傳語句，我不想被宣傳的虛銜蒙蔽自己。我只會好好享受戲曲舞台生活，下世下世再下世，我都願意做一個戲曲人。

七十年的感觸

一轉眼七十年了，曾經有天一覺醒來，矇矓之間有點懷疑，我真的演了七十年戲嗎？屈指算算，一九五三年入行，到二零二三年不就足足七十年了嗎？一點都沒錯。很多人奇怪地問我，做了七十年了，你不厭倦嗎？我直截了當地說「不」，怎會厭？如果說「做嗰行厭嗰行」，一定是他覺得不如自己的理想；不管是從過程、地位、名譽、財富來看，都覺得達不到自己的標準，那才會產生厭倦和放棄的念頭。

回頭看看我自己，從來沒有理想嗎？當然不是，但我對理想從來都先定得低一點，然後拾級而上再向高處，因為目標低，於是失望少。我常告訴自己，「人生不如意事，十常八九」，如果我碰到的只是七分不如意，那就應心足了；如果不如意只佔百分之五十或以下，那就很滿意了；萬一達標，那當然更是喜出望外。以上是指對成果的看法，學藝則恰恰相反，學藝結果達標是應該的；如果只有百分之七十達標，那就要自己反思，有甚麼過錯？如果只有百分之五十或以下達標，我就會重新再學、再練，絕不能對自己寬鬆，否則永遠不會達標。如果這次原諒了自己，或者游說他人放過你，你肯定一生一世也不能達標，而且標準是不可以「搬龍門」（任意改動）的。那條標準的界線要劃得清清楚楚，不能時常更改。能堅守這個原則，你就會永遠進步，只要永遠在進步中，你就會永遠快樂。

七十年裏，雖然捱過多少辛苦、辛酸，但回想你練功的目的，是要「能平常人所不能」，這就必定要吃點苦。那時有一句人人信奉的話：「吃得苦中苦，方為人上人」，練功學藝的日子就是這樣。當你每得到一個成果時，那種喜悅是難以形容的，因為你吃了很多苦，才種出這成果。很多人總是羡慕別人的收成，自己卻不肯苦練，到頭來就只能眼巴巴看着別人成功。

年紀大了，越來越看淡「成功」二字。有時辛辛苦苦做了些事，做完之後，只覺得做完了，但成功了嗎？完成就等於成功嗎？我敢百分百肯定，很多事情其實是需要延續的。舉個例子，你千辛萬苦地開了一家學院，學院開幕那天，你只是成功地開幕，跟着年復一年的延續，師資、資金、學生來源、學生出路⋯⋯一大堆問題擺在你眼前，你能解決嗎？常聽說「萬事起頭難」，但其實延續更難。

我以現在的年紀，在做任何一件事時，都會衡量能否把它完成。但是覺得不能不做的事，無論如何都要開個頭，例如：（一）建議香港設立粵劇資料館；（二）為香港粵劇編立史話；（三）為「工尺譜」向國家申請成為「非物質文化遺產」。這三件大事我都點着了火頭，能否看到它們完成，就看天老爺恩賜我多少壽命了。這些都是我這個入行七十年的人心中所願。

本性　初心

每個人都有其本性，做每件事都有其初心。但初心未必能有始有終。很多時事件發展到某個階段，可能涉及名與利，就會有人忘記初心。初期的一腔熱血，到頭來會為名與利而冷卻。

回顧我入行的年代，中聯公司、三大製片、六大導演、十二位天王巨星，因為眼見粵語電影越來越粗製濫造，越來越嘩眾取寵，藝術水平無人重視，於是聯合起來，希望攜手挽救粵語片。初時訂下了規條，製片的片酬、導演的片酬、男演員的片酬、女演員的片酬，都是固定的。那時電影院線規定每齣電影都以一週為映期，但看在中聯的陣容與製作份上，於是每有中聯的出品，都會增加兩天映期，即是每片放映九天。這一舉措當時的確對粵語片市場起了一定的影響。跟着亦有製片公司以中聯為樣板，爭相製作一些嚴謹認真的粵語片。初時大家都認為中聯「人人為我，我為人人」的精神得勝了，但日子一久，情況逐漸改變，因為當時四條粵語片院線，每星期換一齣電影，一個月要十六部粵語片才能應付市場所需；而且觀眾需要娛樂，他們不能坐着等有好的製作才看，更何況除了中聯及一些好的製作公司的群星之外，還有不少明星也是叫好叫座的，於是時勢又慢慢轉變，一些粗製濫造的電影又開始抬頭了。

成本越低，當然賺錢越多，於是很多演員、導演都把挑選製片公司、劇本等的標準降低了。中聯的巨星如果在外接拍電影，片酬是中聯的百分之二百多、三百多。在此情況下，中聯劃時代的創舉只有留下嘆息，也可說天下無不散之筵席，所以我常說：「此事能延續嗎？」不過，忘記初心是現今社會經常發生的事。

回頭想想，現在多少事是我們成長的時候做夢也想不到的，但卻發生了。不單一個社群、一個民族、一個國家，甚至世界，很多觀念都不同了。當然我常被批評為與時代脱節，我承認，尤其對戲曲藝術；無他，我只是忘記了人類在地球上不過是其中一種動物，只是我們披上了文明的外衣，似是受過教育的動物。說穿了，當人類不顧一切的時候，還不是一頭動物？我們看到人類作出各種獸性行為時，不要大驚小怪，其實這是人類的本性、動物的本性。

迎難而上——我的傳承使命

說到傳承使命，不是別人加諸我身上的，而是我覺得應該去做。問題是，你是否喜歡自己所做的事？學戲但又不喜歡演戲，那就不要學了，但如果你喜歡演戲，那就不同了。

我最初入行時，談不上有甚麼抱負及願景，甚至談不上「沉迷」藝術，入行只因為窮，希望賺一些錢，令家人的生活過得好一點。當我第一天進廠拍戲時，只是一個小孩子，呆頭呆腦的，只管認真地工作，但我覺得很開心，因為有一班人和你一同做戲，是真的拍電影！與成年人帶我去電影院看電影那種遙不可及的感覺截然不同。我覺得在銀幕上演戲的人很有本事，每一位都是大明星。

年幼的我只感到很開心，竟然可以去拍電影，初時覺得拍電影並不難，只要聽導演的話就可以了。當公司叫大家看試片時，我覺得很開心，及至電影在戲院上映，報紙廣告上竟然有自己的名字，甚至在街上有人認得我，便開始衍生一種虛榮感。後來長大了，我不滿足只做電影演員，覺得演員的生命操控在導演手中，導演也操控了劇本、分場和分鏡頭，至於你演得好不好，導演可能完全看不見。於是，我便去學做場記、學做導演。但這並不是傳承，只是我想支配別人，不想被別人支配，想自己有所發揮。

電影當然沒有傳承可言，但拍電影的同時，我已開始演大戲，並從中學會了很多東西，我開始不滿足於在台上表演。當時，我不明白為何總覺得自己演得不妥當，一邊被

「叔父」鬧，一邊觀眾卻仍舊拍手掌，甚至在宣傳時被人稱為「天才神童」。有些前輩覺得我是小孩子，但又懂演戲，甚是可愛。不過，被尊稱「華南影帝」的前輩吳楚帆先生曾說過：「『華南影帝』即係金牌乳豬，宣傳嚟啫！」大家就會明白「天才神童」也不過是宣傳語句。這點當時我相當明白。現在回想，我演大戲時有些前輩很疼惜我，有些則常鬧我，其實鬧我者更勝疼我者，至少我知道自己出錯了。

到了某個階段，有次聽到有人說某某「神童」本來做得很好，怎麼長大後會變成這個模樣？開始害怕自己將來會否如某某「神童」一樣，或甚至比他更差呢？同時開始思想自己是否料子不足，於是便再去學藝，也對「傳承」有了新的看法。當我認真地重新學習戲曲藝術時，常會聽到師傅提及某些動作是誰人教他的，開始產生「一代傳一代」的意識，那時還沒有「傳承」的概念，只知道要將學到的東西告訴其他人，由甲傳乙，乙傳丙，一脈相承。我覺得自己有責任將學到的東西教給其他人，並意識到學到的東西，不應該只有我一個人懂得，而應該每個人都懂得。

我因為喜歡粵劇這門藝術，故產生了「傳承」的念頭，甚至演變成一種使命感。有些師傅不肯教人，最終令藝術失傳，我則認為能告訴他人的就去講，能教他人的就去教，不應藏私。別人不懂才會問你，故不應吝嗇，亦不應計較誰是師傅、誰是徒弟。

傳承不是單向的，不是你想「傳」就可以傳。即使前輩想把知識傳給我們，也要我們有本事承接才行。前輩的功底比我們厚，我們未必有本事承接他們的教導。所以，我現在只能將所學所知說出來，當中有些動作因為自己年紀大，無法向人示範，但我仍有責任提示後輩甚麼是最好的，並指導他們去練習。

傳承成了我的使命感，如果我們不去將前輩教給我們的知識傳給下一代，藝術就會逐漸失傳。後輩能否承接教導，則是另一個問題。如果每一位藝人都不願去傳，退出舞台就完了，粵劇還能延續嗎？我將傳承視為責任，在台上把學到的演給別人看、說給別人聽，我認為是份所應為的，不用別人感謝。我只希望他們可以承接前輩的藝術，再傳給下一代，一代代的傳承下去。

傳承的難處在於「接觸」，即使我肯傳，也要有人肯承，傳承才能發生。我無法打探是否有人想學，或逼別人去學，所以如何「接觸」合適的人是個大難題。我覺得身為前輩的應該放下身份和地位，向初學者傳業，遇上初學者求教，在責任上也應該去教。

近月，為了「高潤權鼓板五十年」的從藝紀念演出，再挑起「承傳」的擔子。演出的是傳統例戲《玉皇登殿》、《六國大封相》、《天姬送子》及《觀音得道．香花山大賀壽》，是一次演出及編劇的多方面「承傳」示範。

我們今次演出的《天姬送子》是《卅三送子》，與一般《天姬送子》不同。《卅三送子》由七仙姬（七姐）先出場，然後七仙姬的六位姐姐徐徐而至，比常演的《天姬送子》多了頭段戲，有如一段序幕。因為「大姐」（大仙姬）甫出場第一句唱曲是「卅三天天上天」，故而稱為《卅三送子》。行內人將兩個《送子》以有沒有「卅三」作為區分，其實是「卅三天」的意思。現在常演的《天姬送子》一開首是唱牌子曲，是由「崑」傳下來的，而《卅三送子》一開首是唱梆子，為甚麼後來加入了這一段戲就不得而知。新加坡及馬來西亞的州府較多演出《卅三送子》，但後來我開始演粵劇時，已沒有了「卅三天」那一段戲了。

不單演出上是「承傳」，我還特意安排了蔡德興、鄭淦文、李廷霖及吳立熙四位編劇新秀重新編寫《觀音得道》，由我提供大綱及分場，指導及修訂他們各自負責撰寫的部份，整合成一齣《觀音得道》，繼而還要教導新秀演員講官話和排演。李龍、尹飛燕和我身負藝術總監之責，由演出到劇本編寫，都是由上一輩的我們交棒給下一輩的新秀。他們能「承」多少，真要看天了！

《高潤權鼓板五十年——六國大封相》大合照

《高潤權鼓板五十年——卅三送子》大合照

《高潤權鼓板五十年——觀音得道．香花山大賀壽》大合照

甘為「朝暉」冒險

有人問我，為甚麼要辦「朝暉粵劇團」？是我的另一半鄧拱璧十分勇敢，倡議的她在沒有申請任何資助下，窮着做班主。我們實在是拿了真金白銀去辦「朝暉」。我甚至不能對所有「朝暉」的成員作出承諾，只能說做得多少屆就做多少屆，蝕光了便結束。同樣，「朝暉」的成員也不用對我們有任何承諾，我們不會強迫他們在「朝暉」起班時必須回來參與演出。如果有更大、更好的劇團聘請他們，就不用回來「朝暉」演出了。「朝暉」是很民主、很自由的。

「朝暉」之所以誕生，原因十分顯淺，是希望提供一個給大家實踐理想的平台，我可以教導一班新人演戲，並為他們配戲，而他們也可以有一個表演自己功夫的平台，讓其他班主了解他們的造詣。「朝暉」成了一個向外展示他們演藝潛質的渠道，讓班主和觀眾可進一步認識他們。

鄧拱璧後來擔起了「朝暉」的行政、策劃及統籌工作，招攬了十多位新秀進入劇團，進行了多屆演出，其中包括「香港藝術節」及為香港防癌會籌款的演出。我們還帶着新秀們擔任「暑期粵劇體驗營」的導師，讓他們學習怎樣傳承。另外，鄧拱璧在每年由康樂及文化事務署主辦的「粵劇日」中也舉辦示範講座，介紹粵劇化裝和戲服穿戴，由她以中、英雙語主講，「朝暉」的成員負責示範。

我們用真金白銀經營，沒有靠任何政府資助，卻反被人懷疑我們從中取利，真是小人之心度君子之腹。我們從不作出辯解，只要「朝暉」的成員明白就夠了。「朝暉」的部份成員包括梁煒康、黎耀威等人現已闖出名堂，擔當劇團六柱的位置，更自組劇團「吾識大戲」，幹得有聲有色。

雖說經營「朝暉」十分冒險，但卻是一次很好的承傳使命的實踐。以我當時演出的頻密程度，根本用不着這樣做，但我對辦「朝暉」從不後悔，難得有鄧拱璧陪我一起冒險！

失學兒童踏上教壇

如果有人問我，為甚麼夠膽在大學教書？我會回答，其實我哪有資格在大學教書？我只讀過兩年書，連小學也未畢業，小學二年級不會有文憑吧？我之所以有勇氣在大學教書，只因為所教的是我熟悉的戲曲，我自問可以應付，這與學歷無關。

最初榮鴻曾教授在香港大學任教時，有一年大學音樂系設立了粵曲班，他大膽邀請我擔任導師。我與榮教授份屬好友，於是欣然答允。他還邀請了高潤權、高潤鴻擔任伴奏，校內師生十分踴躍參加。二零零二年，榮教授離開香港大學到美國匹茲堡大學任教，因為再沒有人協助我，我亦沒有繼續教下去了。

這是我第一次在大學教書，其實我完全不懂得如何教。起初我構思用四十小時應該可以把粵曲基本知識教完，結果四十小時也不夠用，因為上完第一課，就有學生投訴我說得太快，來不及聽，這時我才知道教學方法出了問題。後來我調整一下，講了一段後，會詢問學生是否明白、有沒有問題。其後，我教學時都採用這個方法。我起初以為學生會明白我講的內容，原來只是一廂情願。這次在香港大學的教學經驗令我茅塞頓開，也培養了我在大學教書的膽量。我還接受了學生的意見，我雖然是在教我熟悉的戲曲，但教學技巧尚需改進。我在課堂上遇到不懂解答的問題，我也會坦白向學生說明。其實不論大、中、小學，所謂資格要求，只講求你是否對教授內容有足夠的知識。無論是教授、副教授或講師，只要校方認可你的資格便可。

二十多年來，我先後在香港演藝學院戲劇學院、香港科技大學、香港大學專業進修學院（HKU SPACE）等教授各種戲曲課程。二零一八年起正式在香港中文大學教授「中國戲曲欣賞」的通識課程，是一個帶有學分的課程。

明知不可為而為之——新光戲院迎來新的危機

新光事件是一次讓我很不開心的經歷，我做夢都想不到新光戲院會易手。新光戲院可說是一家有任務的民營劇院，是香港回歸祖國前舉行國慶文藝表演的場地，同時亦是國內劇團來港獻技的首選場地。

自利舞臺戲院於一九九一年拆卸後，新光戲院成為香港唯一一間民營粵劇表演場地，因場租便宜、交通方便，粵劇界爭相租用。新光戲院興旺之時，曾經是年終無休的表演場地，沒有一天停演過，真的有粵劇觀眾排長龍購票。為甚麼到了今天，人龍消失了？我們的演出趕走了很多觀眾，新光戲院要易手了？

新光戲院於二零零三年第一次易手時，我起初覺得不是大問題，因為買家是裕泰興家族中人稱「羅九叔」的羅肇唐先生，他喜歡看粵劇，我心想新光戲院應該不會有太大的轉變。怎知於二零零五年八月裕泰興家族將新光戲院交給了他的二子羅守輝先生。當時，我與八和會館前主席汪明荃女士多方斡旋，羅守輝先生終允預留一段時間給我們準備，續租至二零零九年一月。二零零五年十月，畢竟新光戲院太舊了，我們還為新光戲院的翻新及加固工程舉行了「新光．新光 香港粵劇界扶助新光戲院聯合義演」籌款。

二零零九年，新光戲院的合約期再次屆滿，業主以月租七十萬元續約，由香港政府與香港聯藝機構有限公司攤分租金，租期僅三年，未能配合西九文化區戲曲中心落成。二零一一年，聯藝以商業決定為由，宣佈二零一二年二月約滿後不再續租，新光戲院再次面臨結業。最終經「盛世天」創辦人李居明先生與業主斡旋，於結業前兩天成功延續至今。「盛世天」接手後，租金升至每天四萬多元，一般劇團根本無法負擔。執筆時聽聞新光戲院再度易手，購入者是一個宗教團體，新光戲院前途未卜，但我預計保留機會甚微。

在現今的時代，戲院是很難維持的，因為它不是賺錢的物業，佔地又廣，如果改建成高樓大樓，收益十分龐大；尤其是真人表演的劇院，更加難以維持，租金太昂貴，負擔不起，門票收得便宜，又不能回本。昔日的地價沒有今天這麼昂貴，戲院的租金沒有這麼高，劇團當然可以經營。但現今地價不同往日，租金不會便宜，影響劇團無法經營。

失聲及受傷

在我眾多的缺陷中，聲線是最大的缺陷。小時候「細路仔聲」，甚麼高音都可以唱到。我以前在電影中飾演哪吒，聲音響亮，但到了變聲的時候，聲音開始低沉，音域收窄，很多高音都唱不到。當時我仍需謀生，常要演出大戲，唱不到高音是一件很麻煩的事，唯有勉強逼自己唱，結果弄壞了聲帶，經常失聲。由那時開始，我的聲線就不太好，縱使不至失聲，但也唱不到高音，亦唱得很差。我還要忍受別人的冷嘲熱諷，批評、白眼和詆譭。有朋友甚至勸我不要做大戲了，免得自己辛苦，觀眾亦辛苦。我不怪責他們，因為是事實。我在很無助之下，問道於各名家，包括「祥叔」新馬師曾先生，此事我在前幾本書都有提及。他給我的錦囊「唱多啲」真是至理名言，原來多唱就可以找回自己的聲線，現在雖然不算是把好聲線，但總算可以唱得到。

說到大病或受傷，我曾經患上肝炎，幾乎死去，最初醫生只當重感冒來醫，但我一直無法痊癒。我在此要提醒大家，如果出現重感冒症狀，沒有胃口，連大小便都沒有時，就是到了最危險的時候。我當時就是到了這個地步，險些連命都沒有了。幸好遇上貴人給我介紹名醫，我才能痊癒。

另一次受傷時也幸好遇上好醫生。一九九三年，一次我在新光戲院演出《再世紅梅記》的〈脫穽救裴〉時，一下「絞圓台紗」的動作令頸部扭傷，初時仍想繼續演下去。跟着下一場〈登壇鬼辯〉上演，我又要上場，但頸部越來越痛，痛到連人也站不直。幾經辛苦才捱完這一場，「細女姐」任冰兒女士便叫我馬上看醫生，我當時說還有尾場要演，她說：「你尾場一句話也沒有，不要出場了，快去醫院吧！」全班的人都叫我馬上看醫生，不用演尾場。「細女姐」可說是我的恩人之一。

那時，鄧拱璧開車來新光戲院接我，當時我還可以自己步行上車，但到了聖保祿醫院，我已無法下車。從北角新光戲院開車到銅鑼灣聖保祿醫院不遠，我竟在這段短時間內，就連下車都不能自主了。好不容易等到醫生到來，我甚至起身都有困難，醫生不由分說便送我到有牽引設備的病房，其緊張程度是我前所未見的。我的心情也十分混亂，既痛而且身體動作開始不靈活，加上醫生如斯緊張，心知不妙。當時我覺得整個身體右邊完全失去知覺，回想起來真是十分恐怖。幸好經過張砌醫生一輪治療後，他對我說：「你幾小時後可以恢復活動能力了。」說完便叫我放心。我心想他只是安慰我吧，因為劇痛已經令我睡不着，再加上擔憂以後不能動，不單不能演戲，可能連教戲都有問題，那我怎樣謀生

撰文：魏人

都是體內「三文治」惹的禍

阮兆輝
差1cm半身殘廢

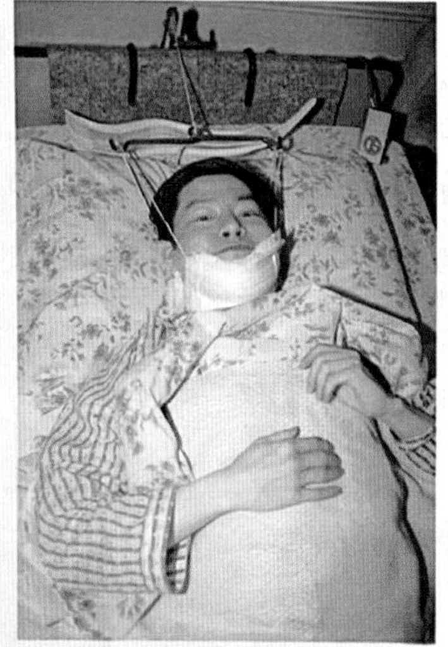

輝哥傷中收穫「人情」一籮籮——除了多得要堆在房外露台外之慰問花籃外，尚有仗義臨危披甲上陣代他出場演出「粵劇之家」開幕戲「六國大封相」的朱劍丹，還有還有，香港電台特許鄧拱璧免役主持通宵節目，好等她安心在院照料阮兆輝……

「我在心裏細細的想過，『搶背』（類似翻觔斗的粵劇功架）這個動作我完全沒有做錯。」但偏偏就是因爲這個動作，阮兆輝要躺在醫院的病牀上「武功」暫失，被七磅鉛鐵拉吊着下巴做物理治療。

禍因是：頸部兩片硬骨之間的軟墊脫了出來，壓着神經，導致右邊身麻痺無知覺，但硬骨與硬骨的摩擦，又令到這個由細「打」到大、出名捱得痛的粵劇武生都要舉手投降。

「他曾試過割牙骨，麻醉藥過早減退，依然耐得住痛，叫醫生繼續下去的。但那晚他痛得實在太厲害了，結果要打止痛針。」輝哥紅顏知己鄧拱璧說。

經歷多種苦況

至於這片軟墊爲何會如此唔「生性」，醫生的解釋是：尤如三文治，兩片麵包夾着一塊番茄，只要用手上下一拍，番茄就會「飛」了出來這麼簡單。

「所以有些人打個噴嚏都會出事。」

出事當晚，阮兆輝在短短時間內經歷了驚惶、痛楚、焦躁種種苦況。「平時他最怕別人搔癢，但那晚我捏他的腰，卻完全無反應……」大爲緊張者，尚有輝哥平時因練武受傷幫襯唔少、今次主治的骨科醫生。

「X光照完一次又一次，又見他頻頻打電話查問『吊鉛鐵』的裝置，我知道呢次大件事喇！」自練武起，從未如此「大件事」的輝哥，那晚上當然無覺好瞓，眼光光捱到天光光，右手開始有反應，才放下心頭大石。

「醫生說假如那片軟墊再脫出多一個厘米，壓死了神經，那我就從此半身廢了……」探病當日，輝哥已能下牀行走兼坐起吃飯，胃口還不錯呢，雖然康復仍未有期，但輝哥已得醫生批准「放假」，出席他大力策劃的「粵劇之家」實驗計劃的開幕酒會。

當年受傷的週刊報道：阮兆輝差 1cm 半身殘廢。

呢？在頸痛越來越劇烈之下，護士只好給我打針止痛，讓我慢慢入睡。

早上醒來，我身體右邊真的開始恢復知覺，於是便聽從醫生吩咐，做了幾個月的物理治療，戴了八個月頸箍才復原。這都是醫生的功勞，因為神經的損傷只要遲一點治療便永遠不能好轉。

我因為受傷後不敢用頸部發力，於是改用腰力，結果腰部也出現問題。一九九六年演出《大鬧青竹寺》時，我又不慎扭傷腰部。據醫生所說，頸部只承托頭部的重量，但腰部則支撐起整個人，所以腰部受傷是很嚴重的。我直到現在還無法痊癒，腰痛時常發作，嚴重時連起身都有困難，唯有馬上去看醫生。近來我的腰部舊患又再復發，治療了近半年仍未見好轉，病情一直反反覆覆。

滿意與不滿意的作品

我由《啼笑姻緣》開始，先後共寫了二十八個劇本，當中有滿意的亦有不滿意的作品。

我寫《伍子胥傳》時，起初其實寫得很開心，因為翻查歷史時有頗多得着，但後來越寫心情越鬱結，甚至有想自殺的感覺。伍子胥如此有本領、有謀略，最終卻寧願選擇回歸吳國受死，而且明知此番回去，是無法報答姬光知遇之恩的。當年伍子胥在吳市吹簫，得姬光之助去滅楚，大仇得報。伍子胥亦助姬光誅姬僚，自立為王。姬光是吳王闔閭，而吳王夫差是闔閭的孫子，明知夫差不如闔閭般對他信任和重用，託子於齊後，為何仍要回去被誅，實在令人費解。伍子胥曾請孫武子出山相助滅楚，孫武子之後亦不再從政，回歸深山，但結果死得很慘。不論伍子胥或孫武子，如斯有本領的人，結果同死於無辜。我在寫這齣戲時，翻查了不少歷史，越看越心酸，覺得始終是范蠡、張良等人最知所進退，為勾踐、劉邦打下江山後，飄然引退。雖說未必每個人都會因為功高蓋主而被誅，但這在古代社會卻經常發生，甚至蕭何也曾經下獄。

《伍子胥下本》其實是吳越之爭的故事，西施和范蠡是其中主要人物。我對粵劇將二人的事蹟改寫成愛情故事很不滿，甚至西施為范蠡產子，我是絕對不能容忍的。二人在中國歷史上都是很偉大的人物，無緣無故憑空捏造二人有私情，其實是污衊了二人，對他們不尊不敬，我是絕對不相信二人有私情的。編劇家在毫無根據下杜撰故事，只不過是台上有一個文武生，有一個正印花旦，就要寫成他們有情，簡直荒謬絕倫！

《一盞蓮燈兩代情》也是其中一個我不太滿意的作品，原本我是想寫回我所知、最早的《寶蓮燈》故事，即二郎神就是沉香，而劈山救母的是二郎神，而現在二郎神的位置原是玉皇大帝的。因為無人夠膽鬧皇帝，唯有將玉皇大帝改寫成二郎神，懲罰劉彥昌與聖母娘娘。現在已約定俗成，非沉香劈山救母不可，我寫起來絕對不開心。

《大明烈女傳》原來的佈局並非如此，但我寫到尾段發覺真的沒甚麼可寫了，便強加一節〈刺虎〉作結尾。我覺得這齣戲並不成功，很想做回《明末遺恨》的感覺。「普哥」尤聲普先生陪我演出的〈撞鐘〉及〈分宮〉那兩場戲，劇情雖然十分苦澀，但我們演得很開心。這兩場戲我十分喜愛。

每個編劇家都會有好或不好的作品，在灌錄唱片時，有些唱得好，有些唱得不太理想，錄完音灌成唱片後才發現唱錯了。我與「寶姐」李寶瑩女士灌錄的《打金枝》就出現這個問題，曲中有一句「當今聖上迴龍駕」，錄完後我回心一想，當時已是唐明皇的孫代宗繼位，如何可以唱成「當今聖上」？所以，現在我唱《打金枝》的時候，會唱「當初聖上迴龍駕」，沒有違背旋律。我亦會告訴其他人，我的唱片有錯，應該唱「當初聖上」。同樣，《三看御妹》在歌詞上也出了問題，其中一句應該是「花魂憐夭喪」，現在卻唱成

「花魂憐嬌喪」。錯誤可能源自抄曲人沒有看過唱片曲詞，只是聽唱片，聽完就照讀音抄寫，許多時會聽錯，令坊間流傳的歌詞也出錯。

我喜歡的劇本則有《大鬧廣昌隆》、《呆佬拜壽》、《文姬歸漢》、《呂蒙正·評雪辨蹤》、《瀟湘夜雨臨江驛》、《煉印》、《長坂坡》等，均寫得比較齊整，演員有戲可演。因為自己也是演員，所以我寫的戲一定要令演員有機會發揮。演員不是出來說故事，而是在演人物，故必須給他們發揮的機會。

為「西皮」正名為「四平」

我為甚麼會去為粵劇的「西皮」正名為「四平」？其實我本想研究「二黃腔」的來源，結果找不到真正的所以然，也找不到它有證據的緣由。我先後到訪三次江西、一次武漢，都找不到百分之百的證據。現在手邊能找到的證據，我已於《此生無悔此生》一書中寫出來，當時發表的報告亦已原文刊登。

早些年，我想為粵劇「二黃腔」探本尋源，復為粵劇裏的「西皮」澄清謬誤。二零一三年起，我多次到訪江西尋根，去過「二黃腔」的發源地宜黃縣，拜訪當地戲曲權威學者萬葉老師。我在當地聽了不少「二黃腔」，又與當地的前輩及學者做過研討，互相引證。此外，亦有觀聽「四平調」的唱及演。「四平」其實歸入二黃類，與粵劇的「西皮」一模一樣；再經細心引證，從定弦、行腔、結束音等作比對，兩者只在過門及前奏上有別，因此可以肯定我們「西皮」的名稱是錯的，其實應該稱為「四平」，只是近百年來，因方言音誤，粵劇一直將「四平」誤稱「西皮」。二零一四年十月，在香港教育大學舉行了「探索粵劇二黃腔之來源：匯報第一階段研究結果——更正粵劇裏的錯誤名稱『西皮』發佈會」。

至於「二黃腔」的源頭，則尚在摸索中。我雖然在宜黃縣聽了不少「二黃腔」唱段，並與前輩做過比對，但始終未有足夠證據，不敢斷言「二黃」來自江西的「宜黃腔」，但我本人是深信不疑的。

在新冠疫情爆發前，我原本已獲西九文化區戲曲中心支持，舉行探討「二黃腔」源流的研討會，並已邀請多位國內研究「二黃腔」的學者來港，希望研究有新的突破。萬事俱備，連宣傳都準備好，誰料疫情兇猛，人心惶惶，場館封閉，國內學者無法來港，研討會就此擱置，心感無奈之餘，暫時未再啟動此研究計劃，希望有日終能成事。

前赴海外研究粵劇戲服及文物

一次偶然的機會下，我去了澳洲班迪哥（Bendigo）。我在十多年前曾在香港藝術發展局擔任委員，與當時香港中文大學音樂系系主任蔡燦煌教授認識。中大音樂系當時設有中國戲曲資料中心，由藝發局資助，後來該中心停頓了，沒有新的發展，蔡教授亦曾與我提及其中的問題及難處。後來蔡教授離開了中大，中心更關閉了，我當時對此事十分痛心，猶幸近年再度重開。

蔡教授雖然到了海外，但心中仍有我這個朋友。他在外國從事音樂研究工作，有一次他到澳洲班迪哥的金龍博物館尋找古代樂器的資料，見到一批百年前的戲服，大約是一八五六年至一八八零年間的文物。二零一四年某天，他回港時託請當時在西九文化區任職的楊葵女士找我見面，並把金龍博物館的刊物遞給我看，我一看那數張金龍博物館收藏的戲服相片，便肯定是百多年前的戲服樣式，腦子裏頓時產生了極大的震盪。起初我還有些懷疑，因為香港八和會館也曾派員到澳洲參加金龍博物館的復活節交流，但回來後卻沒有人提過有這一批戲服，於是我便興起了親身實地查看的念頭。

二零一五年一月，在西九文化區支持下，我與楊葵、曾慕雪、蕭詠儀一行四人到了澳洲墨爾本與蔡教授會合，一起到金龍博物館進行考察及研究。我們在當地逗留了四天，我衷心多謝金龍博物館的工作人員，讓我們仔細觀看，並為我們翻箱倒篋，我們終於見到百多年前的戲服。我很開心能找到一批現在已無法在舞台上見到的戲服，甚至搵嘴鞋、結子、綯紗帶等東西也一一在眼前出現，證明百多年前粵劇的戲服真是如斯模樣。以往我只能從舊照片中看到當年的戲服，現在卻有實物可以印證。

另一件開心事，就是今次的實地考察結果，填補了粵劇歷史上的一些空白。清廷禁戲就在一八五六年左右，但為甚麼會有這麼多戲服運到澳洲呢？是否當地人在一八五六年便由廣東請戲班到來演出？後來得知該地原來又稱「大金山」，即是當地有金礦，我便想有機會是廣東人去了做礦工賺到錢，想有娛樂，於是便從廣東請戲班到來演出。之後我查看年份，恍然大悟，發覺戲班會否在清廷禁戲後，為求生計，或逃避清廷追殺而離開中國？姑勿論是由澳洲華僑聘請，還是戲班的人希望逃出虎口，但是怎樣過去呢？由廣州出發，去澳洲從水路的路程最短，細看地圖，由佛山或廣州西行，從陸路經廣州灣進入廣西，廣西的雲南之下就是越南。二次大戰的時候，很多前輩就是沿着這條路到了越南。越南之下是泰國，泰國之下是馬來亞，馬來亞之下是新加坡，新加坡之下過一丁點海便是印尼。印尼是一個由很多島嶼組成的國家，島與島之間的水程不太遠，一個島連着一個島，最南面的島嶼與澳洲的距離亦近，所以說當時廣東戲班能逃到澳洲，一點也不出奇。

此外，澳洲的班迪哥埠設有洪門致公堂，更有革命時期的記載，該埠還有葬着革命先烈的墓地。這進一步證明了不論是太平天國還是反清先烈，失敗後都有可能逃到澳洲班迪哥，終老於斯。

羅卡兄對我說，有一本著作曾說美國三藩市的第一個戲班是從澳洲去的，如果屬實，則更有理據證明廣東戲班出外的第一站是澳洲班迪哥。這段事蹟足以為吉慶公所成立前的空白補上一筆。

後來，金龍博物館曾有人來香港與我聯絡，我帶他們到沙田香港文化博物館談過合作展覽的問題。最初我建議挑選部份戲服及文物，在香港及內地巡迴展出，本已談得七七八八，但據聞因為金龍博物館資金不足，加上戲服修復及保險費用龐大，香港及內地又未能給予足夠資助，展覽一事就此擱置下來，成了一個遺憾。

任重道遠——為香港粵劇立史、為構建「粵劇資料館」請命

環顧香港現今的粵劇發展，政府在硬件上已提供不少協助和資助，如各區的會堂場地、香港藝術發展局及粵劇發展基金等；亦有不少提供表演培訓計劃和課程的機構，如香港八和粵劇學院、香港演藝學院等。其實，香港粵劇還缺少一套專屬的《香港粵劇歷史》著作，雖然國內有類似書籍，但始終不夠充實。如一八五四年的「李文茂事件」發生後的粵劇歷史，因找不到證據，內容寫得虛無。我們能否重新編寫一部粵劇歷史呢？或者由香港的學者或研究人士撰寫一部《香港粵劇歷史》呢？

我現在的工作團隊有志氣去為香港粵劇立史，計劃正在籌備中，希望有一天會有一套《香港粵劇歷史》書籍在香港出現。

最近聽聞香港文化博物館有改建重組的計劃，館內收藏的二萬多件由各前輩捐贈的珍貴粵劇文物、戲服及劇本等藏品，未知命運如何？何去何從？如果香港能有一所「粵劇博物館」或「粵劇資料館」，這批滿載香港粵劇歷史資料的瑰寶就有它們的容身之所，不致漂泊無定。

我衷心希望香港能有一所如香港電影資料館般規模的「香港粵劇資料館」或「香港粵劇博物館」。這計劃當然需要政府允許及投資。余慕雲先生在生前幾經艱辛及奔走，才能造就今天的香港電影資料館，為香港電影保存了不少資料，亦搶救了很多快將失傳的電影。我現在振臂高呼，仁仁君子，呼籲大家救救香港的粵劇歷史，救救香港的粵劇文物！香港實在需要一所「粵劇資料館」或「粵劇博物館」。

為「工尺譜」成為「非遺」項目再努力

提起為「工尺譜」「申遺」一事，我就滿腹牢騷！

二零一八年，我聯同一桌兩椅慈善基金有限公司及何家耀老師，很努力地為「工尺譜」申請列入「香港非物質文化遺產代表作名錄」而撰寫建議書，並已向香港非物質文化遺產辦事處遞交申請。但到了今天，得到的回覆卻是：「已在排程處理中」。現時申請「香港非遺項目」的多達四百多項，辦事處卻沒有分緩急輕重、沒有特事特辦、沒去理解「工尺譜」在中國音樂史上的重要性、沒有明白已「申遺」成功的「粵劇」與「工尺譜」是息息相關的。

世界上採用的記譜方式有三種，包括音符、簡譜及「工尺譜」。「工尺譜」是記音字符，我們用了八、九百年，香港粵劇及粵曲還在用「工尺譜」。這種歷史寶貝，到現在還活生生地被人使用。

「工尺譜」是一種中國文化，但給崇洋的人扼殺了。難道簡譜比「工尺譜」優勝嗎？對於初學者或是不懂音樂的人來說有其好處，因為簡譜有準確的時值，而「工尺譜」則沒有時值符號，任由演奏家發揮。對了！這正是中國音樂的初心，就是要有參差。中國音樂的初心是抒發自己的感情，是出自心聲。同一樂曲可以各有不同的感情，而聽者也可以有不同的感受，中國音樂要求的就是內涵。

我打算到北京為「工尺譜」申請列入「國家級非物質文化遺產代表作名錄」再作努力，因為「工尺譜」絕對值得列入「非遺名錄」。中國有多少東西是由古代留傳到今天還在應用？「工尺譜」在中國音樂歷史上絕對佔有舉足輕重的地位。我不明白為何「工尺譜」在香港尚未能成為「非遺項目」？已過了幾年也未能公佈一批入選名單，那麼四百多項申請要等到何年何月？哀哉「工尺譜」！

救救中樂

還需拯救的就是中樂！我很痛心現在中樂已經消失了。「五四」運動的出發點非常正確，因為中國落後因循，拖累了國家的發展，我完全明白當時有志之士的痛心，想要推翻當時迂腐的思想，重新建立新國度、新目標，否則不會有今天的中國。但是將舊文化全盤打爛，甚至使其永不翻身，我認為沒有必要。理應是將不合理的推翻打倒，而不是消滅殺死，但中樂卻不幸成為目標。

現在的中樂團都是用西洋樂譜演奏，採用十二平均律，但不可以完全取代中樂。中樂是五聲音階，依次為宮、商、角、徵、羽，大致相當於西洋音樂簡譜上的 do、re、mi、sol、la。是否十二個音階勝過五個音階呢？印度音樂有三十多個音階，豈非更豐富？音樂是一種自發性的表演，是自身的一套學問破繭而出；加上音樂是抒發個人感情的媒介，不是我玩給你聽，迫你去接受，這個想法是錯誤的。中樂是怡情養性的東西。

現在很多人讚賞中藥的治病成效，中醫藥學院亦已成立，中醫的地位受到肯定，中藥已有了翻身機會，為何中樂不能呢？這是因為中醫救人保命有很多實證，令人信服中醫的醫理。中樂則無明顯用途，又不是良方妙藥，學西洋音樂出身的人不懂中樂，因而便去貶低中樂。現時中樂團雖名為「中樂團」，其實玩的是西洋音樂，這令我十分痛心。樂團團員都不懂「工尺譜」，奏起來又怎會是中樂？勉強只能説是用中國樂器來演奏而已。我不是堅持必須用「工尺」來記譜，但不要忘記音樂是語言，不同民族會產生不同的音樂，現在的中樂猶如中國人講英文，道理一樣。

我希望有識之士能同心合力推動「工尺譜」申請成為「非遺」項目，扭轉中樂的命運，把中樂重新納入使用「工尺譜」的軌道中，並以「工尺譜」來演奏中樂。要明白「多」不等如「豐富」，日本的能劇有音樂、歌舞伎也有音樂，我不肯定它們有沒有用五線譜，或用 do、re、mi 來記譜，但既然日本能保存本土的文化藝術，為何中樂藝術卻變成一團糟？我相信是因為缺乏自信，沒有好好固守中國人的尊嚴。我們應該好好反省！

救救孩子

不是人人喜歡學戲曲，也不是人人喜歡戲曲，肯練的人更少，因為辛苦。不知何年何月開始，香港所有孩子都變成金叵羅，是父母心中的「公主」或「王子」，可見父母縱容子女的程度已到了極點。

我見過有一名小孩在前面拿着手機在打機，媽媽在後面拿着小型電風扇追着為他搧涼，身上孭着大包小包，還有書包、樂器等。這個情景中的媽媽，可以換成爸爸或外傭。試想想，這個孩子長大後會變成甚麼模樣？除了做「公主」或「王子」外，哪家公司可提供這麼好的待遇？為甚麼要孩子習慣這種生活？很多父母以為這是疼愛子女的表現，其實是令他們一事無成，經不起任何挫折。不能捱苦的孩子，長大後如何在社會上生存？管教小朋友要以身作則，父母自己要做好榜樣，講粗言穢語的父母能教出不講粗言穢語的孩子嗎？在教導兒女方面，我自問是一個失敗者，沒有資格教人做父母，但我眼見現在的孩子比我的子女差上不知多少倍。我的子女最差只是不聽話，絕不如今天的孩子那麼橫蠻無理。

資訊網絡發達的今天，父母無法阻止孩子玩手機，因為這侵犯了孩子的自由及人權，但要小心網絡上充斥着不少虛假及錯誤的資訊。昔日有謂「盡信書不如無書」，今天網絡上的資訊同樣不可信，連翻查資料都會出錯。《鳳閣恩仇未了情》這麼有名的一齣粵劇，在網上都寫錯了編劇家的名字。

網絡的知識只足夠應付當下的需要，過後便忘得一乾二淨，不能令人增長知識，只會讓人依賴。不肯去記誦，知識根本沒有記入腦中。我從不會在手機上看文章，因為看完不會記得，要我記入心中、記入腦裏，必須是實體的紙本。我更不會用手機來讀劇本，必須有一本實體劇本在手，否則可能連一句曲詞都唱不出來。就算你說我追不上潮流，說我與時代脫節，我也只會一笑置之。

【第四章】

舊雨新知説愚公

人與人的相知相遇真的是很奇妙，我是一個在舞台上過活的粵劇藝人，在茫茫人海中能與不同界別的人士結緣，成為朋友或工作上的夥伴，令我感恩之餘，更珍惜彼此的結緣與相交。

我前幾本著作除序言外，甚少麻煩其他好友執筆撰文，今次既然有回憶故人好友的篇章，何妨邀請幾位好友撰文講述與我結緣相交的經過及對我的觀感，為拙作增添新的色彩。

湛太與我相識二十多年，在公在私都是一位值得深交的朋友，結緣於公事上，近年更為「粵曲考級試」並肩奮鬥；鄧樹榮兄更是我在藝術道路上的良師益友，既擴闊了我的藝術視野，更是一位可以交心的朋友；陳守仁兄在他挽着書包的學生年代就與我認識，屈指算來已四十年了；如非胡國賢校長提及我們早在「香港實驗粵劇團」的年代已經結緣，我還以為彼此的緣份因《孔子之周遊列國》而起，原來是箇中自有玄機；與馮立榮校長的相交好像冥冥中另有安排，偶然一次在他曾任教的油麻地天主教小學的分享活動中開始了彼此的緣份，近年在學界的活動上又常與馮校長相遇，在承傳的工作上又多添了一位好的夥伴；「威仔」黎耀威是粵劇的後起之秀，我與他的相交是必然的事，何況他的師傅「華哥」文千歲先生與我私交甚篤，我對「威仔」自然多添一份關懷。

我大着膽子去邀約，他們不約而同的一口答應。談到他們心中的我，我直言希望他們直話直説，不用讚譽，不用矯情，最重要的是心底老實話。因為新書已到了截稿之期，我實在不好意思催人交稿，但意想不到他們竟在預期之內完成。難得諸位慷慨賜文，不勝銘感。

千里之緣始於斯　湛黎淑貞博士

結緣之始

當阮兆輝教授（「輝哥」）來電邀請我為他的新書其中一個篇章「舊雨新知説愚公」撰文時，我欣然答應。「輝哥」和我數十年來合作無間，在工作上取得了共識，亦

與湛太於香港書展講座後合照

互相了解工作素質方面的要求，我深感這實在是一種「緣份」；而這數十年來從未間斷的合作中所結下的「緣份」，的確是「千里之緣」。

在電話中，我告訴「輝哥」他之前因事缺席的「香港學校音樂節」粵曲項目決賽暨優勝者表演，原來已是第二十五屆了！猶記得當年我擔任教育署輔導視學處音樂科首席督學時，曾親自與「輝哥」及工作團隊策劃比賽，最後付諸實行，如今仍歷歷在目。

時值一九九八年，時任教育署副署長湯啟康先生邀請我參加一個臨時會議，席上來賓有「林家聲慈善基金」的代表周振基博士、「華都獅子會」的代表鄒燦林先生，討論議題是《如何在學校推廣粵劇教育》。我在會議中提到，自一九九四年開始，教育署已經肩負起推廣粵劇的工作，在這四年間，設有到校／到市政局（二零零零年前）／康文署（二零零零年後）屬下場地的粵劇推廣學生專場、有在音樂課進行粵劇教學的研究，也開始進行設計粵劇課程大綱和教材的工作。會議中我建議下一步的推廣，可以考慮舉辦香港前所未有的校際粵曲歌唱比賽，藉此提起課餘喜愛演唱粵曲的學生的參與興趣，也藉比賽增加互相觀摩的機會，擴闊參賽學生的視野並提升他們的演唱水平。會議過了不久，就收到「林家聲慈善基金」和「華都獅子會」的答覆，兩個機構願意各捐出十萬港元籌備校際粵曲歌唱比賽。而教育署亦相應從署方資助的「香港學校音樂及朗誦協會」營運費中撥出十萬港元，即合共三十萬港元作為籌辦經費，並同意在一九九九年五月舉辦首屆校際粵曲歌唱比賽。

當時教育署輔導視學署音樂組同事立即成立了籌備工作小組，主要骨幹成員就是一向在教育署各項粵劇推廣活動、教學研究、課程與教材設計中不遺餘力的「輝哥」。一如既往，「輝哥」義不容辭，馬上接受這份工作。當時「輝哥」夥同梁漢威先生（「威哥」）在短期內確定了賽制、比賽曲目，並策劃賽前工作坊，讓參賽者了解比賽準則及要求；加上「香港學校音樂及朗誦協會」的行政秘書衛承發先生的專業協助，比賽順利在一九九九年五月舉行，吸引了二百四十八人參賽[1]，並在香港文化中心音樂廳舉辦決賽、優勝者表演及頒獎典禮，由粵劇名伶林家聲先生親臨頒獎，一時盛況空前，成為城中佳話。

每件事情的成功，當然有賴各方人士的專業知識和衷誠合作。在校際粵曲歌唱比賽中，尤其難得的是擔任評判的「輝哥」的專業判斷及努力。記得開始的數屆比賽，都是由「輝哥」夥同「威哥」擔任評判。「輝哥」認為，當時大家都未有機會全面掌握香港學

1 根據「香港學校音樂及朗誦協會」資料，第一屆比賽參賽小學組有一百四十三人、中學組有七十四人、公開組有三十一人，合共二百四十八人。

生的演唱水平，難以訂定評審標準。如果每次比賽都任用同一評判團隊，以保持同一評審標準，那麼每一組別演唱的水平、各組別之間的差異，他們都會瞭如指掌，那就能公平地作出判斷，也因此能從評審中得到經驗，來調整準則或更改曲目，作為改善來屆比賽的依據。猶記得「輝哥」告訴我一連四天坐在評判席的苦況，令我對他敬業樂業的精神，心感欽佩。

合作有感

其實，我與「輝哥」所結下的「千里之緣」，並非由一九九九年校際粵曲歌唱比賽開始，而是始於一九九四年。當年我從柏立基教育學院返回曾任職的輔導視學處擔任音樂組主管，同時亦負責課程發展。由於當時課程發展處未有負責音樂科課程發展的合適人選，便由我兼任直至二零零零年教育署架構改革，我轉任課程發展處藝術教育組主管為止；亦因為該職位屬課程發展的工作，我順理成章繼續肩負起發展粵劇課程的重任。

發展中國音樂（包括中國戲曲）教育，一直以來都是音樂科課程發展的一環，這可見於上世紀九十年代的小學與中學音樂科課程綱要。遺憾的是，在推行方面一直未如理想。

歸根究底是當時香港自殖民統治時期以來一直重視西方音樂而忽視中國音樂的緣故。當我成為音樂組主管後，試圖從本土戲曲——粵劇開始，訂下發展計劃。幸得舅父黎鍵（著名樂評人，「粵劇之家」成員）的協助，邀得「輝哥」（同是「粵劇之家」成員）為發展學校粵劇教育提供意見，思考如何把粵劇帶入校園。當時輔導視學處督學的職能在於培訓在職音樂科教師，通過日常視學觀課，舉辦音樂教師工作坊、講座，目的是令在職音樂教師更有能力授課，增強學生的音樂表現能力，進而讓學生發揮音樂潛能。

可惜的是，當時教師沒有具備教授粵劇知識的能力，一時間難以在學校推行粵劇教育。經過與「輝哥」及「粵劇之家」仝人包括新劍郎先生、梁漢威先生，連同香港電台戲曲台台長葉世雄先生磋商怎樣把粵劇帶入校園，結果決定暫時不從師資培訓入手，改從學生的興趣入手，方法就是直接到校演出，讓學生直接體驗粵劇折子戲。團隊首先訂定導賞目標、製作學生工作紙等，並向教師介紹如何在學生觀賞演出後作出跟進。當然這一切都有賴專業演員的支持，而「輝哥」在策劃劇目、安排角色、選擇學生能夠理解的教學目標等方面，都為整個推廣活動提供不少專業的建議和指導。

有了推廣策略，但一切演出仍需財政支持。時值一九九五年香港藝術發展局成立，提出「通過正統非正統教育，有系統地支持中國劇藝（特別着重粵劇），以協助界定中國劇藝在藝術教育上的地位」的目標。教育署精心策劃在學校推行粵劇教育，達至為傳承粵劇而培養學生成為粵劇觀眾，是當前急務。因此，自一九九六年起「粵劇之家」獲得香港藝術發展局撥款，大力支持「粵劇之家」與教育署合作的「到校／到市政局場地的學生專場」。果然，一時粵劇表演成為學校眾多課外活動之一，引起學生對粵劇的興趣，更提起教師、校長及家長對學校發展粵劇教育的關注。及後，從一九九七年開始，市政局與教育署合作，引用了早前的導賞模式，在每年五月的一週內分三至四個下午在高山劇場演出，參與學生每場都超過一千人，反應熱烈，活動成功地引起學生的興趣。教育署在「輝哥」的專業協助下，成功地踏出推廣粵劇的第一步！

與此同時，教育署開始研究課程大綱及教學方法、挑選教材及訂定成效評估，為支援日後進行師資培訓工作的準備。當時也是在「輝哥」的幫助下，「粵劇教學研究工作小組」、「粵劇課程發展實驗小組」逐一成立，而一九九七年與香港電台第五台合作製作的全球首張雷射光碟《粵劇視窗》、二零零四年製作的《粵劇合士上》教材套及二零一七年為配合中學文憑試新高中音樂科考試而編製的《粵劇合士上——梆黃篇》教材套也相繼面世。凡此種種，「輝哥」的專業意見都功不可沒，這也真正令我體驗到粵劇界經常推崇藝人的「德藝雙馨」，意即既有高尚的品德，亦有出眾的才華，「輝哥」實在當之無愧！我更體會到「輝哥」有一顆傳承粵劇藝術的心：從以往與教育署的合作，我了解他培養學生學習傳統藝術的心願，願意不辭勞苦教導下一代，亦希望他們成為未來有欣賞能力的粵劇觀眾。有優秀的藝人，也要有懂得欣賞粵劇藝術的觀眾，這才是粵劇發展的正途！

近年，「輝哥」協助「香港粵劇學者協會」發展與英國西倫敦大學合辦的「粵曲考級試」，擔任首席考官。他認為，與一個國際性的考試機構合作，既能把粵劇曲藝推向國際，引起各國藝術文化界的關注，亦有助提升粵劇在國際上的地位。作為曾任該協會會長八年的我，在發展考試課程和舉辦考試過程中，亦充份認同「輝哥」與外國機構合作的觀點。現今社會資訊發達，認識本土粵劇藝術文化並非香港市民專有，能令世界各地認識粵劇藝術，也可說是粵劇藝術未來在世界各地得以傳承之道。

結語

具前瞻思維的樂評家黎鍵在其《香港粵劇敍論》中這樣説：「論者認為培養觀眾的目的，歸根究底都是為了傳承與開拓市場，觀眾才是粵劇發展的載體和動力，一方面有寬廣的市場，才有寬廣的發展天地，而另一方面，有怎麼樣的觀眾，才有怎麼樣的粵劇。」[2]

「輝哥」，您的傳承教育工作，任重道遠，請繼續努力，加油！

2 黎鍵著：《香港粵劇敍論》，香港：三聯書店（香港）有限公司，二零一零年，頁五〇六。

流星雨　鄧樹榮先生

我自小已看「輝哥」的電影，大一點的時候看他在電視台的演出，再大一點的時候看他的粵劇演出。九十年代初，我留法回港，與他在市政局的榮譽顧問團共事。雖說是舞台藝術上跨界別的同行，但我是最年輕的一個，而他已是眾所周知的「電影神童」及粵劇的「萬能泰斗」！由於當時文藝政策醞釀大變，可能是投契吧，我倆不久便開始討論彼此的想法。其實，八十年代初，我玩票性質地跟郭錦華老師學了三年京劇基本功，因緣際會，我從「輝哥」身上又學了一些關於粵劇的東西。漸漸地，戲曲開始豐富了我對形體劇場理念的建立與實踐。戲曲，簡單來說就是中華文化對人世及自然現象的認知、感受與表達。這門藝術是具象的戲劇扮演與虛擬表達的高度結合，充份體現了陰陽虛實的原則，與中國的繪畫、書法及武術同源。我有時會問「輝哥」：「戲曲可以現代化嗎？」他毫不猶豫地說：「戲曲必須保留它的傳統才是戲曲！這傳統就是演員最純粹的表演。但在這前提下，戲曲還是可以創新實驗的！」這或許是他七十年代成立「香港實驗粵劇團」的原因吧！我記得留法時認識的高行健老師亦經常說：「戲曲嘛，要麼就不改，要麼就大改，使它變成另一種東西。」兩位前輩對戲曲的傳統都有某種相近的想法。千禧年後，粵劇成為聯合國人類非物質文化遺產，但「輝哥」隨即看到普及粵劇後的危機：傳統開始變形走樣。於是他大聲疾呼，重申戲曲的本質究竟是甚麼、甚麼才是優質的訓練及演出。但此等價值觀在節奏越來越快的商業社會下，似乎朝夕不保，但他仍然不遺餘力。或者，他希望在有生之年盡力留下上一輩藝人的「非物質文化遺產」。

紅褲子出身的他，在文化層面上亦經常為戲曲護航。記得當年西九文化區要籌建戲曲中心，管理層想以 Chinese Opera Centre 為英文名字，他極力反對，說戲曲是戲曲，並非西方意義的 Opera，還援引日本的例子，能劇及歌舞伎就是 No 跟 Kabuki，永遠不會被稱為 Japanese Opera。他的這番言論我在市政局年代已聽過。最終，眾人敲定了 Xiqu Centre 為戲曲中心的英文名字。「輝哥」放下心頭大石！

藝術創作是感受與表達的互動過程，藝術家透過一個無以名狀的轉化，將感受變成藝術品。某種意義上，藝術家是自我的，這點「輝哥」與我都一樣。但幸好，我們都不是執着的人。如果藝術是一門修行，那麼最大的課題是甚麼時候開發、甚麼時候凝聚。開發是學習，凝聚是內化，二者缺一不可。「輝哥」與我都是同樣重視開發與凝聚的藝術家，有堅持之餘又要四處取經，充實自己。每一個藝術家都重視工藝（Craftsmanship），而一流的藝術家不獨是巨匠，還擁有一份天生的責任感，鞭策自己時常都需要呈現最高水平的工藝，這樣才能最完美地盛載一己的激情，以及最大程度上推動旁人的進步。說穿了，一流的創作就是心靈最純粹的顯現，這是非常非常困難的。如果「輝哥」正如自己所說，仍是不斷學習，那我肯定永遠望塵莫及。

五年前他向我提及改編海明威《老人與海》的計劃，目的就是要呈現戲曲表演的純粹性，但他又不想光是表演粵劇，問我可否將它變成一個肢體劇場。我說，劇場是假定性的藝術，可以表達任何東西。話雖如此，改編《老人與海》絕非易事。但我還是毫不考慮就應承了，因為我最喜歡接受挑戰。多年前，一位老

鄧樹榮兄為我精心炮製《老人與他的海》

師曾經說過：「沒有冒險，便沒有真正的創作。」這番話成了我的座右銘。剛巧「輝哥」這幾年寫了幾本書，我全都看過。創作，需要了解身邊的人，要了解《老人與海》，首先就要了解「輝哥」，再透過了解他而了解自己！因為任何人的現在都是過去的積累，而「輝哥」就是香港粵劇黃金時代的寶貴積累。他既是老人，也是海！經過疫情的磨煉，《老人與他的海》終於在二零二三年十一月面世。中間有我的，也有他的。創作需要時間，內化創作的經驗需要更長的時間。我想，這個作品會成為我身體的一部份，融入我記憶的倉庫，終生受用。任何人的創作都離不開他／她的記憶，但不同階段的人對記憶有不同的反應。我拿了我的，輝哥肯定也拿了他的。一個人，從過去到現在，只像黑夜的流星，一記閃光便立刻消失，但那個刹那就是永恆，因為它無法被取代！願「輝哥」這本新書為我們帶來更多更多的流星雨！

鄧樹榮

二零二四年四月十五日

阮兆輝——名伶學者　陳守仁教授

我與阮兆輝（「輝哥」）結交於一九八三年，從當年一個訪問他的學生，變身為近年與他共事和合作主持講座和推動香港「粵曲考級試」的同行者，其間經歷了超過四十年的歲月。

勇敢創新

「輝哥」是當代公認的「粵劇大師」，慕他名者遍及省港澳以至世界各地。根據他的自述，他童年由於家境不好，被逼於七歲輟學，幸好一九五三年考入永茂電影企業公司擔任童星，一九六零年又拜名伶麥炳榮（一九一五—一九八四）為師，自此伶、影雙棲，一邊參演電影，一邊參加師父領導的「大龍鳳劇團」或「鳳

與陳守仁教授於工作上多有合作

求凰劇團」的不少演出，打好了扎實的藝術基礎。

一九七零年，「輝哥」與志同道合的梁漢威（一九四四—二零一一）、尤聲普（一九三四—二零二一）等創立「香港實驗粵劇團」，力圖改革粵劇，先以幾齣折子戲作試點。一九八零年，「香港實驗粵劇團」首演了葉紹德（一九三零—二零零九）編的《趙氏孤兒》和《十五貫》，引起了香港廣泛文化界人士對粵劇的關注。

一九七五年，「輝哥」擔正文武生，與南紅首演蘇翁（約一九二五—二零零四）編的《虹橋贈珠》。「輝哥」又於一九八七年編寫他的第一部粵劇《花木蘭》。

正如一九七零年「香港實驗粵劇團」的創辦，是源於一班懷有抱負和不滿現狀的演員意圖改革粵劇和發展的大志，「輝哥」和尤聲普等演員、班政家黃肇生、劇評人和學者黎鍵（一九三三—二零零七）在一九九三年合力創辦「粵劇之家」，在其後近十年間統籌製作了一系列備受香港市民廣泛關注的粵劇演出。

一九九三年，「粵劇之家」假座高山劇場開幕，演出了《六國大封相》；同年為「香港藝術節」統籌了「香港實驗粵劇團」名劇《十五貫》；翌年再度為「香港藝術節」製作原屬「大排場十八本」的《醉斬二王》。

其後幾年，「粵劇之家」的製作包括原屬「新江湖十八本」和葉紹德為「香港實驗粵劇團」改編的《趙氏孤兒》（一九九五）、葉紹德編的《霸王別姬》（一九九五）、「輝哥」編的《長坂坡》（一九九六）、《玉皇登殿》（一九九八）、《香花山大賀壽》（一九九八）、葉紹德據「新江湖十八本」改編的《西河會妻》（一九九七）、「輝哥」編的《呂蒙正·評雪辨蹤》（一九九八）和《三帥困崤山》（二零零零）。[1]

粵曲考級試

我有幸與「輝哥」一起合作共事，是由於參加了「粵曲考級試」的籌備和推行。

早在二零一四年，一批關心粵劇和粵曲的學者、名伶、教育工作者、藝術行政人員已經不時聚首，探討在香港籌辦「粵曲考級試」的可行性。該年十二月六日，「輝哥」與湛黎淑貞博士、戴淑茵博士、李少恩博士、王琪德博士共五人召開會議，肯定了考級試的意義。

1 見黎鍵著：《香港粵劇敍論》，香港：三聯書店（香港）有限公司，二零一零年，頁四七〇至四七八。

二零一六年，「輝哥」加入「香港粵劇學者協會」成為會員。二零一七年三月，「粵曲考級試委員會」召開了第一次會議，成員包括「輝哥」、湛黎淑貞博士和本人，也包括新加入的香港電台第五台前台長葉世雄、資深粵曲導師和協會理事黃綺雯。其後，協會副會長杜增祥、香港理工大學張群顯博士、資深頭架麥惠文、高潤鴻和劉建榮相繼加入委員會，同心協力籌備考級試。

二零一七年八月十五日、九月十一日和十二月二十六日，委員會先後舉行了三次「試考」，邀請了一些粵曲學員以至頗為資深的唱者到來，模擬了第一級、第五級和第八級的整體考試，結果理想。

二零一八年七月二十六日，協會在高山劇場新翼的演講廳舉行了新聞發佈會，由「輝哥」與本人向傳媒、粵劇、粵曲界、學術界和公眾人士介紹「粵曲考級試」的理念、考試範圍和細則。之後，在各界人士的見證下，由「粵劇學者協會」會長湛黎淑貞博士代表協會，與倫敦音樂學院的侯活教授（John Howard）簽訂合作協議。

二零一九年一月，經歷了五年籌備，全球首創的「粵曲考級試」在香港面世。這個考試由「香港粵劇學者協會」與英國西倫敦大學的倫敦音樂學院聯合主辦，「輝哥」身兼粵劇業界代表和學者，獲考試委員會委任為「首席考官」。

可惜之後幾年，考級試因受到新冠疫情影響而多次延期。因此，自面世以來，香港「粵曲考級試」僅僅考核了百多位考生。

二零一九年至今，協會的「粵曲考級試委員會」正在努力籌備等同副院士、院士和高級院士的粵曲演唱和粵曲教學文憑考試，並推出一系列課程，既為培育考生，也為釐定考試的標準，「輝哥」與多位同工也積極參與其中。

名伶學者

早在一九八七年至二零零七年，我於香港中文大學音樂系擔任教席的二十年間，「輝哥」曾應「粵劇研究計劃」和「中國戲曲資料中心」的邀請，多次為學生和公眾主持粵劇演出示範講座。近十年來，「輝哥」也主持了無數公開學術性講座，他的影片在互聯網上廣泛流傳，我亦有幸曾經與他應康樂及文化事務署的邀請，合作主講粵劇神功戲。

「輝哥」亦曾參與香港教育大學的研究項目，並應邀到香港大學、香港科技大學、香港中文大學和香港演藝學院出任導師和客席教授，對大專教育貢獻良多。

這幾年，「輝哥」在頻繁演出、教學和培育新秀工作之餘，仍抽空把他的經歷和藝術體驗記錄下來，完成了多部著作，包括《阮兆輝棄學學戲　弟子不為為子弟》（二零一六）、《生生不息薪火傳——粵劇生行基礎知識》（二零一七）、《此生無悔此生》（二零二零）、《此生無悔付氍毹》（二零二三）和今年的新作《此生歲月堪回首》。

「輝哥」創作的粵劇劇作不少，代表作品有《狸貓換太子》（上、下本；一九八七、二零零九）、《文姬歸漢》（一九九七）、《呂蒙正．評雪辨蹤》（一九九八）和《大鬧廣昌隆》（二零零二）等。

四十年來，「輝哥」在粵劇藝術成長的同時，也在學術和創作上不斷成長，其努力不懈的精神，足當業界典範。

陳守仁　粵劇學者

二零二四年三月二十七日

灣仔太平洋咖啡

從「哪吒」到「孔子」

胡國賢校長

我大半生在教育、學術，以至文學圈子打滾，儘管兒時已愛聽粵曲、看粵劇，甚至曾嘗試撰曲自娛，卻壓根兒與「梨園」沾不上邊。想不到，退休後這十多年來，卻誤打誤撞地闖進來，並成為「編劇老新秀」。而其中一位關鍵人物，正正是有「萬能泰斗」之譽的名伶阮兆輝先生（「輝哥」）。

說起來，自從五、六十年代開始，我已認識童星時期的「輝哥」。請勿誤會，當年我只是在電影銀幕上認識他；而他嘛，當然並不認識我這個「小粉絲」。我印象最深刻的是哪吒這個角色（戲名忘記了，演李靖的是關德興先生），甚麼「大鬧東海」、「削骨還父」、「蓮花變身」等情節，至今猶存腦際，而哪吒那種既反叛又孝順的矛盾、掙

胡國賢校長與我

扎，正是我輩青春期的反映、投射！

踏入中學後，我因專注學業，課餘又忙於辦文社寫新詩，對當時已日趨式微的粵劇，連同相關的名伶名曲，也逐漸拋諸腦後……

想不到，七十年代初，卻有兩次與「輝哥」會面交談的機緣。

那時候，我還在香港大學唸碩士，有文友知悉我喜愛粵曲、粵劇，特邀我主持一個關於「粵劇應否現代化」的座談會。與會者是一群年輕粵劇從業員，「輝哥」正是其中之一。其後，他更和尤聲普先生、李婉湘女士接受我代表港大學生報的專訪，暢談「香港實驗粵劇團」的種種。無疑，在當年「輝哥」眼中，我只是座上芸芸文藝青年或大學生之一，自然無甚印象。不過，對我而言，能與一位心儀十多年、甚至與我一同成長的年輕老倌兩度同坐交談，討論的還是我關心的粵劇，自是難得更難忘的啊！（近年與「輝哥」提及此事，他才驚覺，原來曾與我結過好一段青春之緣。）

可惜，當我投身教育工作後，粵劇、粵曲已變成生活中偶爾的點綴。自詡「無師自通」實是「閉門造車」的自撰曲目，頂多是興之所至時，聊以自娛的消遣；何況，公餘還孜孜於新詩的編作評譯呢！

誰想到數十年後，退休不久，卻真箇能與「輝哥」結緣，正式輕叩那扇「虎度重門」？

二零零七年，我於孔教學院屬校退休，並順理成章續當院董。三年後，適逢學院創立八十週年，湯恩佳院長突發奇想，建議找一首以孔子為題材的粵曲，甚或一齣粵劇，於院慶中表演，既饒意義，也可寓教化於娛樂、藝術。當獲悉目前還沒有這類作品時，他竟鼓勵我嘗試創作，認為我一向醉心文學創作，又喜愛粵曲，對孔教儒學更有一定認識與學養，何妨一試。他更毅然允諾，只要劇本完成，定會推出公演。就這樣，經大半年廢寢忘食地找資料、定大綱、排場次，以至選曲、撰詞後，劇本初稿終於完成。下一步嘛，當然是嘗試把它搬上舞台。但是，一個行外人初寫的劇本，真個可以得到行內人的認可、接受？又有哪些老倌會貿然坐上一輛「閉門瞎造」的「新車」？

第一個賞識拙劇的是花旦鄧美玲女士。於湯院長推介下，我的劇本有幸得到她的「玲瓏粵劇團」接受；而她亦願意分飾劇中兩個主要女角：丌官和南子。其後，經她介紹下，得到「田哥」（新劍郎先生）的指導，使新劇編排更趨完善。不過，孔子這個全劇的靈魂人物，究竟誰最合適又樂意擔綱呢？

鄧女士、「田哥」和我不約而同地想到，不作他選的一位老倌便是「輝哥」！

說起來，除了那兩次「香港實驗粵劇團」的訪問外，我於退休前後也曾應教育局湛太之邀，加入學校粵曲推廣小組，協助籌劃學界粵曲比賽事宜，因而與評判主力之一的「輝哥」間接合作過，還有數面之緣。不過，與當年訪問一樣，事忙的「輝哥」相信對我這個工作人員根本毫無印象。因此，一個全然陌生的「檻外人」的首部作品，果真得入名伶法眼？

猶記得，第一次就劇本問題與「輝哥」於彌敦酒店嵩雲廳見面時，那種戰戰兢兢的心情，就如考生等待放榜般忐忑。可幸，「輝哥」對拙劇整體接受、認可，尤其稱許內容和選曲撰詞部份；當然，若干場次及介口仍有待完善。就這樣，在三位名伶的指導和參與下，加以湯院長的全力支持，《孔子之周遊列國》這齣全球首創的孔子粵劇，終於在二零一二年二月假香港文化中心首演。

拙劇至今已先後五度公演，共十一場，而「輝哥」每次渾身解數的演繹，更令孔子形象深入人心。我這個連基本工尺、叮板、排場也不甚了了、更從沒受過任何正規訓練的「門外漢」，就是如此這般，竟於晚晴得以「誤闖梨園」。若非先後遇上多位貴人，尤其是「輝哥」，又何以至之？

事實上，我後來幾齣新編粵劇，「輝哥」也有相當的參與。例如在《桃谿雪》中，他除了分飾劇中兩個形象截然不同的角色外，還身兼藝術顧問，更協助游說李龍先生擔演徐明英一角，令全劇生色不少。而《揚州慢》，他雖無暇演出，但也曾在情節和選曲方面，向我提供不少意見（該劇有幸於二零二三年獲粵劇金紫荊「新編劇演出獎」）。至於獲得二零二二年度第三屆「粵劇劇本創作比賽金獎」的《半日閻王》，他原來是評審之一，雖然事前不知道那是我的作品。此外，他還推薦我為教育局撰寫粵曲教材《粵劇合士上——梆黃篇》；如今該教材已廣泛傳唱於不少中、小學。至於有幸獲二零二零年第二屆「全球粵曲創作比賽金獎」的《少陵秋興》，他也曾於瀏覽初稿後贈我一句：「部份填詞稍密。」凡此種種，足見他對我這個「超齡新秀」的關心、指導和愛護。

我們原是顆顆依循自己軌跡運行的星宿
聚散只屬一種必然的巧合

（羈魂《出擊》）

「輝哥」和我，兩個生命軌跡本來絕不可能相交的人，卻因孔子結緣，是何等奇妙和玄妙的事！而從銀幕上見證「天不怕地不怕」的哪吒，到氍毹上體認「為社稷蒼生顛沛栖遑」的孔子，「輝哥」七十年來的成就和為粵劇藝術的貢獻，也不用我多置喙吧！他那份投入、那種堅持、那點執着，以及敬業樂業的精神、扶掖新晉的苦心，始終教我欽佩、敬服。

二零二四年三月二十五日

抱古嘗新　馮立榮校長

二零一八年的時候，我在聖愛德華天主教小學擔任校長，為了慶祝創校五十週年，籌備了一個名為「抱古嘗新」的活動，目的是讓學生明白許多創新的意念都源於傳統，沒有前人的基石，哪有今天的創意，希望孩子都懂得感恩。「創新」易找，「抱古」難尋，用甚麼形式去表達傳統文化呢？思前想後，決定用一支南音表達出來，更「膽粗粗」自撰一首《抱古嘗新》。由誰唱呢？跟大家一樣，腦海即時浮起阮兆輝教授（「輝哥」）的樣子。可是一所小學的活動，怎敢驚動一位大老倌？

在一個偶然機會跟「輝哥」喝茶，拿起唱詞問他：「是否符合格式？能唱出來嗎？」「輝哥」拿起歌詞哼了一遍，回應說：「可以啊！」我高興得立時盤棍而上，邀請「輝哥」幫忙唱出。「輝哥」毫不猶豫，只拋下一句：「夾個日期吧！」就這樣，一首記下藍田社區和學校變遷的《抱古嘗新》，就在「輝哥」帶領學生義務錄唱、余仲欣小姐幫忙伴奏下，在學校的校園電視台錄製完成。

其實，早在二零零二年，我已與「輝哥」在任教的油麻地天主教小學結緣。當時邀請他到校為「探索中華文化——粵劇藝術」活動跟小學生分享。接觸「輝哥」日久，發覺凡是對粵劇推廣有幫助的事，那管是大學、中學，甚至是小學的邀請，只要時間許可，他都會答應。他的行事曆總是密密麻麻、填得滿滿的，哪來的空間？原來是犧牲了他在演出和排練之餘的休息時間。你看，歷屆校際音樂節的粵曲評判、近年在學校推廣南音，校園處處都見到他的身影。

有一段時間，旁觀了「輝哥」寫作的過程，細聽他跟誰拍過甚麼電影，以及各個階段的舞台點滴，證明他記憶力驚人。細閱他的作品，由七十年的從藝經歷、功架程式，到演出心得，無論是專業演員還是粵劇愛好者，俱有所得。「輝哥」知無不言、言無不盡，跟他聊天實是賞心樂事。二零二二年，蒙他不棄，竟然

馮立榮校長作詞、余仲欣小姐拍和，順利完成了《抱古嘗新》的攝錄工作。

邀請我擔任新書發佈會的嘉賓主持，受寵若驚之餘，勉力完成，大有裨益。

「輝哥」有一個心願，就是把香港的粵劇歷史整存下來，除了做一個紀錄，還要核實求真，給後人存照。因為大家都發覺網上許多資料，以訛傳訛，難辨真偽。尋佐證、追根源，就是「輝哥」百忙中抽空整理相關資料的因由。過程中，他會把知道的資料如數家珍般羅列出來，再由團隊核實，只要不是他耳聞目睹的，他都存疑，以「知之為知之，不知為不知」的態度整理香港粵劇歷史。

作為一位老倌，「輝哥」總被旁人誤以為是一個好整以暇、一板一眼的老人家。認識「輝哥」的人都知道他工作時認真，平日也「好玩得」。心態決定境界，永不言休的「輝哥」今天仍然在保留傳統，尋求突破，而且坐言起行，認為值得做的便去做，絕無半點含糊。我能跟他學習，實在非常幸運。

結緣・惜緣・未了緣　黎耀威先生

我小時候愛看戲卻不懂看戲，但每次看「輝哥」演戲就有一種莫名的吸引力，感官自然跟着躍動起來。媽媽叫他做「老虎仔」，因為喜歡看他生龍活虎的演出。在耳濡目染下，「輝哥」成了我小時候的偶像。

二零零一年，我還是中五生，「仔哥」吳仟峰先生帶我入「日月星劇團」做下欄（次要演員），那時大多是「輝哥」做小生。我由台下觀眾席走上舞台與偶像同台，為他送槍帶馬都會手心冒汗。我每逢與他同場都會目不轉睛，就算閒場，我在虎度門也必佔一位置，繼續目不轉睛，那時候「輝哥」成了我的學習對象。我為人膽小，在後台不多說話，更遑論走進老倌箱位，最多只敢在「輝哥」箱位外遊蕩，豎起耳朵聽他跟前輩們天南地北。二零零三年，「輝哥」從藝五十年，我還是個做下欄的黃毛小子，帶馬牽頭、沖頭報上總有我份兒，但與「輝哥」接觸漸多，他開始稱呼我「威仔」。我第一位師傅——音樂名家潘細倫，就是在「輝哥」見證下跪地斟茶拜師的。

「朝暉粵劇團」在二零零六年成立，年資最短的我有幸加入。那時候沒有政府資助，「輝哥」負責台前事務，真正「一手一腳」地「落手落腳」教我們。他的賢內助「Bobo 姐」

（鄧拱璧女士）負責幕後，絞盡腦汁，東奔西跑籌備演出。班主「搞班」十居其九都是「精打細算」的，但「輝哥」夫婦應該是第十個，明知是一盤沒有叫座力的蝕本生意，這個算盤怎樣也打不響，但卻一心一意希望為我們打響名堂。「輝哥」反串跳「羅傘架」、做賈麟兒等，在「朝暉」多數演閒角，主角都留給我們去好好磨煉。我作為其中一員回憶所見所聞，「輝哥」面對當時一些冷言冷語，心無旁騖，不為所動，繼續昂首正道。

二零零七年，我拜文千歲為師，「輝哥」得知後十分開心，寄語我努力向學，休要陀名掛齒。他更數起與師傅過去的精彩時光，霎時雀躍起來，侃侃而談。「輝哥」以「華哥」尊稱師傅，他們在年歲上都只是幾年之差，但「輝哥」一樣恭敬，尊卑長幼有序，絕不混淆輩份，值得後輩好好學習。

「輝哥」魄力驚人，早午晚三場是等閒事。有一次下午在九龍響排，夜晚到元朗劇院演出，我與他排完一整天戲，他再開一小時車，去到戲院已五點多，行位綵排之後，六點多才見他正式坐下來打開飯盒與劇本，那晚可是演《黃飛虎反五關》。鑼鼓響起，他立即又「黃飛虎」起來！台上「黃飛虎」忠良正直、威武堅剛，孰知背後那位演員付出了多少魄力、專注、熱誠。沒有豐富的經驗、扎實的功夫，這個「黃飛虎」走得出台前也反不出五關！

及後「輝哥」開班，如「燕笙輝」、「鳳笙輝」等都帶着我做小生。每逢做「輝哥」的班我都份外緊張，雖然人大了手心不再冒汗，不過開始「識驚」。與前輩台前對手，就知道有幾多斤両，高下立見。有段時間，我感覺自己在演出上遇到樽頸，好像怎樣演都不如意，「輝哥」着我砍掉重來、勇往直前，「做到得為止」，這至今仍然是我自省的要求。二零一三年，我在「輝哥」「血汗氍毹六十年」中擔任小生，在七天內上演八場「輝哥」的首本戲。我這個連「氍毹十六年」也沒有的小朋友不單與「輝哥」，也與一眾殿堂級前輩演出。還記得尾戲那晚做《文姬歸漢》，我與「逑姐」做對手戲，「識驚」也沒用，總之就做了。我這個「膽」就是這樣慢慢從磨煉得來的。

我漸漸在其他班當台柱、做小生，絕大多數「小生戲場」的做法都是跟從「輝哥」的。一直以來在耳濡目染下，他演戲的做法、介口對我有很大的影響。例如《紫釵記》「吞釵拒婚」的韋夏卿，一整場戲連十句對白都沒有，但他從不閒着，由拜府聽到李益歸來的喜悅、太尉邀作媒人、崔允明拒婚被殺、痛失良友的悲痛，至忽見紫釵變賣的疑惑、十郎到來有口難言之苦、籌謀妙計佛寺一遊……既不搶戲亦不呆坐。其他如《六月雪》的張驢兒、《三笑姻緣》的米田共、《洛神》的曹丕、《蓋世雙雄霸楚城》的賀飛虎等，大大小小數之不盡的小生行當角色，「輝哥」總有自己的特色和做法。他時常說「小生」難做，無論文武老嫩、生丑淨末，小生接到劇本就要演，要擔起戲來，台前幕後都要恰如其分。「恰如其分」四字可圈可點，好戲的演員難當，恰如其分的好演員更難當。隨着我做小生時間越久，回味「輝哥」所教，此刻感受尤深。

我跟「輝哥」的學習從無間斷，自師傅移民美國後，也叮囑我多向「輝哥」討教。「輝哥」在油麻地戲院「粵劇新秀演出系列」中擔任藝術總監時，我曾跟他學《打洞結拜》、《金蓮戲叔》、《梨花罪子》、《高平關取級》、《夢斷香銷四十年》、《周瑜歸天》，以及他的首本戲《文姬歸漢》，「輝哥」盡皆知無不言，傾囊相授。還記得演完《文姬歸漢》後的清晨五點，他發了一個信息給我：「我做『油麻地』監督以來，最滿足的一晚」。我並無因此自滿，只是慶幸沒有辜負前輩所教；我亦明白他在傳承工作上的滿足，比起自己演出的滿足更加難得。時移勢易，我出道時比上一輩幸福得多，只要肯問，前輩都會教，自己把握多看戲便總有得着。這一輩的新秀又比我更幸福，有名師前輩撥冗執手指導。在「輝哥」擔任藝術總監的日子，我同樣是時任八和理事，大家時常一起做事，看見他盡心盡力培育新秀，又令我想起當年在「朝暉」的日子，一轉眼便十多年。十多年來「輝哥」的傳承工作從無間斷，有這份擔當的能有幾人？

「輝哥」演過我的不少劇本：《王子復仇記》、《青蛇》、「香港藝術節」的《漢武東方》、「中國戲曲節」的《奪王記》等，都是他開山的。令我印象尤其深刻的是《瀛台泣血》的李蓮英，他一走出虎度門，無論裝身、身形、語氣、態度，就要告訴你「我就是李蓮英」！全劇大概只有十個介口，他跟着慈禧太后出出入入，始終能為觀眾留下深刻、精彩的印象。還有，「輝哥」在《萬里黃沙萬里情》中開山飾演嫉妒蘭陵王的高緯，陰沉奸險，俟機鏟除蘭陵王，演得令人拍案叫絕，看得我目瞪口呆。不論我在劇本中有寫的、無寫的、寫得不好，或需要填補的，他全都「演」出來了！這不單靠功夫、經驗與演技，還有在同儕、後輩和觀眾面前，那種對演戲的熱誠與擔當，就算當下年輕力壯者也及不上他的豪情壯志。「輝哥」不單演活了我的戲，還會談論我的戲。有一次他看我有份編劇的西九文化區戲曲中心小劇場的新戲《奉天承運》後有些意見，就約我出來談了一個下午。他從佈局、方向與編排上，抽絲剝繭一一論述。演戲一板一眼尚算有例可循，但劇本別出心裁豈只一路可通？他從不斷言那路可行，那隅必堵，反而從多角度啟發我的思維。編劇的確艱深難明，既有想像亦有規格，我每次與「輝哥」談起來也不亦樂乎。

二零二三年，「輝哥」「血汗氍毹七十年」尾戲那晚演《文姬歸漢》，也是由我做小生，不同的是由後起之秀梁心怡飾演文姬。那一晚的《文姬歸漢》我沒有手心冒汗，也沒有緊張怯慌，信心滿滿地落力演出，「輝哥」一樣生龍活虎，繼續帶領着我輩在台上發光發亮。七十年了，「輝哥」與我相識結緣頂多盡其三分之一的舞台時光，師徒是緣、師生是緣、前輩後學皆是緣。我慶幸亦感恩能夠與一位前輩結緣、惜緣，他在二十多年來一直扶持我、鼓勵我。「輝哥」不單傳承粵劇藝術予後學，還傳承一種精神，為這門戲曲藝術添上獨特璀璨的色彩，而這種色彩亦將永遠伴隨着我的藝途。難得在戲曲世界的潮流中與「輝哥」有緣相遇於此時此地，因緣際會，畢生感銘！

二零一三年，「威仔」戰戰兢兢的完成了《文姬歸漢》。

二零二三年，經過十年磨煉的「威仔」，再演《文姬歸漢》，進步了不少。

【第五章】自古得失在嘗試

回望我七十年的演藝生涯，用「多彩多姿」來形容，也不為過。我在台上真是一個「百厭星」，不停的嘗試，撞到焦頭爛額，又再從頭來過。我是個一次次失敗，又再一次次再從頭來過的人，表面辛酸，但自覺甘甜；如魚得水，自得其樂。

我的電影

我七歲開始拍電影，據契妹阮紫瑩為我整理的電影紀錄，我演了九十五部電影，首部電影是一九五三年十一月上映的《養子當知父母恩》，由吳回導演，司馬華龍、上官筠慧、張英才、李香凝（即李鳳聲）等主演。

當年有幾條院線上映粵語片，《養子當知父母恩》好像是在環球院線上映的，旗下有太平、環球、北河、新華、油麻地、國際等戲院。我已忘記香港最初有多少條院線，後來則只有四條院線，每條院線每個月有四齣新片上映，一個星期就更換一齣電影，不論賣座與否都要換畫，只有中聯電影公司的電影可以放映九天，但賣座再好都不可以延續。因為四條院線一個月需要上映十六齣新電影，不免出現粗製濫造的情況。

我演過的電影，最為人認識的，當然是被選為「百部不可不看的香港電影」的《父與子》和《父母心》，我很開心這兩齣電影能在香港電影史上佔有重要的地位。此外，還有《鳳閣重開姊妹花》、《離婚淚》和多齣哪吒電影如《白娘娘借屍還魂》、《哪吒蛇山救母》等。最近演出的電影則是二零二三年九月上映的《說笑的人》。

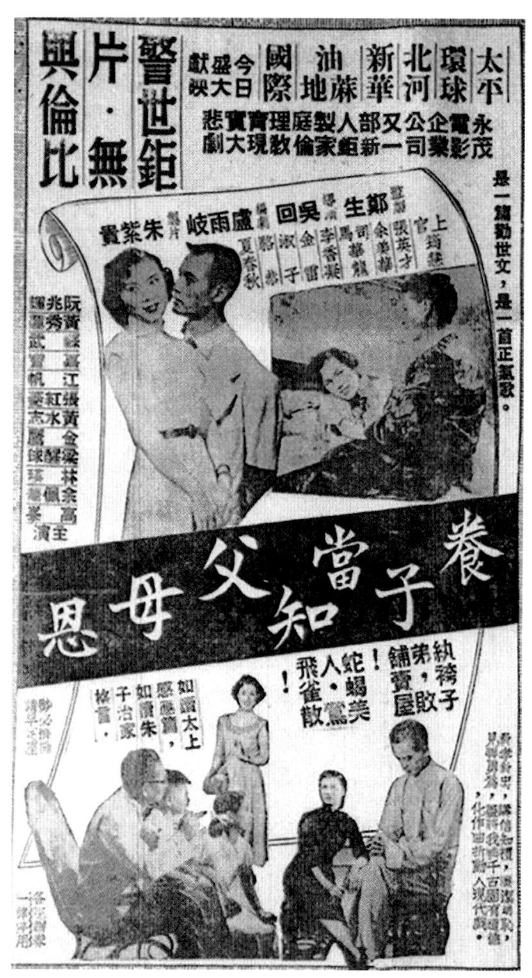

我的首部電影《養子當知父母恩》（一九五三年），我時年八歲。

在一九五四年拍完《父與子》後，班政家何少保先生想到以「隨片登台」作為號召，先做一節折子戲，然後才放電影，下一場則先放電影，然後做折子戲，並安排我在高陞戲院「隨片登台」，演了三天《山東響馬》。

一九九零年上映的《李香君》，是香港最後一部戲曲電影。我有幸與「蝦哥」羅家寶先生及「女姐」紅線女女士拍檔，全片於廣州片廠拍攝，我飾演那個八面玲瓏的楊龍友。二零二三年，香港電影資料館為我舉辦「從心出發——阮兆輝藝海揚帆七十載」，特別選了這齣電影作為慶祝我從藝七十週年的電影回顧作品之一。

我拍的國語片不多，第一部是唐煌導演，王豪、葛蘭主演的《愛與罪》，於一九五七年上映。第一部上映的國語片則是《青山翠谷》，於一九五六年上映，演員有雷震、田青、蘇鳳、丁皓等。有趣的是，原來《青山翠谷》是他們四人的首部電影作品。

一九五八年，我還拍了一部韓語片《望鄉》，演員有梁美姬、上官清華、朱善泰、李英。這部韓語片較少人提起，可能沒有在香港上映。

我的劇團

我第一次擔任文武生，是一九五七年與「華哥」文千歲先生到越南堤岸區的豪華戲院演出。當時是由兩對拍檔演出的：文千歲夥拍周海棠，我則與鄧鳳蓮拍檔。我與「華哥」的分工，是他做文武生時，就由我擔任小生，我擔演文武生時，「華哥」就會做小生。那時我比「華哥」矮很多，視覺上欠美觀。演出了不足一星期，鄧鳳蓮因事退出不演了，餘下個多月的演期裏，我的花旦拍檔便由周海棠擔任。周海棠是「碧姐」鄧碧雲女士的首徒，她的女兒是蔡麗貞，曾經在電視演出一段時間，也是當時歌唱界的「神童」之一。

到越南的第一晚演出，就發生了一段小插曲。我在豪華戲院第一晚擔演文武生的戲，是講越王勾踐滅吳復國的故事，劇名我忘記了。當時越南脱離了法國殖民統治獨立，總統是吳廷琰，但那齣戲講越王勾踐滅吳，整晚都在鬧吳王夫差，那就出事了。為免引起不愉快的事情，大家將吳王改為「大王」或「魔王」。這是我第一次真正擔任文武生。

一九五八年返回香港後，我在高陞大戲園擔演了三天文武生，夥拍胡笳小姐，她是「梅姨」陳皮梅前輩的千金。這是我第一次在香港戲院擔演文武生，當時只有十三歲，劇團名為「阮兆輝劇團」，夜戲演出蘇翁先生新編的《小秦英大鬧金水橋》，日戲則演出《楊宗保與穆桂英》。其他台柱還有劉少錦先生、羅家權先生、新次伯先生、黎坤蓮女士、李香琴女士、蕭仲坤先生。夜場票價由七毫至四元七角，日場票價由五毫至三元半。

隔了十七年，我在一九七五年第一次在利舞臺戲院擔演文武生。那時在利舞臺戲院做文武生或正印花旦是一件很光榮的事，每個藝人入行後都很想在那裏擔正演出。利舞臺戲院雖然是私營戲院，但不會輕易租予未達標準的演出團體，執事人員會很

「阮兆輝劇團」是我在香港第一次擔任文武生的劇團

我與胡笳女士合演《小秦英大鬧金水橋》

禮貌婉拒不合資格者。但是，我這一次在利舞臺戲院的演出卻是一次失敗的教訓。當年，我與「媚姐」南紅女士組成「金利年劇團」，在利舞臺戲院演了七天，演出蘇翁先生新編的《虹橋贈珠》，星期日日戲演《紫釵記》，其他台柱還有「四叔」靚次伯先生、「波叔」梁醒波先生，「細女姐」任冰兒女士和「龍哥」李龍先生，還有朱少坡先生、陳亮聲先生等人，陣容十分強勁，票價收五元至二十元。由於我實際上沒有號召力，票房收入不甚理想。我師父麥炳榮先生曾經說過：「點至做得文武生呢？要觀眾一見到你個名，就擰錢出嚟買飛，咁你就做得文武生嘞！」這句話我一直銘記於心。

值得一提的是，「波叔」飾演的船家原來是韋馱化身，他在《虹橋贈珠》一劇中還跳「韋馱架」。他跳的「韋馱架」與我師父教的「韋馱架」完全不同路子。有人說「波叔」的「韋馱架」是州府模式，一樣很好看，只是與我們路子不同。

首次在利舞臺戲院擔任文武生，演出《虹橋贈珠》。

寫在「虹橋贈珠」演出前

蘇翁

在一段不長也不短的時間中，編寫過蟠龍令、戰台柳、活命金牌和鐵馬銀婚之後，本來想休息一下。但是腦海突然出現一絲所謂「靈感」；使我想起要寫「虹橋贈珠」。

本來在京劇裏，虹橋贈珠亦名泗州城，是京班打武旦應工的，全靠大打出手，火爆熱鬧。但是單靠打出手和熱鬧，是不能滿足粵劇觀衆的要求，因爲粵劇的觀衆們，除了要「睇」之外，還要「聽」，而更重要的是要睇戲睇全套；要有一個完整的故事讓他們去欣賞的。於是，我開始去採集關於虹橋贈珠的故事。

首先在京劇劇目初探中，看到了這故事的輪廓，然後再在國劇大成中，找到了一部份唱詞。於是動手收集和整理，而且爲了不要用一個「迷惑男人」的女妖去做主角，而把這主角水母明珠去美化起來。因女妖迷人是不會得人同情的。不過，話雖如此，要實行美化工作，就得把虹橋贈珠的故事，加以或多或少的改動。不過最主要的一場水浸泗州城，是肯定性的保留。

經過三個月的編寫，虹橋贈珠的劇本總算整理出來了，又到要選擇演員去扮演劇中人而大傷腦筋了。

水母明珠是全劇重要的一環，首重扮相，色字當頭。要找一個明艷照人的花旦，我相信大家都會想到——南紅。於是我和南紅暗頭去商量演出。南紅一口應承下來；而且更主動地去找粉菊花師傅練習水浸一場的「挑水」和「潑水」。又找[illegible]，去排練手北派，南紅這種虛心的態度和熱烈的工作情緒，使人很有信心她這次演出是肯定成功的。

韋陀是「收水母」的重要人物，要有威武的扮相，劇中人除了要表演一套粵劇傳統中難得一見的功架藝術——跳「韋陀」架——一種快要失傳的舞台表演之外。還要化身爲梢公，一個滑稽活潑的小人物，又要化身爲一個「騙飲三江水挽救泗州城」的老婆婆，這種千面人姿態的演出，除了丑生王梁醒波之外，恐怕再難找一個這樣吻合身份的人物來。梁醒波除了是現任丑生王之外，年青時更是星洲四大天王的首席，星洲的舞台演出以功架唱做爲重，所以梁醒波的韋陀架是內外行都希望欣賞的。

書生時廷芳——一個殺令水母明珠思凡，而不惜以千年修煉而成的分水玄珠相贈的青年，除了扮相有書卷味之外，更重要有武功底子。大家不要誤會，以爲我又寫書生打北派大襯樂觀衆。而只因爲我這劇虹橋贈珠的劇中人物，是需要文戲武做。渡江、逼婚、水府、三場，都需要「有板有眼」的演員，才可以演出得水準的。因此我找廿來歲的老倌——阮兆輝去扮演。阮兆輝以神童成名，這是大家都知道的，廿來歲的阮兆輝已經不「童」了，雖是愈老愈辣，浸淫在粵劇圈中廿一年的他，藝術成就是肯定有，何況他自幼就追隨過名滿北京的汪派名票李頌石學戲，練過腰工腿工，所以他是最適合的人選。

至於飾演伯的江太守，和任冰兒的寶兒，更是他兩位的典型演出。因爲這兩位稱王人物——武生王、二幫王——在很多劇本中，都扮演過同類型的角色，莊嚴父親和俏皮侍婢，他兩位駕輕就熟，一定演得好。

汴河三太子由李龍扮演，這角色戲不算太多，但搶鏡頭。李龍的工底和北派早已博得個限度的掌聲，這次虹橋贈珠中，更破例大打出手，務求一新觀衆耳目；至於金龍門水母一場，表演他的跌撲工夫，觀衆們一定讚賞的。

小丑朱少坡的土地公，一副可憐相，與丑生王梁醒波一場對手戲，盡量表演出他的精巧表情。

人物齊全，然後想佈景。以前的舞台佈景，要大紅大綠，以求熱鬧，今次，我們首先用國畫山水爲藍本，盡量樸淡，四場全部佈景，場場突出主題。這種手法的佈景，在未得到觀衆反應之前，不敢自誇「天下老子第一」，只請觀衆給以真正的批評，使我們這些舞台工作者，得以明確的指示目標和道路，去進行舞台工作。

阮兆輝

紅　南

梁醒波

虹橋贈珠劇照

阮兆輝、紅　南

紅　南、阮兆輝

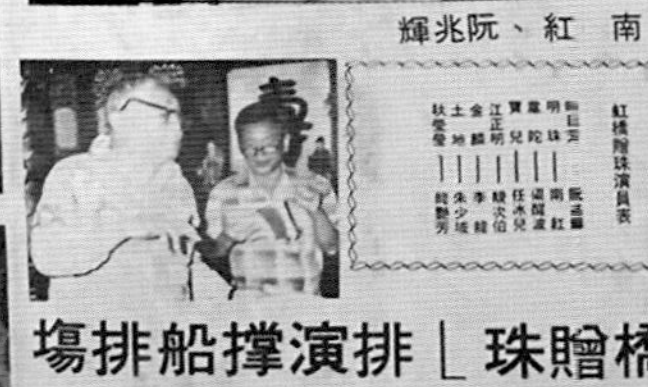

紅　南、阮兆輝

虹橋贈珠

本事

洪澤湖中有千年修煉成形水母，自號明珠，因吸收日月精華煉成一顆分水明珠，天兵天將莫奈伊何。但水母雖然妖殘修行，但絕未傷天害理，但汴河龍王三太子金驎，常到洪澤探訪，因而帶來洪水氾濫，明珠常斥責金驎，休來騷擾，以免波及無辜。

洪澤湖乃泗州之名勝，但因洪水氾濫太守江正明乃上香禱告，求上蒼庇祐，不要洪水爲患，上天知洪澤湖有水母成精，乃派韋陀先來收妖，韋陀乃化身船家梢代洪澤候機收伏明珠。

有書生時廷芳，自幼與太守之女訂婚，因家道中落，故而遠道而來泗州，投門迎娶，路過洪澤，明珠與侍兒寶兒見而愛之，欲以身相許，但因廷芳已有婚約，不敢應承，明珠更喜其忠誠正直，但亦無可如何，廷芳投到太守府中，正明以其家道中落，更未有功名，乃迫其退婚。廷芳不允，憤然而去，再過虹橋，明珠之侍兒寶兒已在虹橋相候，並告知明珠身世，引廷芳入水底相見，廷芳以明珠一片眞情，乃允婚之，但因與江家婚約未了，乃欲到江太守家退婚，明珠乃將分水珠贈與廷芳，好使來往湖中無阻。

廷芳到江太守府中，但正明已得韋陀告知廷芳有分水明珠，乃迫廷芳交出寶珠，方允退婚，但廷芳以寶珠爲明珠所贈定情之物，不能交出，正明以廷芳不允乃強搶之，並押起廷芳治罪。

明珠以正明無理，乃聯同汴河三太子，用三江之水，水浸泗州，韋陀乃救蒼生，化身老人，騙飲明珠三江之水，並調天兵天將，圍困明珠，明珠苦戰不敵，廷芳尋到，欲帶明珠逃去，但韋陀已至強拉明珠返天定罪，廷芳不甘夫妻分散，牽衣不放，結果韋陀推倒廷芳，強押明珠而去。

結果，廷芳與明珠之一段贈珠情緣，倘若再續，請觀[illegible]，便知分曉。

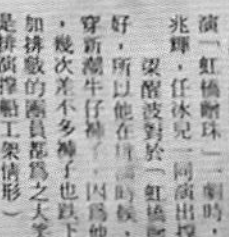

虹橋贈珠演員表

時廷芳	阮兆輝
明珠	南紅
韋陀	梁醒波
寶兒	任冰兒
江正明	靚次伯
金驎	李龍
土地	朱少坡
秋棠	龍艷芳

「虹橋贈珠」排演撐船排場

千面丑生王梁醒波

至尊寶

「丑生王」梁醒波在任何一班中都係佔了最重要的地位，所扣的戲場也非常吃重，在全科手類製更加着重他的拉證，「虹橋贈珠」一劇中，梁醒波飾演韋陀一角，編劇者蘇翁先生在他人手筆之下盡量利用波叔的長處，因爲韋陀是降魔收妖天將，這位神話人物可以儘量誇張，演出各種人物的化身，除了演出是劇難得一睹的古老排場韋陀架之外，波叔在劇中分別扮演[illegible]，記得在一九六一年時候，波叔在仙鳳鳴劇團「白蛇新傳」劇中亦先飾梢公，撐白蛇及許仙渡河，後飾南極仙翁，波叔在拍演「虹橋贈珠」一劇時，他和南紅、阮兆輝、任冰兒一同演出撐船及船工架。

梁醒波對於「虹橋贈珠」一劇本很喜愛好，所以他在排演的時候，深青不倦，身穿新潮牛仔褲，幾次差不多褲子也跌下了，因爲他的大肚子關係，加排戲的團員都爲之大笑不已。（附圖是排演撐船工架情形）

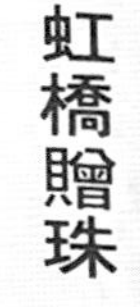

當年蘇翁在報章的特稿〈寫在《虹橋贈珠》演出前〉

《虹橋贈珠》把我嚇得二十年不敢在大戲院做文武生。我極力想在記憶裏抹掉這件事，一直到南鳳找我拍檔演出「鳳笙輝劇團」，我才敢再在戲院裏演文武生。一九九四年，首屆「鳳笙輝劇團」在新光戲院演出，非常賣座，我堅持票價要便宜，因為「大龍鳳劇團」最初都是以這個方式招徠。「落力」、「抵睇」是票房賣座千古不易的道理，南鳳也自此成功奠定正印花旦的地位。

一九九七年，鄧拱璧成功邀得「逑姐」陳好逑女士與我拍檔，組成「好兆年劇團」。她在「大龍鳳」的時候，我師父十分照顧她，而我與「逑姐」在「大龍鳳」時已十分熟絡，她是大姐姐，我卻是徒弟仔。後來「聲哥」林家聲先生淡出舞台，「逑姐」有段時間也淡出了，沒有再接班，這次她重上舞台，第一個拍檔就是我，令我非常感恩。我還為「逑姐」度身編撰了《文姬歸漢》、《呂蒙正·評雪辨蹤》、《望江亭中秋切鱠旦》。「逑姐」的精湛造詣，令我佩服得五體投地。「好兆年劇團」是我很懷念的一個劇團。

一九九九年，我與尹飛燕組成「燕笙輝劇團」。自我與尹飛燕離婚後，謠言四起，因此決定組班演出，向公眾證明我們還可以合作。其實「燕笙輝」的起源是「葉柱叔」組織的「雙喜劇團」，他拉攏我與尹飛燕合作。這是我與尹飛燕離婚後第一次作為正印文武生及正印花旦。演了幾屆後，劇團易名「燕笙輝」，由鄧拱璧主理。「燕笙輝劇團」除了演出尹飛燕的拿手好戲如《碧波仙子》外，還有《辛安驛》、《何文秀會妻》、邀請了「德叔」葉紹德先生編寫的《哪吒》，而新劇還有《一盞蓮燈兩代情》、《一縷詩魂兩段情》、《大明烈女傳》；舊戲則有《拉郎配》、《黃飛虎反五關》、《王魁與桂英》等。《哪吒》那一屆演出票房異常地好，長長的買票人龍，十分哄動。

此外，還有我與不同花旦合作組成的「春暉劇團」。二零零一年，首屆「春暉劇團」邀得蓋鳴暉、吳美英聯合演出，由我擔任文武生。她們二人分任正印花旦，《帝女花》、《鳳閣恩仇未了情》更破天荒由二人分上、下半段演出長平公主和紅鸞郡主。

其他組合方面，還有與郭鳳儀組成的「幸運星」，與曾慧合作的「新聲」，與王超群合作的「鳳求凰」，與梁漢威、陳詠儀組成的「兆儀威」，與彭熾權、尹飛燕組成的「鵬飛」，與陳詠儀組成的「兆儀鴻」，與鄧美玲組成的「玲瓏」，與梁少芯合作的「春暉」等。

但粵劇演出好景不常，因大環境變化，扼殺了商營劇團的生存空間。現在劇團在政府資助下，各出奇謀派戲票，演出者都是名伶老倌，商營劇團如何生存？政府從來沒去審視粵劇生態，更無視商營劇團的艱苦經營環境。

我的演唱會

一九九零年舉行的《春暉粵曲演唱會》，是我首個籌辦的粵曲演唱會，由紅伶老倌包括羅家寶、吳君麗、任冰兒、陳劍聲、南紅、羅家英、蓋鳴暉、莊婉仙、余蕙芬、朱劍丹、謝雪心和我演唱，這個陣容在當時十分罕見。因為當時經濟環境出了些問題，我籌辦這個演唱會的目的是想賺點錢。當時與我剛認識不久的鄧拱璧義務幫我籌備及策劃，分文不收。我十分多謝各位好友的幫忙，甚至「蝦哥」羅家寶先生也來香港襄助，助我渡過經濟上的難關。這次可算是我第一次領頭籌辦的演唱會，由於演出成功，由名伶主唱的演唱會如雨後春筍般湧現，甚至可與粵劇演出分庭抗禮。

一九九四年，我大着膽子舉行首個個人粵曲演唱會《眾星拱照阮兆輝粵曲演唱會》，還找來在「香港實驗粵劇團」時已並肩作戰的老朋友劉千石先生擔任司儀。演唱會一連兩晚，每晚唱六首曲、一首南音、五首合唱曲，在當時真是極大膽的嘗試。我亦可算是首個舉行個人粵曲演唱會的粵劇演員，由於反應甚佳，其他同業開始仿效。一九九六年一月，我舉辦了第二次《眾星拱照阮兆輝粵曲演唱會》。

一九九六年六月，我舉行了一次別開生面的演唱會，那就是粵劇界首個全男班演唱會《七雄薈聚頌笙歌》，表演嘉賓有羅家寶、彭熾權、吳仟峰、李龍、新劍郎、廖國森和我共七人，當中有平喉獨唱，亦有平喉對唱。當時發生了一個小風波，我們七人本來約好了到澳門，在林鳳娥女士家中環境優美的花園拍攝宣傳照，每個人都穿上西式禮服，十分有型。但「蝦哥」羅家寶先生臨時因事無法前來，宣傳照怎能沒有他呢？於是我們按原定計劃先拍攝，可惜「蝦哥」始終無法補拍，鄧拱壁忽發奇想，用一隻蝦代替了「蝦哥」，場刊封面就變成我們六個人加一隻蝦。不過事後卻不停被人責罵，因為封面上的蝦是紅色的，即是已經煮熟了，是死蝦，幸好「蝦哥」沒有因此事表示過半點不滿。這個演唱會最後亦算圓滿成功，只生了一丁點枝節。二零零四年，我又聯同梁漢威、龍貫天、吳仟峰再次舉行全男班演唱會《雄霸半邊天》，亦差不多全院滿座。但自此以後，曲壇再沒有出現全男班演唱會，實在可惜。

一九九五年，我在香港文化中心音樂廳舉行了首個個人南音演唱會《阮兆輝南音演唱會》，演唱了《香江頌》、《客途秋恨》、《梁天來嘆五更》、《中山狼傳》、《男燒衣》、《霸王別姬》等，成績非常美滿。往後我也籌辦了多個具特色的南音演唱會，包括在各社區會堂演出的《阮兆輝東南西北唱南音》。正如演唱會的取名，我真的走遍香港東南西北各會堂演唱。另外，還有與區均祥兄聯手演出的《阮兆輝說說唱唱南音》。而二零零四年及二零零五年舉行的《南音群英會》更雲集多位高手一同演唱，其中最特別的是由梁漢威、區均祥、唐健垣和我聯唱《客途秋恨》。當晚台上台下的氣氛極佳，我們唱得開心，觀眾亦聽得開心。

二零零三年，我又「搞搞新意思」，舉行首個破格演唱會《燕韻丰儀慶金輝》，精心挑選了不同粵曲中的小曲部份串連成多首新曲，由尹飛燕、胡美儀、陳詠儀和我四人分別演唱。這種唱曲形式以往從未有過，可說是別開生面。演唱會門票火速售罄，卻在演出當天遇上颱風被迫改期，辦妥少量退票手續後，重新銷售的門票又再次極速售罄，演唱會最終順利完成。

二零零五年，我舉行了首個紅伶紅星電影粵曲大匯串《重把餘音裊裊歌》，邀得龍貫天、任冰兒、胡美儀、鄭敏儀、梁煒康、阮德鏘演唱粵語片中的插曲和粵曲，我還特別選唱我主演的電影《哪吒大鬧天宮》的插曲《水簾洞哪吒罵戰》。

星拱照阮兆輝粵曲演唱
年七月廿七、廿八日香港文化中心音樂
司儀：劉千石
演唱嘉賓排名不分先後
陳好逑
南鳳
李鳳
梁少芯
鍾麗蓉
李嘉鳳
1994年7月27
文化中心音樂廳
晚上八時
：$200 $150 $100 $60 $40
28日起在各城市電腦售票網發售
一九九五年三月二十九日(星期三)
香港文化中心音樂廳 晚上八時正
司儀：伍家廉、衛駿英、李鳳、鄧拱璧
票價：200、130、100、70
門票現已在各城市電腦售票網公開發售
香港文化中心音樂廳
晚上7時45分
春暉
粵曲演唱會
重把餘音
裊裊歌

我的演唱會宣傳單張

我的唱片

我大約在一九七一年灌錄第一張粵曲唱片《桂枝寫狀》，而往後的五十多年，我先後灌錄了三十餘張粵曲唱片，包括與「寶姐」李寶瑩女士合唱的《桂枝寫狀》、《打金枝》、《白蛇傳》、《三看御妹》；與「逑姐」陳好逑女士合唱的《鐵馬銀婚》、《生死恨》、《高君保私探營房》、《包公審陳世美》；與「女姐」鳳凰女女士合唱的《賣油郎獨佔花魁》；與「媚姐」南紅女士合唱的《虹橋贈珠》；與師父麥炳榮、尹飛燕、龍貫天合唱的《齊婦含冤》；與尹飛燕合唱的《關王廟贈金》、《鐵弓緣之起解》、《梁紅玉之抗金兵》、《拜月記之搶傘》、《何文秀之桑園會》、《碧波仙子之潭畔初逢》、《觀燈逃亡》、《何文秀會妻》、《鐵馬銀婚》、《斷橋》、《一捧雪之審頭》；與龍貫天合唱的《十五貫》；與甄秀儀合唱的《何文秀會妻》、《美哉少年》；與鄭寶儀合唱的《大鬧廣昌隆之客店訴

我的首張粵曲唱片《桂枝寫狀》

冤》、《激反越王臺》、《舊侶泣殘宵》；與陳劍聲合唱的《孔明揮淚斬馬謖》、《海瑞傳之打嚴嵩》；與張琴思合唱的《寶蓮燈之華山伏法》、《唐宮綺夢》；與潘珮璇合唱的《鳳儀亭》；與謝雪心合唱的《白龍關》；與鄧美玲合唱的《孔子之周遊列國之去國別妻》、《孔子之周遊列國之子見南子》、《孔子之周遊列國之夢會兀官》；與謝曉瑩合唱的《大戰蒙雲關之獻茶》；還有我獨唱的《阮兆輝唱腔集》、《月下追賢》及南音集（第一至五輯）。

回想我十多歲變聲的時候，每天都要開工，沒有讓聲帶好好休息，故我的變聲是屬於變得壞的，甚至連「工」字都唱不到。但因為我仍要繼續演戲餬口，嗓子一刻都沒有得到休息，聲線變得越來越差。

到了二十來歲，多謝蘇翁兄介紹，更多謝東主「文嫂」盧太鼓勵，我加入了天聲唱片公司。蘇翁與我相熟，知我愛看「俞老」俞振飛先生的小生戲，又愛模仿他，於是介紹我進天聲唱片公司，第一首灌錄的便是「俞老」的名劇《桂枝寫狀》。「文嫂」自己也唱粵曲，請我灌了幾張唱片，初時我想先錄一張，如銷情好再多錄幾張。「文嫂」請了當時紅透半邊天的「寶姐」李寶瑩女士與我合唱，拍和者也全是頂頭人馬，包括號稱「朱氏三雄」的朱毅剛先生、朱兆祥先生和朱慶祥先生，以及宋錦榮兄等幾位。公司對我這個新人真可謂全力栽培。

《桂枝寫狀》推出以後，反應很好，公司再接再厲，連續製作了《三看御妹》、《白蛇傳》、《打金枝》。到了第五首《鐵馬銀婚》時，本來仍是原班人馬合作，但「寶姐」執意要與羅家英合唱，因為《鐵馬銀婚》是由他倆開山演出的。不過，公司卻堅持由我來唱比較合適，「文嫂」無法説服「寶姐」，眼看留不住她，便請「逑姐」陳好逑女士來唱。如是者，我與「逑姐」又灌錄了四張唱片。

五張南音唱片的面世，可說是另一次「文嫂」對我的厚待。早年我雖然常去聽杜煥瞽師唱南音，但都只是聽，苦無機會演唱。直到我加入無綫電視的《歡樂今宵》節目，有一次編導叫我唱幾分鐘粵曲，在臨時的情況下，靈機一觸，就唱了《男燒衣》的尾段。第二天我便接到老闆「文嫂」的電話：「乜你識唱地水南音嘅咩？」我答道：「人唱我又唱咋，我成日聽、鍾意聽，聽得多咪學人唱吓囉！」跟着我便接到灌錄南音唱片的任務。我從未隨師學藝，當然跟「文嫂」說不敢唱地水南音，但她卻說：「試吓啦，我都敢投資，你唔敢唱？一於咁話！」於是我大着膽子，厚着臉皮，咬緊牙關進行惡補，後來竟製作出一系列南音集。

天聲唱片公司的盧錦華先生、龍貫天先生與我。

凡是熟悉我的人，都知道我與天聲唱片公司的合約是一生一世的。「文嫂」與我非親非故，卻情願捨棄一位當紅花旦，去栽培一個初露頭角的小夥子，怎不令我深受感動？為了報她知遇之恩，我下了決定，這輩子就在「天聲」終老。

我的劇本

我曾編寫二十八齣粵劇，包括《新啼笑姻緣》、《花木蘭》、《碧波仙子》、《梁紅玉擊鼓退金兵》、《狸貓換太子》（上、下本）、《紅杏枝頭春意鬧》、《宋江怒殺閻婆惜之活捉》、《長坂坡》、《文姬歸漢》、《呂蒙正·評雪辨蹤》、《殺狗勸夫》、《四進士》、《何文秀會妻》、《伍子胥傳》（上、下本）、《血滴玉麒麟》、《大鬧廣昌隆》、《二度梅》、《關大王及盼與望》之《趙盼兒風月救風塵》、《望江亭中秋切鱠旦》與《關大王獨赴單刀會》、《呆佬拜壽》、《瀟湘夜雨臨江驛》、《煉印》、《古城會》、《一捧雪》、《無私鐵面包龍圖》之《灰闌記》與《赤桑鎮》、《大明烈女傳》、《一盞蓮燈兩代情》，以及南派粵劇《武松》。

在眾多劇本中，二零零三年演出的《伍子胥傳》是我首個撰寫的上、下本連台本戲，亦是最難寫的劇本之一。故事以吳越春秋為骨幹，人物眾多，故事豐富，如何取捨已是一大難題，還要分上、下兩集演出。戲裏的伍子胥，在早年英明神武，為報姬光知遇之恩，助其登上王位，到了晚年明知吳王夫差已從明主變成昏君，寄子齊邦後，為甚麼還要回吳送死？他念到吳國借兵為他復仇，未報先帝之恩，不管夫差如何對他，他也不願去國不顧。

下旨賜死他的，是他一手栽培登基的夫差，賜死的劍是他親自入山尋得的「屬鏤寶劍」，慫恿夫差賜死他的，是他力保隨侍君側的伯嚭。伍子胥的死是他個人的選擇，又怨得誰？《伍子胥傳》可說是一齣我寫得很痛心的劇本。

《伍子胥傳》之後，我又寫了一套《狸貓換太子》（下本），連同上本，是另一齣上、下本連台本戲。上本寫到打死寇珠，下本則寫落帽風、遇皇后、打龍袍、審郭槐等。我對於下本不太滿意，雖然其中《落帽風》和《審郭槐》可挑出來做折子戲，但其他場口總覺得有不滿意的地方。

一齣我寫得很痛心的劇本——《伍子胥傳》。

從藝演出

二零零三年是我從藝五十年的年份，鄧拱璧花了九牛二虎之力，為我舉辦了首個從藝紀念演出。三個晚上的演出各有心思，分別是《眾星彈唱賀金禧》、《甜酸苦辣半世紀》和《唱盡半生情》。第一天最別出心裁，誠邀了各大老倌當音樂師傅，是戲迷難得一見的場面；第二天安排我與昔日電影界、電視界朋友舉辦回顧展；第三天在沙田大會堂舉行個人演唱會，由我與一眾有份量的文武生及花旦合唱。

《眾星彈唱賀金禧》的音樂拍和是文千歲、李龍、羅家英、林錦堂、梁漢威、陳劍烽、王四郎、楊柳菁、陳亮聲、游龍、陳少聲和我；演唱的音樂師傅有高潤權、高潤鴻、陸仕平、周熾佳、李淑華、楊雅雲、黃佩珍、袁恩排。可惜當晚演出沒有進行錄影，原來是負責錄影的人忘記日子，以致無法為百年難得一遇的演唱會留下美好回憶，十分遺憾。

《甜酸苦辣半世紀》中我與昔日電影界、電視界的好友清談話舊，是一個充滿回顧的節目。嘉賓包括電影界的朋友司馬華龍、夏春秋、李鳳聲；電視界則有何守信、李香琴、沈殿霞、薛家燕、阮德鏘。到了正式演出時，司馬華龍因為身體問題不能出席。眾人在節目中談起舊事，感慨良多，銀幕上出現舊片段時，總覺此情可待成追憶。

《唱盡半生情》是個人演唱會，由我與陳好逑、鍾麗蓉、梁漢威、南鳳、尹飛燕、梁少芯、陳詠儀等位合唱。那時「沙士」疫症猖獗，雖然門票一早沽清，但入座率不高，但表演嘉賓的演出水準則在巔峰狀態，真心感謝各位悉力以赴。

難得的一次聚會，「何 B」何守信、「開心果」沈殿霞與我在話當年。

與一班良朋好友王超群、李香琴、尹飛燕、梅雪詩、李鳳聲過了一個開開心心的晚上。

一眾嘉賓包括左起鍾偉明、陳詠儀、南鳳、鍾麗蓉、陳好逑、梁漢威、尹飛燕、郭俊聲與我唱盡半生情。

二零一三年是我從藝六十年的年份。香港電影資料館為我舉行首個電影展「從神童到泰斗——阮兆輝從藝六十年」，選映我從童星到成年的多部影片。展覽分為兩部份：「神童篇」有我演早熟小孩的《鳳閣重開姊妹花》，慘遭後母虐打、聲淚俱下、賺人熱淚的《空谷蘭》，與初登銀幕的李香琴演生鬼對打戲的《黃飛鴻大鬧花燈》及首部哪吒電影《哪吒鬧東海》；「成年篇」則有與陳寶珠主演的《雙孝子月宮救母》、與陳寶珠和蕭芳芳合演的《孫悟空三戲百花仙》及《獅子山下》之《押》、《野孩子》和《再進沈園》，以及《李香君》。

同年，我以「阮兆輝血汗氍毹六十年」為主題，舉行從藝六十年紀念演出，包括作品展、精選專場及粵劇行當展演。

香港文化中心大堂掛上了「阮兆輝血汗氍毹六十年作品展」的橫額

從藝專場演出，難得與「旭哥」龍貫天（左二）、「逑姐」陳好逑（左四）、「鳳姐」南鳳（右二）、「森哥」廖國森（右一）拍檔，更難得有鄧樹榮（左一）、馮寶寶（左三）到來探班。

二零二三年是我從藝七十年的年份。當年一月舉行第一炮從藝節目《阮兆輝血汗氍毹七十年：昔日名劇齊回味》。因為拍檔陳咏儀抱恙，臨時改以新秀梁心怡代替，要她在短時間內投入演出，辛苦了她！第二炮是與鄧美玲的「玲瓏粵劇團」合作演出三場粵劇。此外，還有六月底舉行的「阮兆輝血汗氍毹七十年」一系列節目，包括「東華三院呈獻：阮兆輝演藝七十樂今宵」綜藝晚會、演唱會、保良局慈善粵劇晚會和「粵劇戲寶」演出。我在演出期間，還在香港文化中心大堂舉行大型展覽，展出我的大小獎項、勳章、手稿、印章、戲服及戲裝照片，還有剛出版的新書《此生無悔付氍毹》，出版商天地圖書在展場內設銷售攤位。

同年，香港電影資料館再次為我舉辦「從心出發——阮兆輝藝海揚帆七十載」電影展。

新書《此生無悔付氍毹》剛剛出版

我為新書附送的明信片題了「半生東跑西奔客，一輩南腔北調人」。

「阮兆輝血汗氍毹七十年展覽會」又怎少得我？

《阮兆輝演藝七十樂今宵》

多次從藝演出，《文姬歸漢》都是必演劇目。

教學與承傳

一九九四年，我以個人名義在香港文化中心大劇院後台練習室舉辦四節「曲藝薪傳」粵曲課程，教授戲曲源流、粵曲行腔技巧與發聲方法、梆黃板式及唱法，還有牌子曲、鑼鼓應用及小曲讀譜方法。由於是第一次教學，流程上有未臻完善的地方。

首次籌辦的「曲藝薪傳」粵曲入門課程

二零零一年，榮鴻曾教授邀請我於香港大學音樂系擔任粵曲課程兼任導師，為期一年，這是我第一次真正開始在大學教授戲曲。這次教學經驗對我日後改進教學技巧有深遠影響。

二零零九年及二零一零年，我擔任香港大學校外課程與香港八和會館合辦的「粵劇編劇」課程的導師。其後數年，我也在僱員再培訓局、香港演藝學院戲劇學院、香港科技大學、香港大學專業進修學院教授戲曲課程。

我的戲曲教學生涯到二零一八年出現轉捩點，當年香港中文大學音樂系邀請我教授「中國戲曲欣賞」通識課程，是一個學分制課程。二零二零年，我再接再厲，再在中大教授此通識課程，後因疫情關係，改以網上形式授課。

「南音藝粹傳承」課程是另一次具規模的教學及傳承經驗。二零二一年十一月，我應香港中文大學中國音樂研究中心邀請，在西九文化區戲曲中心開辦「南音藝粹傳承」課程。由於口碑不錯，香港中文大學中國文化研究所與中國音樂研究中心於二零二四年一月再次邀請我教授此課程。

我終於踏上香港中文大學的教壇，教授「中國戲曲欣賞」學分課程。

獎項與榮譽

我的首個藝術獎項「歌唱家年獎」

我在一九九一年獲頒「香港藝術家年獎」的「歌唱家年獎」，這是一個令我喜出望外的獎項，亦是我演藝生涯的第一個獎項。我的聲線條件不太理想，卻能獲得「歌唱家年獎」，太出人意料，但我十分開心，感謝提名人和評審對我的欣賞。頒獎禮那晚我因為要演出，遂請了當時八和會館的主席黃炎叔代我領獎。

一九九二年，我獲頒「BH 榮譽獎章」，當刻沒有太特別的感覺，只是掛了襟章便走了。二零一二年，我獲香港教育學院（後升格為香港教育大學）頒發榮譽院士，這對一個失學兒童來說，是極大的鼓舞。二零一四年，我獲香港特區政府頒授「銅紫荊星章」，雖然感到高興，但也是掛了勳章便趕着為《大明烈女傳》排戲。

二零零三年，我獲香港藝術發展局頒發「藝術成就獎」，領獎時竟然在台上對眾嘉賓說：「希望大家唔好以為藝術家唔使食飯嘅！」其實是十分感慨的心聲。藝術家也是人，不能枵腹從公。二零一六年，我獲香港藝術發展局頒發「傑出藝術貢獻獎」時，更感慨地說：「希望大家唔好以為藝術係玩嘅！」這是源於我長期為校際音樂節擔任評判，不斷發現天才，卻不斷流失天才，就是因為家長把藝術當成是玩的。天才實在需要發掘和培養，香港實在需要發展藝術教育。

二零一二年三月，榮獲香港教育學院頒授榮譽院士。

著書立說

二零零九年，我與張敏慧女士聯合編寫的《辛苦種成花錦繡——品味唐滌生〈帝女花〉》是第一本我參與編寫的書籍。此書從多角度研究唐滌生先生的經典作品《帝女花》，二零一零年榮獲第三屆「香港書獎」頒發的十二本中文好書之一。

但真真正正由自己執筆的，是我期待多年的自傳。二零一六年，首本親撰的書籍《阮兆輝棄學學戲　弟子不為為子弟》終於出版。這本自傳亦帶給我首個非演出獎項——「二零一六年香港金閱獎：最佳文史哲書」及第一屆香港出版雙年獎之「藝術及設計出版獎」。我從來沒有想過，自己的著作會獲得出版界的認同和獎項，衷心多謝天地圖書有限公司的鼎力支持和協助。

二零一七年，我的首本粵劇生行基本功工具書《生生不息薪火傳——粵劇生行基礎知識》出版了。這本書是與香港教育大學博文及社會科學學院的梁寶華教授合作，並參與「粵劇生行身段要訣：電腦化自動評估與學習系統發展計劃」的成果。這本書獲得「二零一七年香港金閱獎：最佳生活百科」。

由於《阮兆輝棄學學戲　弟子不為為子弟》出版後反應良好，天地圖書計劃為我出版「此生」系列。二零二零年，第二本親撰的系列書籍《此生無悔此生》出版。此書是我畢生的藝術札記，後來獲得第三屆香港出版雙年獎之「藝術及設計出版獎」。

二零二三年，《此生》系列的第三本作品《此生無悔付氍毹》，在經歷疫情折騰後終於完成和出版。這本書是我的藝術寫照，記載了我的演藝心得和演出相片，是一本在艱苦經營下完成的書籍。

衷心多謝天地圖書有限公司為我出版了四本著作

另類演出

(一) 英女皇御前獻唱南音

一九九二年，我有幸被邀請在英女皇御前獻唱南音，作為首位香港地區藝人前往倫敦祝賀英女皇登基四十年，所有英聯邦國家都會派代表參與盛會。當時很多人包括我都覺得意外。這次御前演出，我後來知道是當時香港電台第五台台長「姐姐」鄧慧嫻女士一力舉薦的。可能她認為我唱的南音有特色，可代表香港傳統表演藝術。我十分開心能邀請潘朝碩和梁素琴伉儷，以及戴信華先生與我同行，鄧拱璧則負責翻譯歌詞。

當時我與「德叔」葉紹德先生合作編寫了一首南音《香江頌——擦亮明珠耀四方》作獻唱之用。撰寫的時候，我十分忐忑，因為不對香港歌功頌德不行，但過份捧場，身為中國人又覺得不是味道，所以我倆以盡量既捧場又不失中國人體面為原則，總算順利完成了這首南音。我並不常唱這首南音，直到二零二二年英女皇病逝，報章雜誌記者來訪問我有關當年御前獻唱的事，這首《香江頌——擦亮明珠耀四方》才再成為焦點。

《香江頌——擦亮明珠耀四方》曲詞

維多利亞港，披上錦繡新裝。本是個漁村小島，變作十里洋場。四十年前皇加冕，便從此日領導聯邦。香江亦為一分子，等我細將香港說端詳。本來戰後多傷創，幸得官民努力，補救了百孔千瘡。係世界地圖香港細到搵唔到，但係東方之珠吐出萬丈光芒。

（序）自由港，散芳香，溝通和睦，力量發揚，中文地位得尊重，設立廉政公署把義伸張。發展無煙工業令遊客嚮往，興建各類屋邨使萬眾有家堂。你睇市面交織道路網，兩條隧道過海潛江。電氣化火車貫通中港，地下鐵路設計周詳。

舉世聞名有個海洋公園，稱雄寰宇，為港爭光。重有貨櫃碼頭嘅吞吐量，連年三甲豈是尋常。新型大廈高聳入雲漢，工商貿易到達萬邦。亞洲小龍名氣響，大眾心思努力換輝煌。

（序）來祝賀，喜氣平添，祝賀領導聯邦四十年。祝陛下壽比南山長康健，更望香港過渡如履平川。或許過程會有艱險，不過越多艱險越向前。繁榮安定誰不羡，再求進步快馬加鞭。謹借賀詞陳素願，願五十年不變，希望中英攜手，穩步向前。

（二）與裴艷玲合作演出《南戲北劇顯光華》

與裴艷玲老師的合作，可說是因緣際遇，彼此惜英雄重英雄，才能促成這次合作。因為在同一齣戲裏，大家都唱牌子曲，一同演出是沒有問題的。而且，我演的《周瑜歸天》是唱官話（即中州韻）的，雖然是兩趟鑼鼓音樂，但整體感覺是同一齣戲，沒有違和感。這次京粵崑三下鍋的演出，算是成功的例子。裴老師演《鍾馗》，我大着膽子演杜平，勉勉強強過了關。裴老師還演出她的拿手好戲《四郎探母之坐宮》及《林冲夜奔》，令人嘆為觀止，尤其後者可算是她在最飽滿狀態下的演出。

千載難逢的機緣，一償與裴艷玲老師合作的心願。

(三) 首次在舞台上跳「羅傘架」

二零零六年，第一屆「朝暉粵劇團」在新光戲院演出。第一天晚上先演《六國大封相》。為了增加宣傳號召力，我獻出舞台的第一次：首次在舞台上跳「羅傘架」。「羅傘架」一般由花旦演員負責演出，我雖不喜歡扮花旦，但我懂得跳「羅傘架」，那是「娟姐」羅麗娟女士教我的。其實《六國大封相》中所有角色的表演我都學過，只是從來沒想過會在台上跳「羅傘架」。今次是為「朝暉」破例演出，並由「朝暉」的女演員協助裝身。

我亦有演過「坐車」及反串「推車」，前者是契爺白龍珠前輩教我的。「加官」亦是近年才演出過一次。

為「朝暉粵劇團」獻出我的第一次，還要扮花旦出場跳「羅傘架」。

（四）「暑期粵劇體驗營」

「暑期粵劇體驗營」是我傳承工作的新環節。二零零八年，在機緣巧合下，鄧拱璧辦了首屆「暑期粵劇體驗營」，由香港大學專業進修學院主辦，在香港大學嘉道理研究所石崗中心舉行五日四夜的推廣培訓。我擔任藝術總監，負責帶領「朝暉」的成員用深入淺出的方法，教導小孩子認識粵劇並安排演出。這個體驗營雖然辛苦，小朋友還要一早起牀進行操練，但見到他們的投入和學習的熱誠，令我十分安慰。

到了第二年，因為得到香港藝術發展局資助，我們將「暑期粵劇體驗營」延續下去，地點移師保良局北潭涌度假營，之後斷斷續續做了五屆，成績不錯，不少成員現已投身粵劇界。當然他們必須再拜師學藝，並不是在體驗營訓練五天便能當演員。

首屆「暑期粵劇體驗營」的工作團隊

我在《戲裡戲外看戲班》飾演一位老藝人，重遊戲班後台，感慨良多。

（五）《戲裡戲外看戲班》

《戲裡戲外看戲班》是由鄧拱璧與曾慕雪製作的一齣推廣粵劇及戲曲的舞台劇，最初目的是想去外國以舞台劇形式介紹戲曲。我們於是集眾人之力，組成一個「戲裡戲外看戲班」團隊，鄧拱璧負責劇本的英語部份，我負責戲班人的對白，曾慕雪則負責整齣戲的舞台調度及導演。《戲裡戲外看戲班》不久順利誕生了。

既說推向世界，當然要先在世界亮相。二零一四年，我們選擇了英國「愛丁堡藝穗節」作頭炮演出，在愛丁堡的劇場裏一連演出十四天。這個藝穗節非常值得參與，我們演出的劇場，每天安排五個演出，我們十五分鐘前才可進場，所以我們必須在十五分鐘內就要把一切佈景、道具、服裝弄好，依時開場，完場後十五分鐘內又要立即把一切放入箱離開。我們幸不辱命，獲得劇評人給予四顆星評價（五顆星最高）。接着有歐洲藝評人聯絡我們，邀請我們下一年遠征歐洲，我們於是到訪了比利時、荷蘭等地，最難得是獲邀參與意大利歌劇節。

接下來，《戲裡戲外看戲班》於二零一六年參加「北京國際青年藝術節」，二零一七年參加「韓國首爾表演藝術博覽會」，二零一八年到訪新加坡國立大學，二零一九年應邀前往夏威夷大學及墨西哥馬薩特蘭文化學院，作文化交流演出，二零二三年到泰國演出。

（六）「粵劇生行身段要訣：電腦化自動評估與學習系統發展計劃」

這是我首次參與把三維肢體感應技術，應用到傳統粵劇身段教學的計劃。我和吳立熙等人負責示範基本功動作，再由香港教育大學的技術人員用電腦系統記錄和分析，希望透過科技為粵劇的傳承及教學帶來革命性及突破性的發展。這個計劃會推廣到學校使用，希望對學生練習基本功有所裨益。

（七）首次籌辦「仝人同心抗疫重生」網上籌款粵曲演唱會

二零二零年，新冠疫症來襲，粵劇演出陷於半停頓或全停頓狀態，同業生計出現危機。當時眼見復常無期，鄧拱璧便聯同「一桌兩椅慈善基金」大着膽子籌辦「仝人同心抗疫重生」網上籌款粵曲演唱會。幸得三十多位名伶及新秀響應，獻唱名曲，共襄義舉。十八首粵劇名曲於該年十月十五日至十一月一日於網上平台 YouTube 播放，最終籌得三百三十四萬港元善款，並於二零二一年一月三十日及三十一日全數分發給四百零三位受疫情影響的粵劇職業從業員，每人可獲得八千三百零二港元，為一眾梨園同業稍紓困厄。

首次籌辦「仝人同心抗疫重生」網上籌款粵曲演唱會

《仝人同心抗疫重生》網上籌款粵曲演唱會的表演嘉賓眾多，伴奏樂隊分成四組，錄影工作也進行了兩天。

（八）首次指導兒童劇《秋冬歷險記》

《秋冬歷險記》是一齣幾乎難產的兒童劇。此劇原本於二零一九年十二月安排演出，可惜之後因疫情拖累而一再延期，直到二零二零年才可以補場演出。這齣兒童劇由我指導，有別於一般粵劇演出，因為觀眾對象是小朋友。

《秋冬歷險記》的故事主角是同父異母的兄妹秋兒和冬兒。劇本建基於家庭倫理，結構簡單，着重兄妹情誼，加上奇情探險，確實適合家長帶同小孩一起觀賞。我們希望透過兒童劇的有趣故事，讓小朋友認識粵劇藝術。《秋冬歷險記》的劇本由黎耀威負責撰寫，並由擔任藝術總監的我指導一班新秀演員演出，帶領一家大小走進秋兒和冬兒的歷險世界。該劇演出後還設有互動環節，小朋友能跟劇中角色接觸，從中學習粵劇基本元素。

《秋冬歷險記》幾經艱苦才能與觀眾見面

（九）首個跨界別對唱——與張敬軒合譜的城市安魂曲《魂遊記》

與張敬軒的合作，是我演藝生涯中的另一嘗試，也是我首個跨界別的對唱作品。我與張敬軒合作推出的新歌《魂遊記》，是由「賽馬會藝壇新勢力」撮合的。

《魂遊記》混合南音及粵語流行曲元素，提升了南音的可塑性。音樂故事描寫對過去生活的懷念，年輕時的靈異經歷，原來只是來自未來的探訪。我與張敬軒互相對唱，展現傳統與現代的新舊交錯，藉着音樂對話。

《魂遊記》將大坑虎豹別墅與半山羅便臣道住宅的實景畫面影像交疊，迷幻而古雅，聽見「韶光倏忽恨難留」這句曲詞，令人倍覺唏噓凄涼。此事能成，除了各人的努力之外，還有賴張敬軒對南音的鍾愛與尊重。

與張敬軒合譜城市安魂曲《魂遊記》

（十）新派話劇《樂樂公公唱唱頁》

一桌兩椅慈善基金有限公司是曾慕雪與鄭思聰於二零一八年成立的慈善團體，由我擔任藝術總監。曾慕雪結合話劇與粵劇元素，推出不少新派話劇。二零二二年，我破天荒演出他們的南音故事《樂樂公公唱唱頁》，首次登上兒童劇場。我更將日常生活寫成南音歌詞，藉此教導小朋友認識親戚關係，十分有趣。

首次登上兒童劇場的樂樂公公也十分天真爛漫

（十一）首個跨界別演出——藝術新視野：《老人與他的海》

《老人與他的海》是我首個跨界別演出，集話劇與粵劇於演出之中，以時裝及粵劇扮相粉墨登場。

《老人與他的海》是一個穿梭時空的故事。我多年來一直構想將海明威的巨著《老人與海》搬上粵劇舞台，但以現今粵劇注重文武生與花旦演出的情況，近乎獨腳戲的《老人與海》如何吸引觀眾入場？為了實現我多年的願望，鄧樹榮兄構思了這次跨界別的《老人與他的海》。舞台佈景回歸簡約，提供足夠空間呈現戲曲傳統的虛擬美學和藝術精粹。我為《老人與他的海》重新創作了一節適合演出的粵劇劇本，樹榮兄讓我自由發揮粵劇元素，我則盡量配合他的舞台演出要求。這是一次令人稱心滿意的跨界別演出。

《老人與他的海》的工作團隊：藝術總監 / 導演鄧樹榮、鄧天心、「地板浪人」Sin Ko-man 和我。

（十二）從藝七十年首次在神功戲棚「跳加官」

演了七十年粵劇，做過無數神功戲，還是第一次「跳加官」。「跳加官」是在正誕日戲時由武生演出的。二零二三年，我承接了「鴻運粵劇團」在龍躍頭鄉十年一屆太平清醮賀誕神功戲演出，首次擔演武生，我需要在正誕日場表演「跳加官」。「跳加官」最大的難度在於加官面的眼睛位置很容易遮蓋演員的雙眼，令人看不清楚，加上我近年眼睛出了毛病，故在演出前也有點擔心。我只好提早試戴加官面以防萬一，幸好演出時一切順利。當天我手持的牙簡，是契爺白龍珠前輩的後人所贈的。

我的「加官」

（十三）首個南音故事劇場《漁生請你指教》

二零二四年，我又有一次破格演出，在香港藝術發展局搬遷後的劇場演出《漁生請你指教》——一個以南音說故事、融合生動諧趣戲劇表演的節目。該劇將水上人乘風破浪、百折不撓的故事娓娓道來。因為是演水上人，化裝和道具上都有特別配合，務求能表達其獨有文化。

我的首個南音故事劇場《漁生請你指教》

化裝和道具上都有特別配合

【第六章】吾手寫吾心中情

黃竹坑
Books
Book
金剛經講記
日送
大武山下
天長地久
野火集
弟子不為為子弟
此生無悔此生
此生無悔付粃糠
生生不息薪火傳
粵劇生行基礎知識
欲上青天攬明月
摘藝西東
香港粵語
大詞典
REFLECTIONS
沿圖遊泰國
豐子愷家書
居家
照料
地吃，不挑食

一揮而就自有神

《一揮而就篇》是我在一九九零年代初為某電視刊物每星期撰寫一篇文章的專欄名稱，為時不長，而且是三十多年前的事，早就煙消雲散。幸好在我的《春暉集——阮兆輝藝術舞台》網站內留有原文稿件，就趁今次出書，讓它們重見天日吧！

穿戴

有很多人都誤會，以為越繁重，穿戴越多的戲越難演。當然，武戲方面，長靠戲，如是加上靠旗、鬚口、掛上寶劍、拿着馬鞭及槍，還要走上繁重的身段。而短打戲像《夜奔》「大帶」（戲曲服裝，即腰帶）掛寶劍、邊唱邊走身段，不單是要武功底好，還要時常穿戴上才練功，如果習慣汗衫彩褲練功的話，一穿戴上，上了台之後，平日的功夫頂多只要得出五成，長靠看靠旗，短打看大帶，是大多數內行人的目標。當然不單止看這兩樣東西，但這兩樣是最主要的。

所謂功架，最難服侍的是「箭衣」，即我們稱為「坐馬」的服裝。箭衣戲京劇如《一箭仇》、《八大錘》及《羅成叫關》等等，都是極難來得乾淨利落的，因為箭衣說是長靠又非長靠，說是短打也非短打，沒甚麼兩樣，但頭上可能是紫金冠，紮巾或甩髮面牌；總之，長靠可以「偷雞」的地方，箭衣是偷不了，短打可以歇功的地方，箭衣也歇不了。曾記得當年看俞老振飛在台上唱《羅成叫關》，甩髮、面牌、大帶、厚底靴、掛寶劍、馬鞭、槍，邊唱邊走，還要甩髮，試想想，甩髮是頭髮，前面還有個面牌，大帶是有穗的，馬鞭也有穗，劍也有穗，槍亦有纓，總之任何一樣都不能碰上，一碰上準會纏在一起，這等功力，可惜只供行中的內行欣賞。

文戲方面，帔風也是難穿的。因穿帔風不同海青，凡穿帔風一定是有身份的人，不能像穿海青的隨便。帔風一來是軟料子，二來又是對胸開邊的，與穿上官衣及蟒袍又是兩回事；而且帔風很難坐，座椅一定要夠高，如果不夠高的話，坐下來便像坐馬桶似的，多難看。加上現在的戲服店，能做得一領好的帔風實在太少了，你看現在台上演員所穿帔風，十居其九是疊着的，令演員演起來，常要照顧衣服，十分費精神。

說到穿戴，「私伙衣箱」，即私人服裝管理員是很重要的，如果請到一個好的管理員，穿戴起來，不單舒服，而且不會礙手礙腳，最難是大靠披蟒，短打綁海青，打板帶綑索，如果這幾樣都過得關已了不起了，但我很幸運，我現在還有個好衣箱。

一九九零年九月九日

狀元與老倌

「十年樹木，百年樹人」、「三年出一個狀元，十年出唔到一個老倌」，這兩句老話，是十分普遍，第一句出自聖賢口中，當然令人信服；第二句則有很多人表示懷疑，究竟栽培名演員是否真的那麼困難？

做戲曲演員並不容易成功，這是事實，如果由一個平常小孩子從師學藝開始以至踏台板再而成為「角」，而捱到令廣大群眾接受，其中過程絕對不止十年。雖然現在還有很多人夢想做名演員，也有很多人誤會了「雛鳳」的成功，是單靠名師的餘蔭，但其實屈指算來，她們從投身粵劇工作開始，不管她們是從怎樣的情況入行，起初差不多只是投考舞蹈藝員，總之她們的成功絕不是想像中那麼簡單。

另一位人人以為是捧出來的例子就是「麗姐」吳君麗，雖然在事實上當時她真的有着雄厚的經濟實力支持，請了最一流的演員來陪襯，也請了最好的編劇家為她撰寫劇本，但試想想是否單憑這些條件便可捧出一位吳君麗呢？

其實不論「雛鳳」或「麗姐」，她們的成功絕無半點幸運的成份，她們誰不是勤學猛練，還要悉心觀摩別人的演出，下了十多年的苦功，才算稍為在觀眾心目中留下印象，才被行內人認可她們的地位？真的想一步登天相信是難乎其難。

現在的社會進步了，學藝過程縮短了，因為除了練底功外，甚麼也可借助於新科技如錄音帶、錄影帶之類，收集了名演員的戲寶，可在家裏仔細觀摩，有不明白的地方，又可請名師從旁指導。天天觀看，除了一招一式可以學到之外，還可從不知不覺之中感染到那份戲味。所謂戲味，並不是教得來的，必須自己平日留心那些好戲之人的演出，最好是與他們同台演出，在場上汲取那種感受。我們大多數是這樣「浸」出來的。

新的科技的確為戲曲界帶來方便，好像最近我重演《重續金陵未了緣》，便由錄影帶中記回我那年經劉洵老師整理過的「走邊」。不過雖然有這種新科技的幫助，但希望後學的朋友，不要荒廢了底功，沒底功會一事無成的，記着我的忠告吧。

一九九零年九月二十三日

馬腔與女腔

這個月，一連上了兩次大陸，一次是到順德，一次是到江門，卻恰巧兩次的出發，我都未能隨大隊而去，因為我在港仍要演唱及排戲。這兩次演唱，效果甚佳，省港的伶人、曲藝界及業餘唱家都各有其獨到之處，在我來說更是享受。

主辦這次演唱的方文正兄，確是招呼周到，兩地所住的酒店設備甚佳，故此，我等於有兩個雖云短短、但頗為舒適的假期。每場演唱一至兩首粵曲，在我們職業演員來說，辛苦不到哪裏去，更加上茶餘酒後都變成了很隨便的藝術交流座談會，對於求知慾極強的我，就更有收穫了。

在這幾天的文藝晚會裏，我發覺到有兩件事值得記存，甚至可說是要提出討論。其一，是劉善初兄的馬師曾腔，他雖是業餘唱家，據他本人說更不是常唱，也沒有參加固定的曲藝社團操曲，但他在這幾晚的表現，可說十分成功，且令行內人如「蝦哥」羅家寶也覺得驚異。因為善初兄的馬腔，不單聲似、腔似，更加上神似，實非其他唱馬腔的朋友可比。「蝦哥」與我研究下來所得的結論是，善初兄學馬師曾是因他常看馬師曾全盛期的演出，更常聽他舊時錄下的唱片，而本身的聲音條件也符合，所以能達到這個境界，如果學馬師曾五幾年回廣州之後的唱腔，則面貌完全不同了。馬師曾先生晚年的唱腔，大概因所演角色不同，如關漢卿等，又可能舊時的腔不被當時掌管文藝界的領導人接受，認為難登大雅之堂，才改成後來的模樣，失去了其馬腔的特點了。真的衷心希望善初兄能多演唱，且教些學生，以延長馬腔藝術。

與善初兄拍檔的「英姐」白鳳英，顧曲周郎當知她是唱女腔的，但她的女腔也不是現在的女腔，她是唱「女姐」紅線女的巔峰期的女腔。女姐回廣州後，亦有所變，她在港時多數演些刁蠻、嬌嗲的角色，回穗後，卻演《搜書院》中被欺凌的婦女，更演上焦桂英等角色，於是便唯恐不夠端莊，更加上她學了聲樂，於是將其方法，混入粵曲唱法裏面，變成了今時的面目。在我本人來說，我仍然喜愛舊時的馬腔與女腔，所以可以聽到《搭錯線》等舊曲，令我回味無窮也。

一九九零年九月三十日

龍鳳呈祥

京劇每遇上大匯演便十居其九會演《群英會》、《借東風》或《龍鳳呈祥》等群戲，而《群英會》、《借東風》則因為沒有青衣及花旦的戲，故人才鼎盛的班子，多數先來齣《龍鳳呈祥》，一來群戲比較熱鬧；二來各行當的演員都有份，等於一個巡禮；三來此戲文武場都有。故此一向以來，都是一齣老闆、演員、觀眾都喜愛的戲。老闆喜者因為上座好；演員喜者因各人都有表演機會，但又不辛苦；觀眾喜者是因為看這一晚便可把全班都看到了，所以《龍鳳呈祥》便變成一個常演的劇目。

京劇《龍鳳呈祥》即是廣東戲的《過江招親》，是根據《三國演義》改編成戲曲，但歷史的根據方面當然就少不免有點虛構。且看劇中的周瑜，不論京劇或廣東戲，一概把周瑜寫成一個器量極小的人，在劇中還設下美人計，把劉備騙了到江東，欲想加害，後來被孔明識破了陰謀，劉備由趙雲引領下，帶同孫尚香暗中逃回荊州。周瑜還帶了四員虎將追趕，才有被譏以「周郎妙計安天下，賠了夫人又折兵」，氣得周瑜當場吐血，其實與歷史完全搭不上的。

在《三國志》裏面的記載，是赤壁之戰後，劉琦為荊州刺史，又征南四郡，後來劉琦病死了，便由劉備做了荊州牧。那時劉備勢力慢慢地大起來了，孫權也有些畏懼，因為曹操雖有強大的實力，但新敗於赤壁，況且山遙路遠，他要起兵，則早有情報，可安排應付。但劉備這位荊州牧，倘一旦發難便會令東吳措手不及，所以便說親，將自己的妹妹許予劉備，利用姻親關係以便日後的和睦。從歷史中的「進妹固好」四個字，便證明了是為了固好，而不是要騙劉備過江，想殺劉備。

況且在劉備回荊州時，孫權、周瑜不單沒有帶領人馬追殺劉備，還帶了十幾位大夫級的官員乘官船送行。歷史上是這樣記載：「劉備之自京還也，權乘飛雲大船，與張昭、秦松、魯肅等十餘人共追送之，大宴會敍別。」從這段話看就明顯地沒有追殺那回事，反而劉備在敍別的大宴會後，魯肅、張昭等人先退了，劉備卻對孫權說：「公瑾文武籌略，萬人之英，顧其器量廣大，恐不久為人臣耳。」明嗎？

一九九零年十月二十一日

甚麼玩意

紀念徽班晉京二百週年匯演，京劇名家聯合演出於新光戲院。開始聽到這消息時，真是欣喜若狂，但後來一次又一次的不同消息，更改人選、更改劇目，令到我這個戲迷實在有點失望，照常理推論，聯藝娛樂公司可算謀臣如雨、猛將如雲，況且資深人士亦會因交情而拔刀相助，斷無「拿高肚皮」之理。

從劇目的左更右改，已知道內部的不協調，再看派角、貼戲就更加明顯。當然很多人至今仍說「沒有這種事」，但給內行人聽了，何異此地無銀三百両？單看俞大陸這個當代長靠武生的代表人物，起初貼了一齣《艷陽樓》，已經令戲迷覺得不夠癮，後來連《艷陽樓》都宣佈掛起來了，這算甚麼？有人知俞大陸是楊小樓先生、孫毓堃先生及高盛麟先生之後，最有份量，最有氣度的一位長靠武生嗎？長靠武生應貼《長坂坡》、《挑滑車》、《鐵籠山》等名劇，一齣也欠奉，卻來個《龍鳳呈祥》的趙雲、《菜園結拜》的林冲、《華容道》的關羽及《獅子樓》的武松。唉！愛看長靠戲的人及捧俞大陸場的人真覺得不是味道。我有個朋友，以前是青年長靠武生王東華的戲迷，這次本來我想請他看看另一位長靠武生的戲，以作比較，但最後劇目一出，迫得「慳番」。這當然並不是為了慳錢，試想要推薦一位自己仰慕的長靠武生，這些戲碼夠份量嗎？《龍鳳呈祥》裏等了大半天，就看半「拿」霸，能滿足嗎？其餘的戲就更加不用說，長靠武生演《獅子樓》，真不知用意何在？雖然我這半個月都抽不出多少時間聽戲，但是作為一個戲曲藝人，看到這亂點鴛鴦的情況，總有點不是味兒。

在十月份的《大成》雜誌付印時，《鳳還巢》劇目下的演員表中，程浦、朱煥然、洪功三個角色的演員名字還是「待定」，十月十七日首演，至九月尾還未能決定，這不笑話嗎？筆者無意挑剔聯藝的辦事人，而且更明白戲班裏的名利之爭，但從這件事令人感覺到人事的複雜，演員名單內，不少是銜着人事關係及照顧而來的，集六個劇團，兩檔特邀，雖然演出未必失敗，但卻給人雜亂無章的感覺了。

一九九零年十月二十八日

脫稿原因

一連脫了四個星期的稿，實在有點過意不去，而且還是招呼都沒一聲，只有一期從傳真機傳送信息，說母親病重，怎知不到兩天，先母便去世。我們一家其實做夢也想不到是會那麼快。前一天醫生還吩咐說如果她好一點便讓她出院，等我們好好地陪她過了一段開心的日子。雖然她的病是明知不會好的了，但總是覺得太快，真的太快了。

戲曲演員的生涯就是這樣，先母去世的那一天，我由醫院馬上趕去領死亡證，跟着便去殯儀館。由於十一月我只有八號一天休息，所以必須八號晚守夜，九號出殯。在殯儀館商妥一切後，便回到利舞臺演出《紫釵記》。那晚的心情真非筆墨可形容。最慘的是演完利舞臺要接着演新光的「千群劇團」。「千群」所演的戲，大多數是十數年都沒演過的，比看新劇本還難，因為曾演過的戲，多多少少都有點印象，但又太久沒演，那些印象變成模糊了，對着劇本又好像是很熟，一把劇本蓋上，又好像甚麼都忘了，母親剛剛去世而捱那七個劇本，真是令人精神不能集中。在台上不出錯已算萬幸了，但身為演員，不管發生甚麼事情，在台上總得全心應付，因為觀眾沒有理由買張票來原諒你的。

好不容易捱了七天，到了八號守夜，九號出殯，當天晚上已經要往高山劇場演出「金輝煌劇團」的戲，幸好那晚演的是《情僧》，我演賈璉只有頭場兩句滾花便收工，等於休息，否則便辛苦了。

「金輝煌」演五天後，連一天都沒休息，十四號下午參與演藝發展局的會議，晚上便與「麗姐」吳君麗上機往倫敦了。本來這次起初只是去演唱，後來因當地戲迷覺得清唱不夠味，故而要求主辦方面改為義演。這一改我真是「倒瀉籮蟹」，因為清唱只帶一套禮服或長衫之類便可，演出則從頭執到腳，縱然我的衣箱管理員「蝦哥」是沒有怨言，但臨時決定總不及有準備的好。我還要重新與「麗姐」排戲，因為從來我只有在「麗姐」的劇團任小生，一向未拍她做過正印，幸好她也體諒我的心情，排戲時極度將就，才僅僅算是過得關而已。

一九九零年十二月二日

習慣是重要的

記得與蓋鳴暉演出「鳴芝聲劇團」時，有一天日戲演《無情寶劍有情天》，到了尾場，蓋鳴暉邊打邊唱，十分吃力。謝幕後回到後台，一除水紗網巾，不久便嘔吐大作，面青唇白，一時間令後台亂作一團，有人更擔心她能否演夜戲。我雖也問候一聲，但並不緊張，當時還記得他們說我沒人情味，我只輕輕一笑置之，還以一句：「唔使驚，唔會有事嘅。」便出去吃晚飯，飯後回到箱位，果然見蓋鳴暉已若無其事，晚上更演得很好。

其實我哪裏是沒有人情味？只不過是司空見慣，勒着水紗網巾個多鐘頭，已有很多人捱不了，何況還勒上甩髮，每次甩髮必令網巾收得更緊，加上水紗乾了又收縮，於是頭上便越來越緊，而遇上那場戲恰巧又連打帶唱，還要耍甩髮，經驗少的演員，不暈才怪。而且現在很多演員平時都不勒網巾，又用膠紙吊眉，一旦戴上網巾甩髮，頭上緊了十幾倍，時間又長，戲又吃力，三夾四湊，回箱位把水紗網巾一除，頭上首先是麻木，跟着便是一陣暈眩，隨之便嘔吐，這種過程是正常的。只要定一定神，用一點藥給她嗅上一嗅，以蓋鳴暉後生細女，哪會有事呢？

我常說任何事都要習慣，其實勒頭不就是很好的例子嗎？當然天生不能勒頭的人不是沒有，但大概是百中無一，佔上的比例甚小，而習慣勒得鬆的卻佔多數，習慣是極重要的。好像一向只穿薄底靴練功的，一旦在台上扎上大靠高靴，平時的功力連一半也使不上來，所以很多人都迫徒弟練功穿上高靴，滿以為平時穿高靴練功，上台時一穿上薄底靴便如飛快了。對於某些動作，這種論調是對的，但對另外有很多種動作來說大謬不然。一天到晚穿上高靴練得會飛似的演員，一穿上薄底靴「走邊」，會連站都站不穩，連伸腿都伸得不自然，沒甚麼，這便是小看了短打是另一功架，也小看了習慣的重要。就以我本人來說，這幾年演的武戲都是長靠，如《穆桂英大破洪州》和《南宋飛虎將》等等，但「雛鳳鳴」來一齣《重續金陵未了緣》，其中有一場「走邊」，我便馬上請劉洵老師找時間替我練功排身段，才勉強混過了。唉！習慣是重要的。

一九九零年十二月九日

梨奴筆翰訴衷情

「梨奴」二字原是我早年在報刊雜誌撰文的筆名，取其「梨園奴僕」之意，隱隱透出我甘為梨園作僕之意願。我不慣爬格子，但近年除了著書及撰寫劇本外，很多朋友、同業、後學、學術機構，以及香港電影資料館、廉政公署等，斷斷續續的邀請我撰寫序言及文章，令常自嘲「失學兒童」的我，也不禁莞爾一笑，謹將歷年的文章與大家分享。

「阮兆輝唱腔集」離鸞秋怨．長恨歌

天聲唱片公司實在太抬舉我了，以我的資歷和唱功，絕對未能成「腔」。其實成「腔」者，李向榮先輩當之無愧。我戰戰兢兢地模仿他的唱腔，錄唱《離鸞秋怨》與《長恨歌》，只是想名曲能流傳下去，我的唱功實難望其項背。

以下原文載於天聲唱片公司一九八七年出版「阮兆輝唱腔集」：

「江山代有才人出，各領風騷五百年」，而每一代文藝壇中，有大氣磅礡，影響普

通之大家，也有精雕細琢，味道雋永之名家。能稱大家者，應是作品多，面目多，但可能沙石亦多；名家則不然，作品雖不多，惟皆屬精品，如李向榮先生者，粵曲名家中之表表者也。先生自撰自唱，感情深厚，行腔精妙，每曲皆流露真情，實非一般「為寫新詞強作愁」者可比。先生謝世後，信是曲高和寡，以致其作品流傳並不普遍，推崇先生造詣者，每多紙上談兵，或偶有演唱，然卻少錄音，惟想我輩過後，則先生之絕藝亦隨之湮沒矣，故余不自量力，將先生之遺韻兩首重唱。為表對先生之尊崇，余在錄音時，暫改一貫之唱法，務求盡力追溯先生之神韻，希圖將先生之作品推廣，使先生之絕藝流傳。然以余一己之力，實微不足道，尚望好此道者，坐言起行，揮戈助陣，亦可稍慰先生於泉下矣。

「阮兆輝唱腔集」唱片

粵曲的成長過程

回想我出身的年代，尚有機會聽到紅伶、名唱家等大師的不同唱腔，聽到不同的流派，百花齊放。先賢經過千錘百煉而成的名腔名派，今日幾近全部失傳，再不是百家爭鳴，也不是獨領風騷，而是走腔甩板，比比皆是，慘不忍睹，不忍卒聽。

以下原文載於一九九零年《春暉粵曲演唱會》場刊：

粵曲是中國眾多地方「戲」及「曲」之中成長過程最獨特的一種。任何一個地方戲曲，其中包括四大流派的：梆子、柳子、崑山腔、弋陽腔，都是先有曲才演變成為劇。近數十年最明顯的例子就是上海越劇了。這種先唱後演的成長形式幾乎成了定例。但粵曲卻恰巧相反，是先有劇才有演唱，而粵曲更是百分百從粵劇脫胎出來的，說起原因就不能不研究粵劇的來源了。

在清朝早期以前，廣東肯定沒有自己的戲，當時在省內流行的大部份是來自江西的戲班，多被稱為「外江班」。

當全國盛行弋陽腔時，廣東也不例外，到了明朝中葉以後，崑山腔興起，取代了弋陽腔，執戲劇壇牛耳地位，廣東也隨着流行崑山腔。但畢竟崑山腔曲高和寡，太典雅的曲詞，的確不適合普羅大眾，而且在地理環境上，廣東與江蘇的距離太遠，當然不能與比鄰的江西相提並論，所以弋陽腔一直都佔有着廣東這個市場，直至清朝雍正年間為止。

粵劇界所供奉的祖師共有五位，其中「五顯靈官華光大帝」就是班中稱為華光師傅的火神，還有「田、竇二師」、「譚公爺」。以上四位全都是神，而且還附帶了不少神話，唯一有血有肉的人便是「前傳後教張騫先師」。

張騫行五、故名張五，又稱「攤手五」，這位張師傅本是湖北漢劇藝人，戲曲學問淵博，可惜脾氣不好，在故鄉打死了有權勢的人，便隻身逃到了被視為天涯海角的廣東省，落腳在四大名鎮之一的佛山鎮中的大基尾。初時以教少林拳為活，後來便教他的老本行「漢劇」，結果在桃李滿天下的情況底下，便成立了粵劇界第一家公會「瓊花會館」，粵劇才奠下了基石[註]。

註　據近年資料所得，對張五先師之事蹟有新發現。

粵曲既然產自粵劇，當然初期也不是以廣東話唱出的。我們的祖師是湖北人，唱的是漢劇、又怎會教我們唱廣東曲呢？而且在清朝咸豐四年（一八五四年），粵劇伶人李文茂響應太平天國反清，粵劇便被清廷禁演。據講經劉華東提點所謂掛羊頭賣狗肉，成立了「吉慶公所」，以承接大小堂會及神功戲演出「京班」，想當然劇中的唱做更是唯恐不「京」了。在禁戲十五年之後，才由名演員新華及勾鼻章兩位向兩廣總督瑞麟請求，粵劇才得解禁，於是新華便組織了另一公會「八和會館」。在此之前，粵曲可以肯定從未用廣東話唱出過，直到名演員金山炳提倡平喉，更間中以白話夾雜其間，而且由白駒榮先生將之發揚光大，於是粵劇才真正廣東化。不過因為廣東話不上韻，又分九聲之多，更慘的是入聲字佔了三分一，所以有時口白及叫頭仍然不能放棄中州韻。

廣東的歌壇始自「八和會館」成立以後，是可以肯定的，曲藝界最早期的八大名曲，全部都是劇曲，例如：《六郎罪子》、《李忠賣箭》、《百里奚會妻》等等，皆是常演的劇目。歌壇中淨唱不演的便被稱為「歌伶」，更有部份失明人士成為粵曲演唱者，至於孰先孰後雖無從考據，不過肯定是產生了另一股力量——「歌伶腔」。

歌伶腔有別於演劇者，就是以「聲」、「腔」取勝。而粵劇伶人則以感情為主，但實際上也互相參考、互相切磋，此所謂天下文章一大抄也。歌伶腔影響最廣的莫如小明星腔了；而張月兒、徐柳仙、冼劍麗等幾位亦有獨特的風格，但近年歌壇已不大盛行，於是便缺乏了栽培新一代歌伶的場地了。

粵劇界的紅伶在以前似乎不流行標榜個人腔調，這也許與時代有關，就算紅如新華及千里駒兩位，也未特別強調其腔口。不知如何卻忽然間由白駒榮先生帶領進入「個人腔調」的時代，繼而薛覺先先生更成了一代宗師，同期的馬師曾先生又獨樹一幟，跟着便有廖俠懷腔、新馬腔、何非凡腔、羅家寶的蝦腔、妹腔、芳腔、女腔，等等名腔出現。但有很多位別具才華的名演員，雖已自成一家，但未被冠以某某腔而傳世。冷靜觀之，其實有很多名腔是由缺陷演變成為個人風格的。

伶腔與歌伶腔以外，業餘唱家也佔很大篇幅。例如，吹彈打唱作曲作詞無一不精的梁以忠先生不就產生了梁派嗎？而李向榮先生亦被視為豉味腔的代表。此所謂江山代有才人出，各領風騷五百年。

《春暉粵曲演唱會》場刊

要把粵劇發揚下去

我的日記　×月×日 晴

報章娛樂版專欄《我的日記》

要把粵劇發揚下去

朋友偶然找到這篇我在一九九二年以日記形式為報章撰寫的專欄文章，發現自己原來早已察覺粵劇圈出現青黃不接的危機，開始部署解決的方案及尋找永久的演出場地。但轉眼三十年過去了，問題依舊存在，只是舊瓶新酒而已，真令人唏噓！

以下原文載於一九九二年六月二十七日報章娛樂版專欄《我的日記》：

近日身邊的朋友都紛紛前來恭賀我獲得英女皇頒贈的榮譽獎章。他們都覺得很值得慶祝，但我個人而言，感覺不算太大，因為粵劇還有待大家去推動。我個人得一個獎，只可以作為小小的鼓勵。

有時聽到一些人在批評粵劇界中新人不如舊人，我會覺得很難受。無疑，新一代的粵劇藝人在造詣上可能不及舊人，但主要原因，是缺乏磨煉，因為如今的娛樂多了，粵劇觀眾無疑也被分薄了。

所以我們一班志同道合的粵劇藝人，便計劃成立一個永久演出粵劇的地方，讓新人們有多些學習機會，儘管是錯，也起碼有機會讓他們改，若果連演出機會也沒有，豈不是自己錯了也不知？

畢竟我們這些所謂前輩，也是從不斷演出中吸收經驗，才能累積下來，否則又哪有現在的成績呢？

有些朋友問我，如果培育了一批接班人，我們的演出機會，便會被分薄了。但我個人認為，做事不可太自私，如果個個只顧自己，到自己老了之後，這藝術便很難發揚下去了。況且，只要自己有實力，就算有人冒出，也不怕被擠下去。

眾星拱照阮兆輝粵曲演唱會——前言

這是一個看似破天荒、實質心慌慌的個人粵曲演唱會。除了不自量力，兩晚一人連唱六首曲外，我的聲線能否支持到尾，已是一大考驗。幸好師父保佑，順利完成，不致有辱師門。但正如文中所言，我的多位恩師及恩人，已無緣親睹我這個嗓子沙啞被「柴台」的小夥子如何蛻變。這一次演唱會的組合，亦無法再來一次。

以下原文載於一九九四年《眾星拱照阮兆輝粵曲演唱會》場刊：

《眾星拱照阮兆輝粵曲演唱會》場刊

這個「個人演唱會」其實應該是在去年舉行的，因為去年是我踏上舞台的四十週年，正好做一個段落式的匯報。不管是對曾向我口傳身授的老師，或是並肩作戰的益友以及一向支持及鼓勵我的觀眾，我都想知道他們是否滿意我四十年來在「唱」方面的水平，有沒有負了他們殷切的期望。

但去年我因在四月四日晚上一場武打戲令頸部受了重傷，當時半身不遂，使個人的人生信念受到很大考驗。猶幸當時我身邊的好友，他們對我的關懷愛護，才令我回復信心。經過短時間的休息，及大半年有限度的演出後，我在台上的活動已復原十之八九了。一切既已回復正常，那麼這個匯報式的個唱計劃又重複在我腦海湧現。

於是坐言起行，馬上與各方面進行接觸，當取得這個檔期時，已是復活節假期了。不過儘管一切都非常倉卒，但在好朋友們的支持下，終可如期舉行，連一向不在任何演唱會露面的「逑姐」都一口答應，真是令人喜出望外。由於各位演唱嘉賓均是第一時間答應演出，故此陣容方面不消半天便可落實。各位的抬舉，令我不勝感動，故要再三在此稱謝。

看了嘉賓名單後，相信會令人大惑不解者是劉千石兄出任司儀，其實劉兄是我七零年代時期「香港實驗粵劇團」的拍檔。他是音響負責人，也是粵劇發燒友，更是我私底下的好朋友。他在立法局中的發言及雄辯，觸發起我的靈感，於是馬上情商他出任司儀，這個政界大忙人更即時首肯拔刀相助，料必令這兩晚生色不少。

戲曲演員必須具備「聲、色、藝」三個條件，首要的便是「聲」，但我有的是一把天賦不足的嗓子。在七一年，「天聲唱片公司」透過蘇翁兄邀我灌錄唱片，當時我真不敢相信自己的耳朵，受寵若驚之餘便努力學習及鍛煉，心想絕不能令人失望。如果說我以先天的破嗓子磨礪到今天稍有成就，是個奇蹟的話，那麼，一直支持及維護我的「天聲」老闆娘「文嫂」，便是一位奇蹟創造者。從合作開始，不論發生任何事故，公司永遠都與我站在一起，其中有一些寫不出來的事件令我深深的感動，所以我與「天聲」的合約是永遠的，除非……

這次，也許有人認為我不自量力，但在某方面來說這個演唱已是來晚了。幾位一直鼓勵我不要因嗓子差而氣餒的恩人如「文嫂」、前輩女文武生劉彩虹女士、我的授業恩師麥炳榮先生，他們都已離開了這個世界，但願他們在另一空間也能接觸到這演唱會，讓他們知道當年常因嗓子沙啞被「柴台」的小夥子，今天終能站在文化中心音樂廳開個人演唱會，而且這還只是一個段落，一個里程，我還會繼續努力去追求進步，這是我的承諾。

名腔的註解

當年搞一次名腔演唱會，並不是一件太困難的事，尚可找到同輩的演員演唱前輩的名腔，而且當晚大家都唱得很開心。但近年好友鄭敏儀女士費了不少心力，始能成功舉辦了《唱腔流派薈采泠》，無他的，名腔已失傳，名家亦難求，真的是今非昔比。

以下原文載於一九九五年《名伶名腔名曲閏中秋》演唱會場刊：

《名伶名腔名曲閏中秋》場刊

這個節目名稱裏的名伶與名曲，相信大家都很明白是指甚麼了，但名腔的定義卻不一定有標準。

其實顧名思義，凡可稱「名」者，都是要眾所公認的，如「名牌」、「名人」、「名車」之類！而名腔亦須一聽便知是誰唱的，當然如果有模仿者可以亂真則例外，不過怎樣說也是聽得出這是某某腔，如出自薛覺先先生的「薛腔」、出自新馬師曾先生的「新馬腔」

等等。

每一學唱粵曲的人，開蒙時都必會受到師傅的影響而去學某某腔，再在成長過程中又必定會接觸到其他門派的藝術，進而找尋自己所應走的道路。所以很多成名的名家，對前輩的藝術都有涉獵過，一爐共冶之後，才產生自己的腔口。如「祥叔」新馬師曾先生早年唱薛腔十分神似、「仙姐」白雪仙女士早期的上海妹腔幾可亂真、羅家寶先生的「蝦腔」也十分雜碎，但兼收並蓄之後又創出另一番韻味，遂成了自己的面目。

學名腔，如要像，是否定要連敗筆也學上了，否則總覺得差了點甚麼似的呢？在幾十年前灌錄唱片實不是件易事，因為未有現在的幾十聲道錄音器材，稍錯了都要從頭來過，而且那造模的唱片不能翻用；有時候更因為時間所限，將本來的速度去將就唱片的時間。有此種種原因，很多名家都會在唱片上留下了少許沙石，有時候這些沙石卻不單成了特色，還被視作標準，後學的人明知有問題的，卻不敢去改，因為名家所創的，你一改便成眾矢之的了。

其實天下文章一大抄，任何藝術都有脈絡可尋的，多聽多學多接觸，慢慢定會找尋到你的偶像所行過的路，這也是學粵曲者一大樂趣也。

眾星拱照阮兆輝粵曲演唱會一九九六——前言

我曾經不下十數次講過，我願意簽上一紙十輩子也是做戲曲演員的合約。我對戲曲的迷癡，真是嚇怕很多人。到了今時今日，由早到晚所做的事，十居其九離不開戲曲，連駕車或坐港鐵，也常會唸唸有詞。一九九四年我開了第一次個人演唱會，一九九六年竟有膽量再來一次挑戰我聲線的極限。

以下原文載於一九九六年《眾星拱照阮兆輝粵曲演唱會》場刊：

《眾星拱照阮兆輝粵曲演唱會一九九六》演出單張

記得父親在他五十歲時寫了一首感懷詩，其中一句是：「百年半向苦中行。」當時我覺得非常奇怪，因為父親是個十分容易滿足的人，為何會寫出這類句子？但想到他的前半生，的確是苦得很，由稚年的反清革命開始，以至軍閥割據、土匪搶掠、大大小小的內戰，一直到一九四八年在港定居，才算緩過一口氣來。

由此我漸漸覺得自己實在經已身在福中。雖然我的童年也好不到哪裏去，但每次都能渡過難關。像我隨父母舉家來港時，因大戰過後，人浮於事，幾弄至饔飧不繼。幸好到了一九五三年，我考進了永茂電影企業公司，一直便在電影界工作，同時也踏進了我最愛、最醉心的行業——粵劇界。

世上有幾個人能夠「想做嗰樣就做嗰樣」？而我卻幸運地達到這個目的。「戲曲」是一門很深奧的學問，愛上了它就等如上了煙癮一樣很難戒掉，反而會越愛越深。近十幾年間真是迷到不能自拔的程度。人人說：「做嗰行厭嗰行」，在我來說全無這種感覺。每當有演出時，我在進了後台之後，便覺得十分滿足，一切像在享受，包括化裝、勒頭、穿戴等等。很多人都不了解我為何每次穿上服裝，都會對着鏡子左看右看，做完這個動作，又做那個動作。演了半輩子戲，就活像一個戲迷新穿戲服似的，套句俗語就像「前世未做過戲」。如果真有神能主宰世界的話，我將不假思索求祂與我簽上一紙十輩子也是做戲曲演員的合約。

最後感謝今次演唱的嘉賓及台前幕後的工作人員，更感謝李龍今次擔當司儀之職，如果他不是定了二月三日開演唱會，我一定在此與他合唱一首。

堅持到底

這是一篇有感而發的文章，還要是刊登在「中國戲曲節」的刊物內。所為何事？就是外行領導內行，而內行又盲從附和，弄到似「粵」非「粵」，不知所謂。這本特刊的封面，我無法認同它是戲曲臉譜、戲曲架式、戲曲造型，甚至連「戲曲」兩字都沾不上邊，但卻出自當年的「中國戲曲節」作廣泛宣傳及介紹節目之用。我險些兒以為自己搞錯了，卻原來連香港「八和會館」都批示了，沒有問題，我幾乎激到吐血而亡。

以下原文載於「一九九七中國戲曲節」特刊：

「一九九七中國戲曲節」特刊

不知該怎樣感謝我們的祖師爺們，他們在近千年前，已成功創造了這樣優美的程式。這程式，既富崇高的表演藝術，更符合了經濟原則，令戲曲能一直流傳下來。雖然，幾百年來，很多先輩不斷地為戲曲加工，也絕無脫離戲曲的軌道，戲曲的精華仍然得以保存。可惜近幾十年因為西方表演藝術的入侵，令到部份前輩，以為順應潮流，將西方的佈景、燈光等等加入了戲曲，使戲曲藝術變了質。這新潮流，是從上海開始，我們廣東很快便跟隨了。

這也難怪，因為以上兩個地區都在我國的邊沿上，尤其是上海，當時是華洋雜處，十里洋場，多少紙醉金迷，多姿多彩的夜生活，古典的戲曲要在眾多新潮娛樂中站得住腳，確不是一件容易的事。於是，當時上海京劇便創出機關佈景、連台本戲等等絕招來與眾多對手爭一日之長短，確令上海京劇哄動一時。這陣風很快就吹到我們廣東來。於是，新佈景、新服裝、新燈光，甚麼都新了，真正的戲曲藝術卻被慢慢地湮沒了。

追源溯始並不在上海京劇，而是我們中國人的習慣。我國自古以來都少有分析、研究、表列、探討的文章，萬世師表孔子如果沒有公羊等人的傳《春秋》，是否能開今日的局面尚屬疑問。外國則不同，不管甚麼東西，總有一大套理論支持着。這不同的習慣害慘了我們，令到我們有些同業，漸漸覺得心虛膽怯，心裏總覺得人家是對的，更有人公開説戲曲發聲方法不科學，要學生們去學聲樂發聲方法。連行內人都不相信自己的東西，我們還能叫誰人去支持戲曲？

同行們，如果我們再把心血都用來搞佈景、燈光，我們戲曲裏最崇高的抽象藝術便會被真實所取締，沒有了抽象藝術，戲曲便亡無日矣。同行們，求求各位堅持、堅持、堅持到底。

《音樂名宿盧家熾》CD 唱片

懷念風骨清高的「熾叔」

「熾叔」盧家熾先生是一位我十分尊敬的老前輩，他的學養、藝術良心及操守，絕對值得我等晚輩尊重。那年「熾叔」與我合作香港電台節目《那得幾回聞》，令我獲益良多，坐在我面前的他，活生生就是一本戲曲音樂活字典。他離開了我們已二十多年，但他的教導令我受用一生。

以下原文載於一九九八年《音樂名宿盧家熾》CD唱片：

一位瀟灑飄逸的名士，已捨我們而去，哀哉！「熾叔」的駕鶴登仙，除了令我們悲痛、悼念外，還給我們「又少了一簿字典」的感覺。我尊敬「熾叔」，並不單為了他的身份、名氣、藝術，最主要的，便是「熾叔」的學養、藝術良心及藝術操守。私底下，「熾叔」平易近人，是位忠厚的長者，但對於藝術方面，則堅守原則。他曾經為短短幾個音符的前奏，拂袖而行，捨棄了收入頗豐的「風行唱片公司」音樂領導的職位，充份表現出他明確認識、尊重、堅持傳統的藝術路向，絕不肯為五斗米而折腰，亦不肯隨波逐流。他對任何傳世作品，絕不苟且了事。如果每一位藝術界的朋友，都如「熾叔」的「藝術操守」，則粵曲藝術的中興便指日可待了。可惜現在帶動潮流的是闊太，外行影響內行，一般梆黃也要寫簡譜，唱的要照譜唱，伴奏的要照譜伴奏。「熾叔」生前是最反對這些的，他曾對我說：「我們可否搞一個唱局，唔睇曲，唔睇譜呢？」當時我第一個贊成，可惜為口奔馳，拖延了一段日子，令他老人家不能如願。想到此事我一直耿耿於懷，希望「熾叔」在天之靈原諒我這懶散的晚輩。

「熾叔」堅守藝術原則還有下列兩個例子：他奏《小桃紅．大調》時，那空了一板一叮必不加音樂，因為原來的調譜特色便是這些，誰不曉得把它填滿，為甚麼前人不去填滿它，所以「熾叔」奏的《小桃紅》一直不肯從俗。

另一例子便是《雙星恨》，其中：合乙上尺反上、合乙上尺反上、合乙上尺反上乙士……，現在因唐滌生先生在《牡丹亭．幽媾》裏填着：夜半芳齋欠奉茶，莫借西廂送藥茶，將音樂改為：乙上尺反上乙合、乙上尺反上乙合，將樂句的一頓押在「合」字，而非原來的「上」字，「熾叔」認為違背了原作者的意思，所以他也堅持照舊。除非是拍和，因為拍和則要照詞也要和着演唱者，是以他對演奏與拍和的界限分得很清楚。拍和時絕不喧賓奪主，這也是藝術上的道德。

再者，我要在此替「熾叔」澄清一事。相信很多行家會聽過：「大牌盧家熾」這個綽號，早說過「熾叔」平易近人，又為何有此綽號？原來「大牌」二字是指「熾叔」平日演奏及拍和時必然是穿禮服或筆挺的西裝，甚至在酷熱下走進沙泥滿地的片場，他也一樣執正服飾，一絲不苟，絕非說「熾叔」驕傲。

最後謹以蘇子瞻的一首《卜算子》，以至敬至誠之心悼念及形容「熾叔」的藝術風骨：

缺月掛疏桐，漏斷人初靜。時見幽人獨往來，縹渺孤鴻影。

驚起卻回頭，有恨無人省。揀盡寒枝不肯棲，寂寞沙洲冷。

一九九八年八月三十日凌晨三時敬書

我重編的《四進士》

《四進士》是我為元朗劇院開幕而編寫的典型戲曲故事，更刻意以古樸的戲曲形式將它重現粵劇舞台，甚至劇場的舞台設計亦以古樸劇場為本。

以下原文載於二零零零年《四進士》場刊：

《四進士》演出單張

余生也晚，卻有福份看過京劇兩大宗師的《四進士》[註]，雖然一為舞台，一是電影，但周信芳先生的電影卻是標準的舞台紀錄片，令我對此劇早就印象深刻。後來還得到了我們古老戲的片段及廣西邕劇的本子，一對之下，原來所有版本都是大同小異，尤其唸白方面，大概是因為精得無可再精，所以不管甚麼劇種，都照搬可也，到我手裏亦盡量保留其精萃，除非太外省語的則例外。

註　南麒、北馬為京劇兩大宗派，麒是指周信芳的藝名麒麟童，馬是指馬連良先生。

在全劇裏，我加了宋世傑在「盜信」一場下半段的自我思想鬥爭，而到尾場他上了刑具之後的自嘲：「老狐狸也自甘投陷阱」，去說明這位老於世故的衙門中人，其明知山有虎，偏向虎山行的性格。這亦是性情中人的寫照。

《阮兆輝從藝五十年特刊》——前言

製作從藝紀念演出，於我是一個突破性的大型活動。當年的從藝節目包括《眾星彈唱賀金禧》、《甜酸苦辣半世紀》、《唱盡半生情》及《阮兆輝從藝五十年專場演出》。除了與不同的拍檔演出粵劇及演唱外，最別開生面的節目莫過於各大老倌包括文千歲、李龍、羅家英、林錦堂、梁漢威、陳劍烽、王四郎、楊柳菁、陳亮聲、游龍、陳少聲和我，化身為樂師，為一眾同行及音樂師傅拍

《阮兆輝從藝五十年特刊》

和伴奏。高潤權、高潤鴻、陸仕平、周熾佳、李淑華、楊雅雲、黃佩珍、袁恩排等音樂師傳在台上開金口獻唱。此情難再，但值得回味。

以下原文載於二零零三年《阮兆輝從藝五十年特刊》：

在這五十年裏，雖然享受過無數次「眾裏尋他千百度，驀然回首，那人卻在，燈火闌珊處」的樂趣，卻依舊沉醉在「衣帶漸寬終不悔，為伊消得人憔悴」的情意裏。註 京劇一代短打武生宗師蓋叫天先生的箴言：「做到老，學到老」，絕對是我輩戲曲藝人必須遵守的格言。

有很多行業，五十五歲便是退休年齡，也聽說公務員服務二十五年便可退休，在我來說，豈非可以退休兩次了嗎？但我卻一丁點兒退休的念頭也沒有產生過。我曾不只一次說：「若真有輪迴的話，我願意做一百生一百世戲曲演員，直至永遠。」戲曲學問淵博

註 清末文學家王國維先生在《人間詞話》裏說：研究詞學會經幾個階段，初則如北宋大詞人柳永的名句「衣帶漸寬終不悔，為伊消得人憔悴」，消得是值得的意思。而後來到了如南宋大詞人辛棄疾的名句「眾裏尋他千百度，驀然回首，那人卻在，燈火闌珊處」那忽然領悟的境界。

之處，實在難以形容，這也是令我沉醉、迷戀的原因。這五十年裏我抱着如戰士的精神：「只向前不退後，打死罷就」，從來就沒想過：「值得嗎？還有其他途徑嗎？」五十年了，最近才靜坐下來回顧一下，答案是：不單是值得，簡直是終生無憾。

在我的藝術生涯裏，可以說從開始就失敗，一次一次地失敗，而又一次一次地重新再來。我記得頭一次投考中聯電影公司，因他們要拍一部電影《苦海明燈》，需要一名童角。考試期間，我已過了兩關，到最後關頭，只剩三個參考者，我是其中之一。

那天父親帶着我乘一號巴士，在九龍城下車，兩父子由嘉林邊道行入侯王廟下的萬里片場，路上父親問我：「你知道除了你還有幾人參加決試嗎？」我說：「兩個。」他問：「有信心嗎？」我好肯定的說：「我會得嘅！」但父親卻很認真的帶着慈祥語調說：「孩子，你只有三分一機會，還未夠一半。你必須準備迎接失敗，心裏有了準備，失敗一旦來臨，你才不會太難受，還要懂得從頭再來，這才是做人的正理。」

這一番話，聽的時候輕描淡寫，但卻影響着我的一生。那次中聯試鏡我真的失敗了，當時我還是個七歲的小孩子，當然不好受，但有父親的說話打了底，也就減少了難過，加強了從頭再來的念頭，結果後來我加入了永茂電影公司，而中聯的《父與子》、《父母心》

這些電影裏的重頭童角都落在我這當年失敗者的身上。

失敗了從頭再來，再失敗了，再從頭再來，在我這五十年來，重複又重複。近年來，也許很多人都覺得我有些表面上的成就，如一個讀到小學二年級便失學的小孩子，居然站在香港大學課室裏教戲曲；又如一個連唱中音的「工」字都唱到面紅、膀子粗的小子，居然得了個「藝術家年獎」的「歌唱家獎」，其實這些都不是我的真正目標，我的目標遠着哩！

看看我們中國戲曲舞台給一群既不懂戲曲、也不尊重戲曲的人玩弄着、蒙蔽着，痛心之餘又因人微言輕挽救不來，為免真正的戲曲舞台湮沒，只有減少了睡眠及休息的時間，多做些推廣及宣揚的工作。雖然擔沙塞海，但總抱着愚公移山之志，明知不可為而為之，鞠躬盡瘁，死而後已。想到我們宋、元、明代已世界稱霸的瓷器，現今竟入不了世界十大名瓷之列，多丟人，多心痛。世界著名殿堂級的戲劇大師布萊希特對中國戲曲推崇備至，而我們的「大師們」卻去模仿《歌聲魅影》，既將我們的瑰寶「崑曲」申請成為世界文化遺產，卻又猛推出《貴妃東渡》、《大唐貴妃》之類的「名作」，這怎不令人啼笑皆非？若這是百花齊放的一部份則還不打緊，但現在全國都唯恐跟風不及似的。自己的文化、藝術，首先要學、要認識、要尊重，連自己的東西珍貴在哪裏都不懂，反為借助外來玩意去貶低自己，去毀滅自己！我發誓，我一定謹守戲曲城池，儘管戰至一兵一卒，就算馬革裹屍也絕不投降，這是我的承諾！希望文化界、藝術界、戲曲界及廣大同胞給予戲曲更多支持。

再說這五十年我最大的收穫就是結識了一班良師益友。這一次，不論是常常見面的梨園行友也好，不常見的「肥姐」、家燕及永茂的舊同事也好，連十多年沒見的「何B」也不約而同，二話不說，一口答應助陣，令我有滿足感之餘，實深深感動及感謝。我更要向玉成今次演出及幫忙出版這本特刊的一群身邊好友致謝，當然包括負責編輯的吾妻拱璧，因為光是找資料、找照片、如何編排等，實在說不出有多困難、多艱巨，尤其是幫着我這「超級無敵大頭蝦」，就更百上加斤。例如，我有幾位師傅：新丁香耀師傅、靚少鳳師傅和香杞師傅，因為年深日久，實在沒辦法找到他們的相片，但願他們在天之靈知道我們已出盡九牛二虎之力也不會怪責吧！

粵劇從哪裏來？

粵劇從哪裏來？其實每一位演粵劇的人，都應該知道自己行業的前世今生，而不是道聽塗說，人云亦云。這幾十年間，我講了無數個粵劇歷史的講座，上至大學，下至小學，但歷史的謬誤越傳越亂，相信的人越來越多，甚至著書立說。百年後，那就是真正的歷史，金科玉律。救救粵劇吧！

以下原文載於二零零五年《新光．新光　香港粵劇界扶助新光戲院聯合義演場刊》：

《新光．新光　香港粵劇界扶助新光戲院聯合義演場刊》

舉世都承認，我們是有五千多年歷史的古國，但在孔子的《春秋》面世之前，我們是根據甚麼來斷定事件發生的年代呢？在交通、資訊未發達前，誰可知千里以外發生的事故呢？種種的存疑，足以令到我們對遠古歷史的真實性相信程度打了個折扣，就算有了《春秋》及《史記》這些後世都視為經典、視為依歸的史學巨著，但它們也都是着眼於國家大事，帝王的生歿、登位、退位，朝代的興亡，戰爭的成敗，朝中大臣的更替，天災等等的描述。至於藝術方面，頂多只有片言隻字，好像在音樂方面記載道：「太昊伏羲氏」之「造琴瑟」，又如「黃帝軒轅氏」之「樂曰咸池」等等。是以在三皇五帝時代，我們只知某某在位時他的音樂叫做「咸池」、「承雲」、「大韶」等，又至詩有「頌那」、「召南」、「小雅」等等。直到唐宋，戲曲的始創及形成，以至元，戲曲的大盛，影響至明、清兩代不單名劇不斷面世，名伶也大量誕生，到了近年統計我國戲曲劇種有三百以上，不同的地區，不同的方言便形成不同的劇種。但這些劇種的源流、沿革，哪個先？哪個後？哪個吸收了哪個？哪個演變成哪個？就算明代及清代兩位大文學家徐渭及王國維都未能一一辨別。如果你是愛看多方面劇種的話，總會覺得，這個裏面有那個，那個裏面又有這個，這千絲萬縷的感覺，連我們內行人也不一定能弄清楚。不過我們既是粵劇從業員，就該對粵劇的源流做些研究。

關於粵劇起源，從一大堆的傳說裏去蕪存菁地挑選，首先當不能以「姑妄言之姑聽之」的神話故事為依歸。然而，除了神話之外，我們還有一位供奉在神位上、與諸神並列的祖師：張五先師。我們就應從這裏做起，因為在清代社會裏神權是比人權重要得多，這位張師傅竟然能與諸神並座，當然有一定的道理。張師傅是湖北漢劇的藝人，他在清雍正年間，因得罪了當地有勢力的人士，隻身逃下廣東佛山。當時因為佛山陶瓷出名，故被稱為「中國四大鎮」之一，名氣比廣州還大，所以張師傅便在佛山落腳，初以抬轎為生。以一個外省人到了廣東不管語言、生活習慣都有所不同，尤其是抬轎的多是老粗，爭執實在難免。幸而我們的祖師是詠春高手，據講他一招詠春攤手，技壓群雄，故被稱為「攤手五」，不久便桃李滿門，當然那時是教拳腳。不過我們有句俗語：「桐油埕是載桐油的」，張師傅既然是唱戲出身，總有很大的戲癮，故此他由教拳腳而轉變成教戲，從而組織起本地戲班來，更加入了瓊花會館。本來瓊花會館是冶金行業的總會，但因我們也拜「華光大帝」，他們也供奉「華光大帝」，因此我們也可加入。後來可能戲班日益擴張，又產生了些知名度高的大老倌，對社會的影響力越來越大，逐漸變成客家佔地主。後來人們只知瓊花會館是戲班的，反而鮮有人知本來是屬於冶金業的總會。及至名伶李文茂投身太平天國反清，清廷大怒，除了明令禁演粵劇外，還一把火燒了瓊花會館，算起來我們還欠了冶金業的朋友一個人情。早期我們行中的叔父輩亦深信瓊花會館是張師傅創辦的，但其實該會館早在明代中葉已存在的了。

張五先師組織的戲班，是廣東最早的本地戲班，是可信的。因為早於此之前，我們從碑記裏看到明代的記載：「某某年，江西來多少班，湖北來多少班」，一般稱為「外江班」，即非本省的戲班，演的當然不是廣東戲。然而我們有了自己的戲班，演的初期都不能算是廣東戲，因為祖師爺教的是湖北漢劇，班中規矩也一切以湖北漢劇為根據，就算分行檔也依着湖北漢劇的「一末、二淨、三生、四旦、五丑、六外、七小、八貼、九伕、十雜」排列。所以有說粵劇在李文茂反清被禁後才唱官話是證據不足的。其實粵劇從張師傅創立，至被禁，至解禁都不是唱廣東方言，一直是以中州韻演唱的。到了清末民初，經金山炳、白駒榮、朱次伯等數位先賢極力改革才有現在的面貌。粵劇從雍正年間到現在數百年中捱過多少風雨、多少戰火，我們的先輩一直堅持薪火相傳，承先啟後，到今天依然屹立在社會中。我輩亦應秉承先人遺訓，秉承張五先師的前傳後教，相信千秋萬世，粵劇也不會滅亡的。

令人喜出望外的新光

此文寫於二零零五年新光戲院在我與汪明荃女士及業界有心人士，經多番斡旋後得以續約，業內人士聯手合力為新光戲院籌款義演之時。今天卻迎來新光戲院終要易手的消息。戲院能否保留尚未可知，但我已作了最壞的心理準備。回看此文，無限唏噓！

以下原文載於二零零五年《新光・新光　香港粵劇界扶助新光戲院聯合義演場刊》召集人的話：

記得我五三年入行時，港島從東至西有「利舞臺」、「中央」、「高陞」、「太平」等專營大戲的戲院，後來灣仔還加入了新落成的「香港大舞台」，九龍則有「普慶」、「東樂」，後又加入了「新舞台」、「樂宮」、「百麗殿」、「南昌」等，再加上長年有粵劇演出的遊樂場如「荔園」、「啟德」，粵劇絕對不愁英雄無用武之地，但轉眼四十年後的九三年，就只剩下「新光戲院」一間了。從那時開始，新光便是粵劇的唯一基地。當然香港還有很多會堂、劇院、文娛中心都可上演粵劇，但那些都屬於政府的場地，從租金、租場手續、付場租方式、收回票款日期等，都不是一般現在粵劇圈的東主能應付的。而新光由聯藝機構運作了那麼多年，就算偶爾產生小困難，憑着他們與業界長期相處達成的共識，本着同舟共濟之心，也很容易便解決了。從九三至零三的十年可謂風平浪靜，雖然只得一個基地，但因行內人與觀眾都習慣了，所以粵劇加新光，既可以維繫着行內人的生活，也維繫着觀眾對粵劇的熱誠。

我現在也記不起是哪一天，忽然晴天霹靂的消息傳來，說新光業權易手，新業主不想續約，跟着我便第一時間四圍打探，得知這公司已先後將西營盤的「金陵」、紅磡的「國華」兩間影院改裝成商場，很明顯，新光便是第三間。這一驚非同小可，粵劇連最後一個基地都失去了，以後怎辦？於是馬上走訪中聯辦、藝術發展局、霍議員等……猶幸零三年業權易手後新光仍繼續經營，我們都鬆一口氣，怎知就此形成一個大家都相信的錯誤信息，以為新光業主不會將新光轉型。到了今年初，一直向新光葉經理追問續約之事，回應是未能接觸，八月即將滿約，日子越來越迫近。我開始察覺到事態嚴重，於是馬上走訪有關部門，大家都很着急、很幫手，但一直都未能與事件主角羅守輝先生聯絡上，大概他那時也正忙着新光的轉型運作計劃。於是我又透過律師請了測量師去估算新光的現時價值，回報給嚇了一跳，連六層僑輝大廈、四千幾呎地舖是五億八千萬左右，光是新光售票大堂的租金呎價已是五十至六十五元，以舊租二十萬零八千元我們能租哪一個角落？不久很多人都對我表示不得不放手了，但我覺得沒有了基地對全行損失是無可補償的。試看看「文革」十年我們藝術界的損失能修復嗎？我們這群「古稀」、「花甲」之年的藝人缺了基地，減少上台，藝術還能維持嗎？後學有成功的階梯嗎？連稍固定的場地都沒有了，還說甚麼薪火相傳呢？半年來這些問題一直困在我腦子裏，令我忘餐廢寢，直至見了「仙姐」（白雪仙前輩），得到她的支持，跟着再蒙「汪阿姐」（汪明荃）拔刀相助，才令我覺得吾道不孤。跟着「汪阿姐」憑着她的能力、智慧，召集到一個巨頭會議，是在二零零五年八月四日，我相信這日子我一輩子也會記着！以後的事不用我細表大家都知道了，當日羅守輝先生的表態不單令我喜出望外，更使我無言地感激，新光終於延續了。雖然只有四年，四年內我們必須落實長遠計劃，但起碼粵劇界這場近火救熄了。

整個事件除了要多謝羅守輝先生外，「仙姐」、「汪阿姐」兩位，雖然同是行內人，但我也在此多謝，她二人真是值得敬佩！還有戲行外的好友如譚榮邦、馬逢國、王如登、方文正等，不管他們現居何職，他們都以好友身份支持鼓勵着我，在此作衷心的感謝！更要向我的妻子、女兒慕雪說聲：「這半年來我為新光，疏忽了家庭，難得妳們一直在背後撐着我、明白我、諒解我，謝謝！」當然最後更要多謝曾為這事出過力的朋友、一直支持着的觀眾。你看我們今次多團結，今次義演就算不在香港的文千歲、梁少芯、龍貫天、王超群、陳鴻進也非常鼎力支持，誰還敢說粵劇界是一盤散沙？所以我們是絕不會辜負你們的。

與人民一起的戲曲大師

我將關漢卿筆下三個以弱勝強的故事串連於一晚內演出，將《關大王獨赴單刀會》、《趙盼兒風月救風塵》與《望江亭中秋切鱠旦》濃縮成三個一小時左右的折子戲。當晚「逑姐」所飾演的譚記兒，真是光芒萬丈，亦突破了她過往在「頌新聲」的演出框架，可惜她已離開了我們，粵劇花旦行損失了一位大師級的演員。「逑姐」的演出風範真的堪為後學楷模。

「第三十六屆香港藝術節」《關漢卿筆下的關大王及盼與望》演出單張

以下原文載於二零零七年「第三十六屆香港藝術節」《關漢卿筆下的關大王及盼與望》場刊：

先不說我為甚麼要改編關漢卿的原著，先說我光是想知道關漢卿的「名」也沒有着落，因為漢卿只是他的「字」。

以這一位戲曲界響噹噹的人物，竟無法從書籍、甚至一些斷簡殘篇裏找到他的大名，這一點是否顯示出我們中國人對文化藝術有多重視？當時的資料又有多完整？我們的先賢著書立說，盡向公候將相的道路，其他都像不屑一顧，對文化藝術的輕視摧殘，可說是古國群中最甚的。我們這時候再不反省，後果不堪設想。

關漢卿這位戲曲大王，可愛處是他從市井來，一直在人民生活裏，他從不脫離群眾；他雖然滿腹經綸，卻從不輕視貧民娼妓；他一身傲骨，只對暴政強權，而沒去欺凌弱小。在他筆下，不斷的鬥爭：與強權鬥爭，與暴政鬥爭，他永遠站在平民百姓一邊。光是這風骨情操，已足以永垂不朽，足以叫後世人景仰學習了。

今次我挑選的三齣戲都是這位大師的代表作，各有不同鬥爭的對象，每齣戲都強弱分明。戲裏的主角都本着明知不可為而為之、本着正義、本着天地良心去做，結果三齣戲都是公理勝強權，但在各施各法時，足令觀眾拍案叫絕。希望各位欣賞戲曲之餘，更欣賞這位關大師的風骨情操。

從一件「小」事看「四叔」

「四叔」靚次伯先生的藝術後繼無人，真是梨園的一大憾事。他的演出何止是千斤力，還要是定海神針。在他栽培下成長的老倌，又何止雛鳳。我有緣加入「雛鳳鳴」，在「四叔」最後的歲月中，我有幸與他同台演出，學到一丁點他的演出法，已是受用無窮。「四叔」對我的提點，有如醍醐灌頂，絕對是舞台上的指路明燈。

以下原文載於二零零七年出版的《武生王靚次伯——千斤力萬縷情》：

「四叔」，其實我應稱「四公」才對，因先師麥炳榮先生也曾跟過「四叔」搭班，我們行內的所謂「跟」，就等同半個徒弟，只差未有正式拜師而已。然而我對「四叔」素來都非常尊敬，卻並非基於上述的關係。首先是因為「四叔」非常和藹。因為我輩出道之時，見到行中叔父輩有如見老虎一樣，大多數都是一臉威嚴，尤其在台上常見疾言厲色對待後輩，但以「四叔」的名氣及輩份，卻從未見他發脾氣，就算在台上我們出了甚麼岔子，他老人家也憑其經驗及功力，先把整齣戲演圓滿了，返回後台再講道理，極少在台口動怒。如此涵養，行中少出其右。「四叔」一向本着「前傳後教」的宗旨，對我輩後學的求教，從不敷衍了事，真正做到「知之為知之，不知為不知」，從不生安白造，也從不說得高深莫測，把你引入五里霧中。

《武生王靚次伯——千斤力萬縷情》

在我無數次向「四叔」求教中，令我最難忘的一次是「四叔」已近退休時的演出，大概是在「雛鳳鳴」演神功戲，演完了《封相》，我心中浮出一個問題：《封相》裏，六國王的口白中有「商議封贈」，其中「商」字的中州韻全行大多數都讀作近於白話的「腥」

音，但我又聽過前輩說應讀作近於「生」音，於是便向「四叔」求教。當時他看了我一眼，臉上泛起了一陣我也形容不來的表情，包括驚訝疑惑，總之十分複雜，大概是從沒有人問過這問題，於是甚麼都沒答。我看着不得要領，唯有先回自己的箱位繼續演戲。想不到演至將近散場，「四叔」忽然親勞貴步到我的箱位，那時我不單受寵若驚，簡直不知所措。原來他老人家思考了半晚，經過細心印證，才給我答覆：「細路，諗落係讀『生』至啱，《月下追賢》都有唱『韓將軍且慢走，某有話商量』，『商』字音就係咁樣讀嘅。」為一字之微，做了幾小時的工夫，能不令人敬佩？所以「四叔」不單在台上的演藝足為一代宗師，台下對後輩悉心傳授，對藝術上的嚴謹、一絲不苟的態度，更堪為後世的典範。

《瀟湘夜雨臨江驛》——編者的話

此劇是我改編自元代楊顯之《臨江驛瀟湘秋夜雨》雜劇及明代佚名《江天雪》傳奇而成今日的《瀟湘夜雨臨江驛》。劇本的情節大致沿襲原著，只是結局迥異。我在二零零八年首演時飾演為上位不擇手段的崔通，其後改演代女雪冤的廉訪使張天覺。此劇結局被譽為「不完美的圓滿」，正正是因為我不讓崔通有好的下場，但切合了觀眾的期望：殺奸雪冤，父女重圓。

《瀟湘夜雨臨江驛》演出單張

以下原文載於二零零八年的《瀟湘夜雨臨江驛》場刊：

雜劇是盛行於元代的戲曲藝術，劇作家經歷自南宋末期的變亂，對社會人生頗多感悟，寫出深刻思考人生處境與命運的劇本。由元雜劇到明傳奇，創作中心南移，為粵劇提供了不少好劇本。繼早前曾以中劇形式，把關漢卿的三齣戲組合成一晚演出節目後，我再嘗試把楊顯之原本四折戲，豐富為一個超過三小時的全劇。

在粵劇裏，文武生演反派的劇目，多數難以搬上舞台，為免因此損失這一類型的戲，所以我選編了《瀟湘夜雨臨江驛》。我對內容主旨改動不大，卻認為原作的大團圓結局，對寡情薄倖、心狠手辣的崔通批判不夠。在舊社會裏，一個女人得回夫婿已是最大的滿足，但作為編者，在情在理，我絕不同意，故作出了改動。

今次的製作，很榮幸能夠邀請國耀兄（即何國耀先生）擔任藝術指導，以他豐富的經驗為本劇帶來完美的效果。

《狸貓換太子》製作概念——打造「連台本戲」上、下本

《狸貓換太子》是我早年為「金輝煌」而編寫的劇本。後來為「朝暉」續寫下本，亦刻意重塑昔日「連台本戲」，讓觀眾知道粵劇壇曾出現過這一模式的演出。《狸貓換太子》下本是《落帽風》故事的延續，一段宮廷掉包奇案，由此水落石出。但我有時會向相反的情理推想，若聖主並非真龍裔，找到真太子，包公又會如何斷案？會否引出另一場宮闈廝殺，包公的後果亦堪虞？這純粹是我的胡思亂想！

以下原文載於二零零九年《狸貓換太子》場刊：

上世紀二十年代，上海京劇舞台盛行「連台本戲」。這種戲劇形式的特點是情節生動，有頭有尾，通俗易懂，所以深受觀眾歡迎。

《狸貓換太子》演出單張

「連台本戲」多取材於民間通俗故事，或當時流行的長篇小說，如《狸貓換太子》、《華麗緣》、《宏碧緣》等，加上創意的機關佈景，因此逐漸流行到全國各地。當時香港粵劇界亦爭相效法，可惜在濫演之下，良莠不齊，結果，某些好戲又走回單折演出。不過，有些情節豐富的故事，若只作單折演出，又令觀眾有意猶未盡之感。以《狸貓換太子》而言，現時一般只演到《拷寇》便作結，其實觀眾大都渴望看到《審郭槐》，劉后與郭槐惡人有惡報、李妃苦盡甘來、仁宗母子相認的大團圓結局。

有感於此，我決定把昔日為「金輝煌劇團」編寫的《狸貓換太子》重新編寫，使之成為一齣上、下兩本的「連台本戲」，再由我及「朝暉粵劇團」的成員分兩晚演出，希望觀眾既可重拾昔日的情懷，又可有耳目一新的感覺。

愚公之志

這是一篇我寫了又哭、哭了又寫的文章。當時痛心疾首的事，於今尤烈。既難挽大廈之將傾，唯有希望它不致太快倒下，有生之年，不要讓我目睹，於願足矣！

以下原文載於二零零九年出版的《香港戲曲年鑑二零零九》：

《香港戲曲年鑑二零零九》

去年粵劇申請成為聯合國教育、科學和文化組織「人類非物質文化遺產」成功，香港政府注資六千九百萬支持粵劇。又根據香港中文大學戲曲資料中心的資料顯示，二零零五年全年的粵劇加粵曲演唱會共有一千五百七十場以上。在這幾個大喜訊的面前，我卻說粵劇正面對着種種危機，豈不是笑話？可是，我們又的確是滿目危機。我這個愚公，縱有移山之志，面對着如千絲萬縷的問題，真不知從何說起，唯有逐一提出，請各位有識之士，一同研究研究。

（一）場地：我出生於五零年代，當時香港有不下於五、六家長期以演出粵劇為主的劇院。踏入七零年代，因為經濟起飛，地價高漲，劇院佔地面積既大，上蓋又不能加建其他建築物，於是一家一家被拆掉，連富有的利舞臺東主利氏家族，也把祖先的心血拆了。香港人天天在說要面向世界，要成為國際大都會，可是他們對文化、藝術、歷史又有多重視呢？紐約、倫敦的地價便宜嗎？為甚麼還有那麼古老的劇院仍然存在着呢？我們的營商環境，就是這樣一步一步的被摧毀了。時至今天，僅餘一所仍在掙扎求存的民營戲院「新光」，也將被業主收回。當年新光戲院的建成，是因為港英政府時代，祖國的大型歌舞團如《白毛女》、《紅色娘子軍》等要在港上演，卻租不到合適的場地。而且每年十月一日的國慶晚會，也因政治因素而很難覓得場地舉行，於是便拆卸了商務印書館的印刷廠其中一部份，興建了新光戲院，君不見旁邊的一條街道名叫書局街嗎？往後每年的國慶晚會便順利地在新光戲院舉行，直到回歸後才停止。屈指一算，也將近三十個年頭。當然，回歸後可供選擇的場地多的是，至二零零五年國內施行宏觀經濟調控政策，新光戲院便被賣給香港的商人。商人從經濟角度出發，本是無可厚非，當年不加租的延續了兩年租約，已是給予天大面子；兩年後加了租，便成了一個大問題，而且只續約到二零一二年而已。「新光」不單是戲曲的專門店，更是國家的歷史、香港的歷史，舉行了二十幾三十年國慶晚會的地方被賣了、拆了，莫名其妙！在香港，不超過五十年的建築物算不上古蹟，但在我們眼中真正的「古蹟」是在這裏曾經發生過甚麼事件、是否具有保留價值，而不在於它興建了多少年。

新光戲院出現危機時，政府前所未有的火速回應，高山劇場便成為政府「挽救粵劇」的「靈丹妙藥」。我們暫且不要爭論「高山」的交通、斜坡、照明、舞台設施、上座率等等問題，單看所有獲政府長期資助的表演藝團，多不屑到「高山」演出，便知道是甚麼一回事了。「高山劇場最適合粵劇」這論點，是由政府的專家指出的（但那些專家是來自外國的）。根據這論點，我們聰明的政府，便把一個不為其他藝團歡迎的場地「恩賜」給粵劇界。不錯，以上情況是發生在「申遺」成功之前，但現在「申遺」成功了，情況又可有改善呢？政府的場地申請及審批手續、現金回籠等問題，都不切合粵劇界的運作模式，但又有甚麼辦法呢？以前戲班是戲院的主顧、客人，戲班要甚麼檔期，除非該檔期已被訂下，否則是必能取到的。現在的情況卻是當某劇場宣佈某月某日有五至七天檔期空出，五、六個劇團便立時爭相遞上申請表格，豈不如「丢出一塊肉，五、六頭餓狗搶食」？對此情景，我不禁想哭，是甚麼人令我們淪落到這個地步？但可悲的竟是我也得扮演其中一頭狗。有人說「西九」是我們的希望；好，等着吧，希望到時我還活着。

（二）

投資者：一般稱為「班主」。以前「班主」有兩個含義：第一，當然是一班之主，除了老闆，也是主理人，主宰着該戲班命運的人；第二，還有一個很重要的信息，就是「班主班主，以班為主」。他們用盡心思如何經營該班、聘用甚麼演員搭配、創作甚麼劇本、採取甚麼宣傳策略等等。雖然他們的出發點是賺取金錢，但這是生存的要素，也是鼓勵台上演員作良性的競爭，從而產生藝術元素，燃燒起熊熊的藝術烈火。但現在大多數的「班主」卻是以人為主，班主的目標只在一個人身上。唉！我仍得在行內生活，我還能說到哪裏去呢？更壞的現象是政府越來越多資助，只要能掌握撰寫計劃書的竅門，你的財政問題便解決了。至於藝術?這倒要看「良心」了。這到底是好事，還是壞事?眼前所見是越來越多人等資助、靠資助，更藉着一些梨園新秀獲得更大的資助，從而產生了很多「資助之星」。嗚呼！我們一群本有着大好前途的新秀，不是被栽培，而是被利用。幸而，當中還有例外的。

（三）

承傳：一九九九年，政府的最高藝術學府設立了戲曲班，令我們喜出望外，但五、六屆畢業禮之後，竟然無人投身職業劇團。後來雖然有一些，但數目是甚低的。為甚麼呀?學以致用嘛，為甚麼學了不用呢?大家都沒去了解這個問題，了解後，又好像無所謂似的，幸好最近已經改變了些。可是，面前仍有很多問題:學多久才能成功?政府承認粵劇學校的學歷嗎?粵劇受到重視嗎?為釋這些家長的疑團，還請執事諸公站出來説句話好嗎?

有一次，我向某位掌管承傳政策的朋友詢問有關問題時，他給了我一大堆證據及數字，這都是適合呈交政府審計處的，這些「功課」只是為了報喜而寫。記得自從有學生粵曲比賽以來，我只有一屆沒有參與。小朋友一直不斷地給我驚喜，但幾年後，這些天才不知往哪裏去了，外國升學?畢業了做了……?完了。大家想想，很不容易才發現一個天才，於是我不斷發現，不斷驚喜，也不斷失望，不斷痛心。考試、學業，我們能有資格說不重要嗎？唯有希望新高中課程實行一段時間後，這情況會有所改善，因為已有學校在正規課程裏，開展粵劇教育這一環。

（四）

政府政策：政府為了替粵劇界出點力，於是成立了「粵劇發展諮詢委員會」及「粵劇發展基金」。執事者曾表示藝術家只對藝術有研究，至於辦事方面及制定政策則是力有不逮。對於這一點，我很同意，大多數藝術家都是獨沽一味，只搞藝術，就像物理學家愛因斯坦也曾給公車售票員罵不懂數學。然而，我很想知道有關當局按甚麼標準、經過怎樣考核，選出那群執事者呢？他們對粵劇藝術與業界的營商環境認識有多深呢？但這些人卻直接影響着這個粵劇界的命運。「諮詢」一詞，顧名思義是政府透過一群諮詢委員獲取民間的一些資料、意見、迴響，從而制定相關的利民政策。可是現在的情況，卻是委員會不願聽的意見，就是你喊破喉嚨，也休想把信息傳到政府的耳裏，到頭來反落得一個「反對派」的名字。基金成立數年了，監管如何？貨不對辦時有懲罰過任何申請者嗎?有警告嗎?有譴責嗎?總之對「寫得好、合心水」的申請計劃總是十分慷慨,監察的報告大多數評為「進步中」、「比上次好」。眼看一些很有成就的藝術家到頭來也迫得要與一眾巧立名目、混水摸魚之輩一起去排隊申請,痛心嗎?想哭嗎?很多事情單從出發點看是絕對正確的,甚至是極好的,如成立諮詢委員會、基金會、撥款資助等項目,全是天大的好事,我們理應衷心地感謝政府。可是,政府所託非人……唉!一想到我還要在行內「搵食」,如再被多扣幾頂帽子,便「邊處都唔使去」了。我們的營商環境被破壞了,當然是不是誰人刻意去破壞,更好像這是時代的變遷、潮流的更替,是歷史的必然進程,誰也不用負上任何責任。只是,大家可有想過倫敦、紐約那麼多古老劇場是怎樣保存的?怎樣經營的?真令我懷疑英、美的人是「白癡」的,有錢也不會賺,所以他們的社會沒「進步」,只有我們這樣子的香港才算「進步」。

(五)**觀眾:**我小時候演戲時十分擔心觀眾老化,憂心到我長大的時候,那些公公婆婆還在嗎?還會看戲嗎?其實大家不用為觀眾問題煩惱,政府在某方面做得十分好,例如教育局、教育工作者都盡了很大努力。說到底,還不是那老生常談的一句：只要演得好，便不愁沒有觀眾，因為觀眾的眼睛是雪亮的，這是千古不易的真理。但是，政府在另一方面，卻盲目的資助，那些有「資助」、無「叫座」的劇團，便拚命派票，去製造上座率。於是形成觀眾在旁等待「派票」，而以真金白銀去經營的戲班，便只得等着「末日」的來臨。請問尊貴無上的掌權者，看到這情況嗎？最可慮者，就是已形成了一種文化現象——看粵劇是不用買票的。有時好心去做的，也可能是壞事。如果你熟讀《三國》，便會明白援手與圈套，也只是一線之差。

（六）劇本：這是最可放心的一環。已故編劇大師葉紹德先生，在他最後的日子裏，扶病為香港八和會館與香港大學教育學院中文教育研究中心合辦的粵劇編劇班，肩負起作育英才的責任。雖然最後病魔奪去了「德叔」的生命，但奪不去他崇高的理想。編劇班不單完成，而且延續到第二年，更配合着香港藝術發展局的培育編劇人才計劃。不久將來，大家會見到一群新的編劇家誕生。

後記：我執筆以來，從未試過八個月也脫不了稿。首先要跟《香港戲曲年鑑二零零九》的同人說聲「對不起」，因為我太了解目前狀況，寫出事實便得罪人多；不寫嘛，又好像昧着良心，所以文中少不免有迴避之處，希望大家體諒。總之這篇文稿我改了又改、哭了又哭，思前想後多次擱筆長嘆，甚至泣不成聲。甚麼五千年文化、歷史、藝術，又甚麼時代進步、經濟轉型，我覺得都不重要，重要的是我們還有沒有良知！還有沒有那一份責任感！

粵劇的國際認同與自我求存

此文原是「中國戲曲節」研討會的集結文集中，記錄我當日於會上發表的講話內容。今日距離粵劇「申遺」成功已快近十五年了，粵劇的國際地位及社會認同雖然提高了不少，戲曲亦已正名「Xiqu」，但粵劇的軌道已偏離正確的航道，而且越行越偏，迷失在金錢的大海中，而沾沾自喜。古老傳統、排場、戲曲服裝、唱腔流派，甚至一桌兩椅的初心，早已蕩然無存。徒呼奈何！

以下原文載於二零一零年《中國傳統戲曲的國際認同與自我求存：中國戲曲節二零一零研討會論文集》：

各位朋友：

我非常感謝大會今天這個題目，因為國際認同與自我求存正是我們要面對的問題。相信大家都知道粵劇「申遺」成功，成為國際非物質文化遺產。個人認為這不是甚麼值得喜悅的事情。國際認同並非不代表我們真正的被中國人自己認同。

我覺得國際對我們粵劇是不認識的。為甚麼我們要別人認同，我們才覺得榮幸、開心呢？當然，我自己是粵劇界，難道在「申遺」的時候我說不想嗎？沒理由的。那我是否贊成？我當然贊成。但認同了以後又怎樣呢？認同了以後我們需要做甚麼呢？到今天我們仍然不知道被人認同以後需要做些甚麼，也不知道有甚麼可以做。

我們常常問有關當局，我們是否有責任去做一些事情，但沒有人答過。到今天為止，我還是不知道「申遺」以後我們的責任是甚麼。在沒有「申遺」以前，其實我們很清楚自己的目標。我們是要讓所有中國人認同我們，而不是外國人。在香港現今的社會架構中，粵劇其實是有生存空間的。香港的粵劇界從來都不是政府養的，所以，所謂的自我求存是從來都存在着。我們常希望我們的營商環境不會受到破壞，一旦被打破，我們就難以生存。不能生存，我們就得依賴政府的資助。這不等於我們不要政府的錢，而是不要政府支持我們吃飯，我們是必須有自力更生的條件。現在粵劇還是有人去買票欣賞的。因此，我很感謝今天大會這個題目，這正正是我想跟大家解釋的事情。

我們常常覺得要別人承認的東西才是好東西，其實是心虛的表現。這現象歸咎於中國長時間醞釀的自我否定。我們常常妄自菲薄，對自己的東西沒信心。現在我們還見到戲曲界很多朋友覺得自己的不及西方的好。例如中樂，動不動拿十二平均律出來說那個 ti-fa 音不對。到底我們自己有否認識自己、看清自己的東西呢？其實這是非常重要的。我相信中國人都知道，中國戲曲在全世界的戲台上是獨特的。究竟我們的戲曲有甚麼東西能造成現在的象徵體系呢？這都是源自元代。就正因為元代有很多戲曲是反映對當時政局的不滿，所以我們常做的都是街頭劇。另外，簡陋的一桌兩椅都是源自於元代。以前喜歡戲曲的人都是皇帝、大臣等，他們那麼富貴，照理說是甚麼佈景都能做。但為甚麼我們舞台是那麼抽象、獨特、簡樸呢？假如我們是認識這樣東西的話，那麼現在我們就不會在花錢弄佈景、燈光、道具、服裝，本末倒置。

還有一個危機，就是我們非得搞一些花費很多的製作，然後稱之為「大製作」。這個現象不但在香港發生，在國內亦然。常有朋友打電話過來，說花了五百萬在一台戲上，要我去看。這反映着一個非常可笑的價值觀，也說明了我們戲曲界的危機。對於我們來說，粵劇藝術是無價的。可是，就連戲曲界的人自己都心虛、害怕，於是就一直搬點子來希望別人認同自己的東西。我相信不只是戲曲界，很多中國藝術都在面臨這個困局。因此，我非常希望大家知道粵劇是我們自己的，我們不需要別人認同，必須自己先認同自己。我常在學校演講跟學生說，廣東戲是我們大家的。十隻手指你不會因為小指短而把它切掉，我們也不會因為自己的孩子頑皮而跟鄰居調換。所以，假如你認識這是你的東西，你就不需要別人認同。求存方面，我並不擔心，只要好戲就會有人看的，最重要是先做好自己。我很希望大家能為我們提供寶貴的意見，我們都會非常樂意接受的。謝謝！

此身合是詩人未

我選了《白兔會》作為我為「香港理工大學駐校藝術家」專場演出的劇目，其一，是因為《白兔會》是芸芸劇本中我最喜愛的；其二，咬臍郎是由我開山的，再多一重意義；其三，《白兔會》是源自宋元南戲《劉知遠白兔記》，經唐滌生改編成粵劇經典戲寶，更值得莘莘學子認識和學習。

以下原文載於二零一零年「香港理工大學駐校藝術家計劃——粵劇名伶阮兆輝先生」演出場刊：

父親的畫中很少有題詩，所以其中一軸書有放翁絕詩一首，我的記憶便特別深刻。轉眼又數十年，屈指算來，先嚴棄養二十餘載矣。然而，再讀此詩，更覺其中「此身合是詩人未」之句，頗堪細味。以陸游當時的詩名及才氣，他此句是自謙？自嘲？還是調侃他人呢？

我輩從藝之人，誰不想做藝術家？但怎樣才算藝術

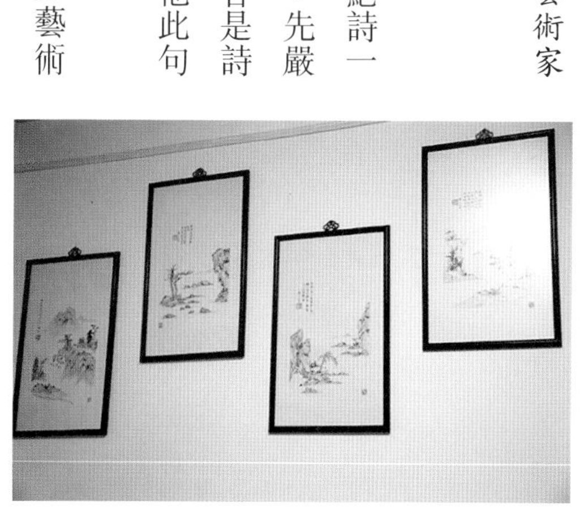

父親阮其湘的墨寶，其中一軸書有陸游絕詩一首。

家，誰有資格去評定呢？記得五零年代，在國內要被稱為「表演藝術家」，每種劇種只有幾位。時至今日，演藝界產生了很多獎項名稱，如梅花獎、金雞獎、文華獎等等，不勝枚舉。得獎者名正言順當上表演藝術家，連上一些有本領沒獎項的，真是纍纍乎堵塞於蒼冥之間，有識者嘲曰「倒下一根電線杆，壓死藝術家一班」。

不過，身為藝人，不管他人怎樣稱呼，總應我行我素，而且我素來就遵循着祖師爺張五先師的格言「前傳後教」。其實任何一種藝術，傳承是最重要的。早在數十年前，王粵生老師在香港中文大學授課時，我常叨陪末席。從那時起，我一直提倡學與術必須合作、共融，攜手才可將戲曲這門中國特有的藝術，發揚光大。

故今次欣然答應與香港理工大學合作，並挑選文學價值較高的《白兔會》來演出。此劇被列為四大南戲之一，一直被認為是南宋期間的作品，但因未能考證作者是誰，故大多數的人都覺得是當時藝術家的集體創作。此劇於一九五八年由唐滌生先生改編為粵劇，一直在劇壇享有盛譽。我希望各位看過此戲後，除了喜愛它之外，還能夠加深對戲曲的認識。

從記載開始

寫這篇文章之時，我是香港藝術發展局戲曲組的主席，慨嘆香港電影已有「史」，但香港粵劇至今日仍未有它專屬的「史」。由二零一零年至今，已過了十四年，還停留在當日的模樣，「香港粵劇史」還在等待它的有心人。究竟要等到何年？何日？何時？還是白等下去？天曉得！

以下原文載於二零一二年出版的《香港戲曲年鑑二零一零》：

《香港戲曲年鑑二零一零》

記得余慕雲先生曾說香港電影怎能沒有「史」，於是他便挺身而為之，相信全港文藝界都贊同。再看香港戲曲的源流比電影不知長多少，然而香港戲曲就是沒有「史」！要有的話，從哪裏開始？當然是從記載開始，而年鑑就是記載的重要部份，所以不能沒有年鑑。從二零零九年第一本戲曲年鑑面世，雖未敢說盡善盡美，但也可稱得上資料豐富，各人的努力是有目共睹的，希望持之以恆，為香港戲曲界鑄就一套珍貴的史料。當然萬事起頭難，因為從無到有是有一定的顧慮。最初一定十分謹慎，但太謹慎則會令整件事拖延，所以開頭是需要勇氣，踏出了第一步，然後細心觀察，再行改進。

近半世紀的等待　粵劇《煉印》首度公演

「香港實驗粵劇團」的往事，於我不單是一段珍貴的回憶，還要是一九七零年代香港粵劇一段有血有淚的歷史。當日尚是年輕小夥子的我們，雖是枵腹從公，但絕無後悔。今日我們已是公公婆婆了，仍在等待有緣人繼承「實驗」的精神。

以下原文載於二零一零年《香港實驗粵劇團成立四十週年紀念演出場刊》：

四十年了，好像是轉眼間的事。真的四十年了，四十年前我們一班年輕人，一腔熱血，要實驗自己的理想，於是集合了一群志同道合的人，組織了「香港實驗粵劇團」。那時既沒有財力，也沒有真正的叫座力，只得與當時的市政局合辦廉價粵劇。還記得當時沒有足夠的人力（那時「德叔」葉紹德先生也未加盟），於是編劇、佈景、設計音樂，甚至抄曲、油佈景、貼海報都是我們一腳踢。

當年海報設計有吳杰輝（可惜他已去了另一個世界）；音樂設計有戴信華、梁漢威；佈景設計有郭孟浩、潘基及後來的冼恩堅；而編劇則是由我這個只讀了兩年小學的人負責。不管怎樣，我們仍是勇往直前。

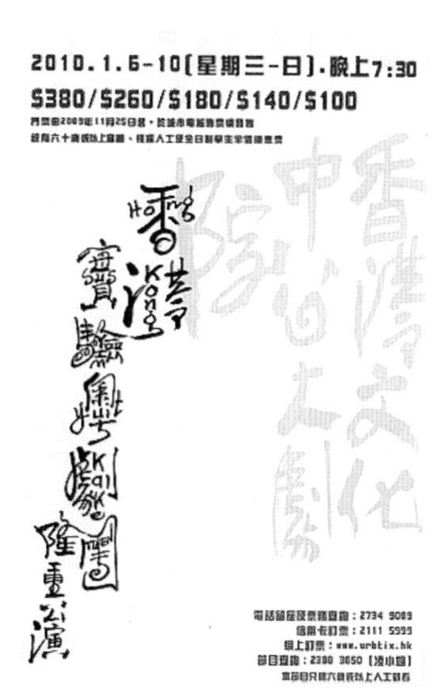

《香港實驗粵劇團成立四十週年紀念》演出單張

十數年間，編寫了《梁紅玉大戰黃天蕩》、《三打白骨精》、《楊門女將之探谷》；另外整理了《荊軻之易水送別》、《寶蓮燈》。直至八零年得到「德叔」這位編劇界的天王巨星加盟，我才不再執筆。但可惜現在我們作四十週年紀念演出的時候，「德叔」卻已去極樂世界，執筆的責任又回到我的肩上。

今次我寫的《煉印》其實是取自閩劇。早在上世紀五十年代我已看過閩劇的舞台紀錄片，那時已覺得非常有趣，因此劇對人性及官場有極大的諷刺。雖然那時我還年輕，但已有印象；後來更買到了當時出版的劇本。到我開始從事劇本工作後更三番五次想把這戲改成粵劇，但一直未付諸實行。因為此劇沒有旦角，就算加上去也只是佔極少戲份，故很難有劇團會演出；而生角則要有各行當人員，但是佔戲不多卻必須很會演戲，所以遲遲未能面世。如今是一個最佳的機會，把我多年的心願了卻。還記得「德叔」常說他最喜歡曲王吳一嘯先生的通俗曲詞，希望這齣走通俗路線的戲能令他滿意；亦藉此劇向我這位亦師亦友的長輩作出萬二分的敬意。並在此感謝多位為「實驗」出過力、支持過的朋友，雖然有幾位朋友無法聯絡得到，但希望他們看見「實驗」這塊招牌後再回來與我們相聚。四十年了，真的四十年了。

「江湖十八本」

《一捧雪》是一個我喜愛的戲曲故事，還要是生、旦、丑都有表演，故事內容豐富的劇本。在一次機緣巧合下，德鏘拉攏了我、尹飛燕與他同台演出，還要由我親撰劇本。那一場由我飾演的湯勤與德鏘飾演的陸炳在台上鬥智角力的戲，演得十分過癮，希望有重演的機緣。

以下原文載於二零一一年《一捧雪》場刊：

《一捧雪》演出單張

從很多文獻裏都有出現「粵劇江湖十八本」的名稱，有些還舉出劇目如：《一捧雪》、《二度梅》、《三官堂》、《四進士》等等。我從入行時一直到現在，仍有很多人對這說法深信不疑，但我卻一直存着問號。真的那麼巧合嗎？這十八齣流行粵劇都是有數目字在頭的嗎？其實我是越來越不信，不過在不斷地研究下，又覺得其中所舉列的劇目，大多數都是全國流行的劇目，有些反而現在的粵劇舞台倒是少見了。這原因不外是近百年粵劇被鴛鴦蝴蝶派壟斷了，以致很多好的劇目被忽視、被放棄。這是粵劇的悲哀。

我從七零年開始，已經發覺這是個很大的問題，所以一直都企圖將非鴛鴦蝴蝶派的劇目從新拉回粵劇裏，例如《趙氏孤兒》、《十五貫》、《四進士》、《大鬧廣昌隆》、《三打白骨精》等等。當然我絕對不是想將鴛鴦蝴蝶派驅逐出粵劇圈，只是想讓一些好劇目重新進駐粵劇而已，給演員有多行當的發展，觀眾也多些選擇。

這次我執筆將明崇禎十年面世的傳奇《一捧雪》改編，讓這本來就是粵劇劇目裏的名劇，重新與觀眾見面。

最後，我得澄清一個名詞，就是「江湖十八本」裏的「江湖」二字。這裏的「江湖」是指我們粵劇藝人四處演出、走遍江湖賣藝的意思，與「江湖大佬」、「江湖仇殺」等是完全扯不上任何關係的。

掌握條件　創造未來

我多年來都有為《香港戲曲年鑑》撰寫文章，每一次都有不同的感受。二零一二年，我們一直渴望得到的「新粵劇搖籃」油麻地戲院終於爭取成功了，西九戲曲中心又有機會成為永久的戲曲表演場地。但十年過去了，我的擔憂未有一刻放下，真的衷心祝願新秀們「掌握條件，創造未來」，粵劇的將來還要靠你們呀！

以下原文載於二零一三年出版的《香港戲曲年鑑二零一二》：

《香港戲曲年鑑二零一二》

二零一二年對香港戲曲界來說可算是重要的一年。首先是爭取了十年八載的油麻地戲院終於開幕了，香港粵劇正式有一個官民合力支持的新秀搖籃。而規模龐大的西九文化區的戲曲中心，也隨着世界性的公開設計比賽結果宣佈而落實了，預計在二零一七年正式啟用。當然除了這兩大喜訊外，也有名演員羅家英「劇藝縱橫五十秋」的從藝五十年展演，香港舉辦的「中國戲曲節」也演了，我唱了大半輩子戲都未在台上見過的《南西廂》。當然還有很多劇種，如台灣歌仔戲、秦腔等，及不同的説唱如京韻大鼓、山東琴書等。喜見「戲曲節」越來越識貨，香港戲曲愛好者越來越有眼福，香港的戲曲演員越來越多挑戰，這是個好現象。各大劇種得以互相學習、觀摩，擴大了視野，是戲曲界之幸，希望掌握着現有的美好條件創造出更美好的未來。

《無私鐵面包龍圖》——編者的話

「包公戲」是我國戲曲常見、常演的題材，但在「才子佳人」壟斷的香港粵劇壇，如非有康樂及文化事務署、「香港藝術節」或「中國戲曲節」等的支持，哪個班主敢搬演「包公戲」？還要由我這個不是專演包公戲行當的演員擔演。多謝「中國戲曲節」對我的信任，亦還了我將一個珍貴題材搬上戲曲舞台的心願。

以下原文載於「二零一二年中國戲曲節」《無私鐵面包龍圖》場刊：

「二零一二年中國戲曲節」《無私鐵面包龍圖》演出單張

今年的「中國戲曲節」，我編演了兩齣包公戲於同一晚演出，究竟所為何事？其實用意有三：粵劇劇壇被鴛鴦蝴蝶派佔據了近百年，以致非才子佳人的戲碼受到忽視排斥，繼而令老生、丑角、花臉、老旦等行當變成了次要角色，漸漸地便再沒有人專工這些行當。所以，承接着一九七零年我發起成立「香港實驗粵劇團」的精神，我完成了這兩齣以花臉及老旦為主的戲碼，盼可為劇壇帶來一點改變。

我們總是妄自菲薄，以翻譯世界名著為榮，然而元代雜劇《包待制智勘灰闌記》的故事卻吸引了殿堂級的西方戲劇大師布萊希特，將之改編後搬上歐洲舞台。我今次將此劇搬回我們的舞台上，就是希望讓大家重新檢視我們擁有的珍貴材料。

數十年來香港劇壇中人大都不敢嘗試以花臉唱腔去演繹花臉角色，原因是擔心會影響自己的嗓子。這次我大膽嘗試，以近乎京劇銅錘花臉的發聲方法去演唱包公一角，希望可以重新建立花臉行當於粵劇中的地位，並重塑粵劇花臉的唱腔。

另外值得一提的是，這次包公戲的佈景，是經過梁煒康、鄺炳全、何新榮等合力推敲，最後連我也加入了這個組合裏，因為我們要強調包拯的角色、公案的元素、古樸的風味及戲曲的需要等。一次又一次的改進，一次又一次的修訂，經過反覆的商討，最後才決定以一個含蓄而頗有內涵的設計與觀眾見面，希望大家接受我們的心意。期望這次的嘗試在各位的支持下得到認同，更願有識之士多提意見，是則幸甚。

攝於「香港大會堂五十週年」展覽場內，與自己的文章合照。

香港大會堂五十歲了

香港大會堂建成後，政府的文娛演出場地如雨後春筍般開幕。荃灣大會堂、沙田大會堂、香港文化中心、戲曲中心等相繼落成，為粵劇提供了戲院以外的新演出場地。今日的大會堂由昔日設備完善的佈局，經過六十多年的變化，自然追不上新開的劇場，但它滿載的卻是香港粵劇及其他表演藝術的歷史回憶。

以下原文載於二零一二年「紀念香港大會堂五十週年」展覽：

我們現在身處的大會堂，其實是本港第二間大會堂。我們首間大會堂於一八六九年落成啟用，是當時官商名流出入和舉行會議的場所，對升斗市民來說並無感情可言，也沒甚麼印象。不過，舊大會堂與香港市民並非毫不相干，因為某些直接或間接影響香港社會的大事，例如成立賽馬會等，都是在那裏舉行的會議中議決的。

不管舊大會堂是怎樣，我們眼前現代化的香港大會堂，才是真正屬於我們的。香港大會堂於一九六二年落成，啟用之初曾上演粵劇戲寶《鳳閣恩仇未了情》。當年，很多老戲迷都說不習慣到這間「門口又高狗又大」的官方場所看戲，這是因為香港一向是殖民地，老一輩香港人總覺得官方場所只屬於外國人或官紳名流。可以說，香港大會堂的落成，為政府與文化藝術界，以至廣大市民築起了第一道溝通橋樑。

在大會堂啟用之前，戲曲界一直都是自給自足，甚少跟政府打交道。因為政府的門不打開，誰也進不了去。

一九六二年大會堂落成，政府的門第一次為我們打開。此後，幾乎所有戲曲界的殿堂級人馬，都曾在大會堂粉墨登場，施展渾身解數。而支持年輕人實現理想粵劇的「香港實驗粵劇團」，亦是在戲曲界與政府逐漸緊密的合作下在大會堂萌芽成長，為粵劇界增添新的動力。

對我們粵劇界而言，大會堂更是一個不可多得的表演場地。上世紀六十年代前後，香港經濟起飛，地價開始上漲，佔地甚廣的戲院逐漸成為地產商的「眼中釘」。許多昔日著名的戲院，包括「高陞」、「普慶」、「東樂」、「中央」、「新舞台」、「皇都」、「香港大舞台」、「太平」等，甚至我們做夢都想不到會拆卸的「利舞臺」都已一一消失，最近連「新光」也……猶幸我們還有香港大會堂，至少這個場地不會被地產商拆卸重建！

至於我本人，當年也曾在大會堂音樂廳和劇院的舞台上學藝實踐，在大會堂圖書館自修研習。這個地方，見證着我的成長，載滿了我的回憶。也許有人會覺得這裏不少制度和設施都已過時，但這些缺點並不足以影響大會堂作為劃時代表演場所的地位。無論在過去、現在或將來，這裏都是屬於我們的大會堂。

宋錦榮先生紀念文章

錦榮兄的離世是梨園樂界的一大損失，斯人已逝，猶有餘暉，偶爾還會想起他的生前點滴。猶幸他生前在加拿大設帳授徒，春風化雨，造福梨園。

以下原文載於二零一二年《宋錦榮先生紀念冊》：

錦榮仁兄乃出自梨園世家，其父樹芬伯乃一萬能老倌，不單台前，連幕後也能兼善。憶自余年幼時，初入當時號稱神童班之「人之初」劇團，錦榮兄於斯亦神童武生也。後輾轉間，忽然棄台前而居幕後，追隨當代一時瑜亮之名掌板容彰葉與文全兩位大師為下手，更深得文全師傅器重，故自文師傅移居美國後，其在港從業之劇團，悉數由錦榮兄接任。由於錦榮兄敬業樂業，苦心鑽研，極得前輩賞識，於是「仙鳳鳴」、「雛鳳鳴」皆由其掌板，是以聲名大噪。成名後，對後輩提拔有加，及至九三年移居加拿大多倫多，亦以授徒為業，桃李滿門。唯怨天不假年，錦榮兄遽然離去，此誠粵劇界一大損失也。

六十年心路

果真是花甲回頭夢未醒，我為粵劇、為戲曲，真箇是「為伊消得人憔悴」，還要是「明知不可為而為之」。六十年一甲子，我由童星、徒弟哥、小生，演至今天已開始兼演其他行當了。我常被同行埋怨太多跨行當演出，累他們也變了小生都要演掛鬚戲或開臉。觀眾笑我是「白金升降機」，今日演完文武生，明天去做小生，不怕觀眾會厭嗎？但我從無如此計算，只要做好我的戲，觀眾自然會來睇我演出，幸好亦未有班主有怨言。

《阮兆輝血汗氍毹六十年粵劇行當展演》演出單張

以下原文載於二零一三年《阮兆輝血汗氍毹六十年粵劇行當展演》場刊：

相信每一個從事藝術的人，總會在勇往直前之餘，忽然停步，喘息一下、回顧一下、檢討一下。記得先師麥炳榮先生曾說，藝人必須有自知之明，這當然是至理名言，但有多少人能做得到呢？所謂「行其位，素其位」，是舞台上的演員必須奉行的。要做到有自知之明，就要不停地檢討，如是者我就是個常常檢討的人。

六十年了，從當童角時一定要聽大人話開始，到青年時有着滿懷抱負，看看自己，聲色藝三樣，首先缺了兩樣，可以說聲、色（當時體重不足一百磅）俱不達標，所以自己相信除了勤學苦練之外，別無他法。隨着拼命自我增值，慢慢還好像察覺了些甚麼問題似的，於是就憑着一腔熱血組織了「香港實驗粵劇團」。姑不論成功與失敗，但在我個人而言，真的吸收了不少知識，其間不斷探討戲曲的真義，不斷將戲曲與其他國家的舞台表演藝術作比較。越尋找、越比較、越鑽研，就覺得戲曲越崇高、越超脫、越可愛，最終便決定了自己「生是粵劇之人，死為粵劇之鬼」的誓章。為粵劇、為戲曲，除了「衣帶漸寬終不悔，為伊消得人憔悴」之外，還有就是抱着「明知不可為而為之，鞠躬盡瘁，死而後已」的心態，雖然有時也感覺到日暮而途遠，不禁有些惶恐，但一想到抱負就像見到太陽一樣，有無限的光、無限的熱，令我覺得朝着的目標是光明正大的。我很感謝先賢們，在千百年前能打造出一個這樣偉大的舞台給我們，所以我想告訴從事戲曲藝術的行家、喜愛戲曲藝術的知音人，我們的舞台放諸全世界皆不弱於任何一個國家的舞台藝術，不要心虛膽怯，不要妄自菲薄。

說了一些未必每位讀者都明白、也未必人人都同意的心裏話，得說說今次演出的行當展。我除了盡心盡力而為之外，還要說一說《周瑜歸天》。此劇大部份是先師麥炳榮先生親授，而且是百分百按傳統南派路子的演繹。記得先師在四十八歲便收起這齣戲不演了，而我不自量力地到六十八歲還演這齣戲，豈不是玩命嗎？唉！但這齣戲是我從先輩傳承下來的戲，而且現在只有我演了，當然我不知還有沒有下一次，但想到「只此一家，並無分店」的情況下，我只有拼命而為了。能不能傳下去，不看我，看天。

童星・同戲（一）——「神童」是禍是福

香港電影資料館為我舉行了「從神童到泰斗——阮兆輝從藝六十年」電影展，還有「從神童到泰斗——阮兆輝的影藝回憶」影後座談會。當日我坐在資料館的電影院看《哪吒鬧東海》，一個快將七十歲的我，回看童年的我飾演的哪吒，原來一轉眼，就過了這麼多年，物是人非，怎不令我百感交集。

以下原文載於二零一三年八月號香港電影資料館《通訊》第六十五期：

二零一三年八月號香港電影資料館《通訊》第六十五期

小孩子演戲，大多數被譽為「神童」，其實這只是一般宣傳術語，如果當以為真，就足以害你一輩子。試想：外國電影的神童米奇・龍尼（Mickey Rooney）的晚年，再想想本港金融投資的「神童輝」的下場，相信很多人都會扼腕嘆息。所以「神童」兩字其實是糖衣毒藥，不管哪一個界別，凡被譽為「神童」的人，如果不當心而被這稱號所蒙蔽，很容易泥足深陷，不能自拔。記得有一句說話「小時了了大未必佳」嗎？如果記得這句至理名言，你便可百毒不侵。

說老實話，小朋友受愛護、受吹捧，上街的時候，有人對你指手劃腳，有人要求你簽名留念，有人向你索取照片，哪個小孩子能不飄飄然？但記着，你真的是實至名歸嗎？在我小時候，我常看別人的電影，更常自問我比得上芳芳、寶寶、明明、小田，以至常一同演出的好友梁俊密嗎？我真想將這經驗，提醒任何一位「神童」要常常照鏡子，看真自己的真實情況，這是衷心的忠告。

《大明烈女傳》——編者的話

當日不知為何原因，明知要為高山劇場新翼開幕慶典撰寫一齣新劇誌慶，偏偏選上這一段明末遺恨，國破家亡的戲來演。首演當日還要是新翼開幕的日子，慶典上我們還敲響大鑼，非常熱鬧，接着就演出《大明烈女傳》，觀眾的情緒急轉直下。當日我演崇禎，「普哥」尤聲普先生演太監王承恩。我們在《撞鐘》那一場戲，演到由心裏痛出來，那壓迫感令人喘不過氣。宵夜時，朋友建議他日可將《撞鐘》作折子戲演出，但Bobo（鄧拱璧）話這場戲太辛苦、太慘了，不會再演。何況今日「普哥」已逝，要重新找對手，實不容易。我在尾場《刺虎》加了一段小曲《紅燭淚》，以入聲押韻，是我的新嘗試。

《大明烈女傳》演出單張

以下原文載於二零一四年為高山劇場新翼開幕演出的《大明烈女傳》場刊：

我們粵劇界出了一位天王級的編劇家唐滌生先生，他筆下的劇本相信最大影響力的，就是《帝女花》。而我現在推出的《大明烈女傳》就是《帝女花》的故事和時代。你以為我會將這故事寫得比唐先生好嗎？絕對不是。其實這故事不止粵劇有《帝女花》，其他如京劇的《明末遺恨》、崑劇的《撞鐘分宮》都是珠玉在前。

那我又為甚麼要寫這故事呢？其實是因為他們都忘記了，還有一位忠烈的宮女值得歌頌，她就是費貞娥。如果單寫貞娥刺虎，當然也不能去掉《明末遺恨》，而且幾齣前人的名劇，都沒有點題明朝衰亡的成因，例如殘殺功臣、連年大旱、蝗蟲為患等事，觀眾看到的是作者極高水平的故事演繹。而且每個作手也有自己的見地，如唐滌生先生就把國亡家破注入了愛情故事，這是極度成功的，因為那年代我們都還沉溺在鴛鴦蝴蝶派裏。如果唐先生照《明末遺恨》的寫法，難道要「任姐」掛鬚演崇禎嗎？所以唐滌生先生偉大之處就在這裏。我現在不是挑戰《帝女花》，只是提供一齣非鴛鴦蝴蝶派的《帝女花》，給另類口味的觀眾而已。

最後一提，在《大明烈女傳》中，生旦有對唱的場合，就只有尾場《刺虎》，而蘇翁先生曾為先師麥炳榮先生及鳳凰女女士撰寫過《刺虎》一曲，十分精彩，更已經家傳戶曉，故此我徵得天聲唱片公司同意，用了該段曲詞，稍作修飾，作為全劇的結尾。

《戲裡戲外看戲班》

這是我為《戲裡戲外看戲班》新撰的南音曲詞，撰述劇中的我重入戲班後台的一些感悟。

以下原文為《戲裡戲外看戲班》撰寫的南音曲詞：

離鄉別井，遠渡天邊。[註] 於今回首話從前。。初到此間為獻演，經常滿座，喜上眉尖。估話半載一年，便回家轉，誰知演期頻密便流連。。此地朋情多友善，更成家室，如今有兒孫。落地生根將業建，點知屈指如今三十幾年。。欣聞有戲班來此將技獻，所以到後台訪探，話舊聊天。誰料人面已經全改變，後浪推前浪，勢所當然。。雖然舊雨難見面，但喜見新人武藝堅。功底與表情都有相當表現，可令觀眾唔間斷，令戲行興旺靠大眾承傳。。

註 「。」代表上句，「。。」代表下句。

童星．同戲（二）——懷念

阮兆開是我的兄長，蔣桂林、小麒麟與林錦堂都是我自小玩到大的夥伴。寫到他們的點點滴滴時，心裏總有點戚戚然，物是人非，唏噓不已。

以下原文載於二零一六年五月號香港電影資料館《通訊》第七十六期：

二零一六年五月號香港電影資料館《通訊》第七十六期內頁文章

收到香港電影資料館的消息，知道會在近月放映幾部電影紀念去世了的童星，節目的客席策劃阮紫瑩更邀我執筆，寫一點這幾位當年神童的二三事。難得的是除了阮兆開是我兄長之外，其他三位我都十分稔熟，所以責無旁貸，將他們生平點滴與大家分享，以此向幾位致敬及懷念。

阮兆開

阮兆開（一九四零—一九九四）是我的哥哥，現在卻要稱為先兄了，他在一九九四年因食道癌離開了我們。他的去世對我來說產生了影響力，一就是不敢再吃太熱的東西，其二就是不再相信好人有好報；當然我不是以此為藉口去做壞事，但心裏實在懷疑所謂報應。我兄長一生人都十分有義氣肯助人，他在寶源光學廠工作了一輩子，同事的任何事他都很用心的協助，到頭來卻要捱了足足半年辛苦才上路。不過我們雖然知道他十分辛苦，但他自己則從來未表示過「辛苦」這兩字。不論朋友、同事，甚至親人探病，他都有說有笑若無其事。所有人都說探病前都十分擔憂，愁眉苦臉，探病後則反為釋懷了。

可見先兄是個放得下的人。他十來歲的時候就做了一個關係一生的決定，他因不想兄弟二人做同一行業，萬一該行業遇上不景氣，豈不是兩兄弟一同受影響嗎？於是他就不做童星，毅然入工廠從散工做起，但後來我才發現他這決定是錯的。如果他繼續從事藝術行業，他的成就會在我之上，因他十分幽默，常常一句話甚至才說一兩個字，便會令人捧腹大笑，而且不落俗套。唉！可惜可惜。

蔣桂林

蔣桂林（一九四二—二零一五）是我在行內少數的好朋友。我們七、八歲就在片場認識，一齊拍電影《父與子》（一九五四），他就是演那個十分沙塵的有錢仔。一兩年後忽然不見了他，後來在他母親「卿姨」梁淑卿女士的口中才知道，他因與後父導演謝虹不和，隻身赴廣州投靠他的生父，他生父蔣世勳先生也是名演員。回去後便在廣州市劇團練功及演童角，名劇《拉郎配》劇中的小童角色便是由他開山的；後來我演《拉郎配》時，也全靠他將開山時的演法給我指示。他回內地後，我與他便斷了來往，連書信都沒有。事隔二十餘年，有一天「賢叔」何賢先生帶我們到珠海賓館開唱局玩兩天。到達賓館安頓了房間後，忽然有位經理跟我說：「輝哥，有位姓蔣的找你，他一會便到。」我馬上想起他，便問那位經理是不是蔣桂林，他竟然說不是，是「蔣世平」（蔣桂林又名蔣世平），我不禁十分失望。後來，他到了，一見之下差點抱頭痛哭，隔世重逢，他在「文革」期間也受了不少苦難。後來他再回港發展，一直在各大劇團演出，直到離世。可惜，他是一位很好的「綠葉」，也是一位很好的導師。

小麒麟

小麒麟（一九四六——一九八七），乳名叫蘇蝦，我們都尊稱他「蘇蝦哥」。他是我輩的大哥哥，年紀雖不是距離很遠，但他的本事比起我好得多，又會演戲，而在台上筋斗翻得十分衝及漂亮，靶子亦很穩。一般高個子大多數都只有一兩種筋斗能翻得較好，其他都不甚佳，但他可算件件皆能。他為人很率直，記得在片場的時候有一趣事：他拍戲拍到半夜睡着了，有人用一杯暖茶倒在他的褲襠子，他醒來時嚇了一大跳，以為自己「瀨尿」，又不敢說給人聽，但服裝是連了戲的，他又不敢換，這晚真不好受。為了這件事他一直都給人留為笑柄，但他卻不以為意，胸襟甚廣。但可惜在一次馬來西亞之行，乘坐友人的車去打獵，行至士林河附近發生車禍，他便離我們而去。他一向很相信風水面相等等的術數，但他卻未能逃過大難，真是粵劇界的損失。再者，他哥哥「羊牯仔」也是武林中的高手，不幸也是英年早逝，言之使人傷感。

林錦堂

林錦堂（即林錦棠，一九四八—二零一三）是與我同期踏台板的人，他比我小一歲，一向以扮相英俊著稱，北派武場了得，還擅打脫手，年輕時是我們一輩最早走紅的一位，在大班演小生也好，自己領軍也好，都十分受歡迎。他在神童時代拍了不少電影，最為人津津樂道的要數前輩「大麗姐」余麗珍女士主演的《蟹美人》（一九五七），他與李紅棉飾演蟹仔蟹女，也參加了一陣子神童班演出。「細麗姐」吳君麗女士的「麗聲劇團」也曾聘他擔任童角，唐滌生先生的名劇《雙仙拜月亭》裏的六兒就是「堂哥」開山的了。他是我輩童伶中較為有別於我們的，我們是所謂「唔窮唔學戲」，但他則是少有的有錢仔學戲、番書仔學戲。

他的家境較富裕，父親林成先生可算有錢有面，所以在我們一輩窮小子眼中總是覺得他與眾不同，真是既羨慕又妒忌。但他事業是靠自己一手一腳建立起來的，歷任「大龍鳳」、「頌新聲劇團」的小生，後來又與梅雪詩合作「慶鳳鳴劇團」，在南丫島榕樹灣一口氣直落演了二十年天后誕，真是粵劇界的一個紀錄。如果不是他離世，相信還會一直演下去呢！不過他雖然走得突然，但也是很有福氣的，因為不用受痛苦，但也令粵劇界文武生陣營少了一員健將。

扎實基礎由此起

再好的演員，都不能沒有好的唱功。聲線可以不佳，但唱腔不能越軌。梆子就是梆子，二黃就是二黃，絕不能唱梆子似二黃，唱二黃似梆子。前輩們由於有古老戲的訓練，基礎打得好，不會唱亂。現在的新秀由於底功不穩，常唱到混淆不清。這套教材正好是對症下藥，

心得分享

2.1 編輯委員會成員分享

紮實基礎由此起

粵劇與全中國戲曲一樣，講究「四功五法」，四功之首便是唱。粵劇裏的唱，篇幅最大的便是板腔體的梆子與二黃，二者是最重要的，也是最玄妙的。這兩大體系有規定的句式、句的結束音、頓的結束音及拍子的基本格式，但當中的旋律卻是可以自由發揮，不過也有一定限度的自由。等於你開車去一個目的地，走哪條路是可以選擇的，但卻不能違反交通規則。所以我們學習粵曲必定要在梆黃裏下苦功。當然，在初級階段是跟隨老師所教的固定模式，有如小孩子初學走路，要人扶著和帶領着，但當你可以自己走路時，便要懂得決定怎樣去走和走哪條路。所以初學者在導師帶領時，必須把基礎學好，否則到導師放手，讓你自己發揮的時候，你仍只是站在原地。

粵劇學習講求紮實的基礎，環顧現在學習粵曲的情況，不知是學生懶惰，還是導師太保護學生，抑或是有人混淆了，把曲牌體的教法，用於教板腔體上，甚至梆黃也寫上固定的樂譜，於是拍和的樂師按譜施工，演唱者便要跟着樂譜唱，這種不當的方法把專業與業餘混為一體，我們必須糾正和指導學生正確的學習方法。

教育局出版的《粵劇合士上－梆黃篇》，是一次突破的嘗試，讓學生可以在課堂內學習粵劇梆黃的基本唱法，衷心希望老師們用心鑽研，並齊心把粵劇的藝術和精髓，薪火相傳。

阮兆輝

阮兆輝先生
資深粵劇工作者

《粵劇合士上——梆黃篇》教材套——心得分享：編輯委員會成員分享

能否藥到病除，就要靠他／她們的後天努力了。

以下原文載於二零一七年教育局出版的《粵劇合士上——梆黃篇》教材套——心得分享：編輯委員會成員分享：

粵劇與全中國戲曲一樣，講究「四功五法」，四功之首便是唱。粵劇裏的唱，佔篇幅最大的便是板腔體的梆子與二黃，二者是最重要的，也是最玄妙的。這兩大體系有規定的句式、句的結束音、頓的結束音及拍子的基本格式，而當中的旋律卻是可以自由發揮，不過也有一定限度的自由。等於你開着一部汽車要去一個目的地，走哪條路是可以選擇的，但卻不能違反交通規則，所以我們學習粵曲必定要在梆黃裏下苦功。當然，在初級階段是跟隨老師所教的固定模式，有如小孩子初學走路，要人扶着和帶領着，但當你可以自己走路時，便要懂得決定怎樣去走和走哪條路。所以初學者在導師帶領時，必須把基礎學好，否則到導師放手，讓你自己發揮的時候，你仍只是站在原地。

粵劇學習講求扎實的基礎。環顧現在學習粵曲的情況，不知是學生懶，還是導師太保護學生，抑或是有人混淆了，將曲牌體的教法，用於教板腔體上，弄至梆黃也寫上固定的樂譜，於是拍和的樂師按譜施工，演唱者便要跟着樂譜唱。這種不當的方法把專業與業餘混為一體，我們必須糾正和指導學生正確的學習方法。

教育局出版的《粵劇合士上——梆黃篇》，是一次突破的嘗試，讓學生可以在課堂內學習粵劇梆黃的基本唱法。衷心希望老師們用心鑽研，並齊心把粵劇的藝術和精髓，薪火相傳。

「南派」粵劇

我自問不是演武松的料子，勉強只能演《金蓮戲叔》一小折。如非集合了多位能演武松的演員如李龍、龍貫天及李秋元一齊演出，根本不會有《粵劇南派藝術精粹——武松》的出現，因為要有南派的武藝子，又要演得好，是很考功夫的。潘金蓮一角，很多花旦也能勝任，但《金蓮戲叔》那場戲，「逑姐」陳好逑女士演得堪稱一絕。以她當時的年紀，化了裝後，眼前只是一個嬌俏堪憐的潘金蓮，她不賣弄風騷，卻騷在骨子裏。我十分享受與「逑姐」演出《金蓮戲叔》，如今「金蓮」已逝，無緣再睹她的風采，可惜！可惜！

以下原文載於《粵劇南派藝術精粹——武松》場刊：

粵劇最早的時期，是沒有「南派」這個名稱的。自清末民初，多位先輩如我的開山師傅新丁香耀先生，到上海學習梅蘭芳先生的《嫦娥奔月》、《天女散花》、耍絲綢舞，以及某些身段，漸漸開始有「北派」這個名稱加在廣東戲上。後來，打武旦余秋耀前輩及薛覺先前輩等都學了很多京班打武的套數。尤其是薛覺先先生，他在上海請了幾位京班的龍虎武師到廣東，首批請來的是蕭月樓先生、袁財喜先生、周小來先生與我師傅袁小田先生。據他説，他們是第一批從上海京班請來廣東的武師，然後開始打着「北派」的旗號宣傳，將一些武場戲改用「北派」的方式，即京班的打法去演繹，所以後來就劃定了甚麼是「南派」、「北派」。最初提起「南派」、「北派」，大都是關於武打。與「北派」比較，「南派」是一種比較接近詠春派的武術，武打動作比較粗獷強烈，硬橋硬馬及扎實火爆，節奏感較強烈。後來，很多人去學習京戲，將

《武松》演出場刊

一些身段程式如「馬蕩子」、「起霸」等的套數融入廣東戲裏表演，所以，用舊武打套數的，就稱為「南派」。其實很多戲本來沒有分「南派」、「北派」的，後來因為很多人將京班的套數、身段等加進戲內，連《武松》這齣戲，亦有人套用了「北派」的演法，所以按照廣東老戲程式的《武松》便被冠以「南派」的名稱了。

我所知桂八叔的一二三事

我勉強都算是桂派的再傳子弟，因為恩師麥炳榮先生自認是桂派的；何況「八叔」桂名揚先生與我先母相熟，多添了一份親切感，他的兒子桂仲川先生亦與我相熟。可惜的是桂派藝術已沒有傳人，失傳是遲早的事，怎不令人惋惜。

以下原文載於二零一七年出版的《金牌小武桂名揚》：

《金牌小武桂名揚》

我輩演廣東戲的生行演員，所學的法門大概分為四大派，即薛、馬、桂、白。現在要研究此四大門派之藝術恐怕為時已晚，像我這樣的一個再傳子弟，要執筆談論師祖的藝術，一是不夠資格，二是材料不夠豐富。不過在今日，我所認識的桂派子弟都已在極樂世界了，或有遺珠恐亦鮮為人知，或已不問世情久矣。自審雖云余生也晚，但亦幸於「八叔」晚年得以親炙，如今只好以二三事填充此篇，聊博識者一哂。

「八叔」因與先母相熟，故在港時常有往還，那時我已學戲及演戲與拍電影，約一年有餘了。一日「八叔」忽然告訴我：「輝仔，『八叔』做《甘露寺》，你一定要嚟學嘢！『八叔』做得一日得一日㗎嘑！」那時我因年齡尚小不識寶，但也去了九龍東樂戲院後台，但見「八叔」在後台裝好身，開始着嘢，乃吩咐我在虎度門學嘢。那時見「八叔」好像很累的樣子，真有點擔心他是否有體力、精神支撐《甘露寺》與《催歸》兩場大戲。但「八叔」一出虎度門有如生龍活虎，與在後台的他真是判若兩人，但一下場入虎度門便回復本來面目。不管誰人站在那裏，他也一手按着他的膊頭。他累了，他喘着，但下一場他仍是演得炯炯有神，我心裏想「八叔」真是神仙。他不單把兩場戲演了下來，還演得精神飽滿、氣定神閒似的。看了一晚所記得的實在不多，因為我那時還未懂得欣賞，但最深印象就是

《催歸》的一場，「八叔」是穿文武袖蟒的，最特別的是那鑼邊花的出場，他不是在鑼邊裏衝出台口的，他只在虎度門口扎架，便像行大滾花般行出台口。以我那時的知識，覺得很特別，所以便記得，而且還記到現在。

「八叔」平時很喜歡吃火鍋，一到冬天他便常提議打甂爐。到他演出後不久，有友人見我與「八叔」相熟，便問我向「八叔」學了些甚麼？我才如夢初醒！對！對！我為甚麼沒向「八叔」請教呢？可惜當我向「八叔」求教時，他悄悄地對我說：「你依家至講，我上廣州嘞。」那時因為政治環境不同現在，回廣州是要非常神秘的。但他臨行時授我一個錦囊，演戲要南撞北。他說南派太硬，北派太軟，故此南撞北是最好的。當然我那時哪裏懂得領略箇中精要呢？可說二十年後才稍為明白，但已獲益良多，越來越了解，越了解則越感恩。

在我從藝的歲月裏，親口對我承認是桂派的叔父大佬倌包括有「任姐」（任劍輝女士）、「一叔」（陳錦棠先生）、師父（麥炳榮先生）、「芬叔」（黃千歲先生）、「超叔」（黃超武先生）、「聲叔」（黃鶴聲先生）、「謙叔」（盧海天先生）、「蝦哥」（羅家寶先生）等位，全是根基深厚，享譽梨園的天王巨星。他們對桂派藝術推崇備至，試舉一例。「任姐」在閒話中，席上有人批評個子高大的人大多數身段不佳，當時「任姐」少有的馬上站起來說：「邊個話㗎？你睇『八哥』咁高個子，佢啲身形唔好咩？」由此便可見「八叔」在她的心目中有多崇高。桂派的氣派不怒而威，唱法斬釘截鐵，武戲文做的法門，將永垂不朽。

再傳子弟
阮兆輝拜書

「南薛北梅藝術系列」前言

薛覺先先生與梅蘭芳先生的藝術造詣飲譽劇壇，二人既是好友，又互相欣賞。中國文化院、香港粵劇學者協會、廣東八和會館、北京梅蘭芳紀念館、香港特區京崑劇團決定以「南薛北梅」為主題，攜手合辦多項慶祝香港回歸二十週年的活動。其中「南薛北梅香江文物展覽」更是千載難逢的大型展覽，展品有梅蘭芳先生的畫作、戲單、戲裝、訪美畫圖及重要文獻，還有梅先生收藏和友人贈送的書法及繪畫作品，極具文物價值。薛覺先先生則有不少遺物、珍貴圖片和收藏品展出。此外，並舉行多場專題講座，還有壓軸的「南薛北梅國際學術研討會」與「京劇大師梅蘭芳藝術欣賞會」。

以下原文載於二零一八年出版的《南薛北梅國際學術研討會論文集》：

「惺惺自古惜惺惺」，這是王實甫在《西廂記》裏的名句，用來形容我們南北兩位伶界大王的交誼是最貼切不過。兩位大師除了藝術交流之外，兩位的民族氣節，都是值得我輩藝人學習的。

在國難當中，一位在北方蓄鬚明志，一位冒生命危險逃出淪陷區，回返後方，盡顯兩位高尚情操。而兩位同是劃時代的人物，君不見陳老夫子（德霖）的年代，所留下的京劇照片，箇中青衣的扮相、穿戴與後來梅先生的照片相比，明顯地是兩個時代。梅先生更在淨化舞台、挑選劇本題材，一切都領導潮流，開風氣之先，令行內爭相學習，當時有「無旦不梅」的說法。

南北兩位大王都是胸襟廣大，卻又關注細緻，栽培後學不遺餘力。先說梅先生，曾向他遞上門生帖的人多不勝數，連程派鼻祖程硯秋先生也曾受梅先生的薰陶。而粵劇方面，亦是「無生不薛」。桂派祖師桂名揚先生亦自認「薛腔馬形」，後來的伶王新馬師曾先生亦從薛派脫胎出「新馬腔」。

薛五叔（薛覺先先生）的成就更是創造了一個不平凡的時代。在此之前，我們粵劇正由唱中州話改唱廣府話，將梆子、二黃混合，還在各家各派各自發展之際，薛五叔有如釋迦牟尼，集了七位先賢之長，建立出我們現在所看到的粵劇面貌。

兩位天王巨星的友誼，從藝術、文化、感情的交往事蹟，絕對是後世的圭璋。這一段兩位戲曲界神級天王的友誼，當中夾雜着民族大義，互重胸襟，藝術交流，書畫的聯幅，多少值得後人景仰的事，值得我們歌頌的事，值得晚輩學習的事，所以我們想將它在不同的渠道，呈獻給當代人。但可惜這一群不為名、不為利的工作者，在這數年裏面對不少困難，猶幸終於在少數的有心人支持下，玉成其事。很感謝各位學者、專家們賜下珠璣，使我們能結集成篇，流傳後世，令兩位先師風範得更多人瞻仰，亦為戲曲界中佳話。

「南薛北梅國際學術研討會」宣傳單張

資料裏的資料

我在二零一零年曾為《香港戲曲年鑑二零零九》寫了一篇序言〈從記載開始〉。近年做研究多了，發覺資料的重要性並不是三言兩語可以說明白。我更加佩服「慕雲叔」余慕雲先生以一人的魄力，為香港電影留下這麼多珍貴的資料；更欽佩「慕雲嫂」的體諒與包容，沒有她的支持，「慕雲叔」根本無法完成他的心願。我發覺香港電影資料館內留有的粵劇史料不少，真的需要有心人發掘和整理，公諸社會，不要將「資料」變成「廢料」。

以下原文載於二零一九年十一月號香港電影資料館《通訊》第九十期：

我每次走進香港電影資料館，都好像見到「慕雲叔」余慕雲先生，因為沒有他的鼓吹，絕對沒有電影資料館。就算有，也可能再晚幾十年，所以我衷心作出崇高的敬禮。資料，為甚麼要保留？留給誰？留來做甚麼？這是掌管文化藝術的人必須明白的。如果只是，我們有一座設備完善、資料豐富、值得誇耀的資料館，就只是面上貼金，與任何文化藝術無關。所以希望每個有心人都用自己的精神、時間，從資料館的藏品裏面，發掘出你所認識的寶物來公諸同好。如果將資料束之高閣，久而久之就變成廢物。看到「廢物」這

特稿 | Feature

Every time I step into the Hong Kong Film Archive, I feel the presence of Uncle Mo-wan (Mr Yu Mo-wan), for without his unwavering championship and support, there would have been no Film Archive. Or at least it would have taken a few extra decades for the Archive to transpire at all. I salute him from the bottom of my heart. Archival information: why the need to preserve it? Whom do we keep it for? And for what purpose? These are questions that custodians of art and culture need to answer and understand. A well-equipped, well-stocked, highly praised institution... if this is all the Archive is, then it is but an exercise in self-glorification, which is irrelevant to art and lacking any cultural value. Therefore, I hope that everyone who cherishes the Archive would contribute your time and effort to discovering its treasures and sharing your findings with your friends and peers. If the archival records remained within an ivory tower, they would ultimately turn into 'trash'. Does it pain you to cast your eyes over the word 'trash'? If so, I implore those who can to take action by uncovering and organising information or records you find valuable and worth sharing with the public. Make use of your professional knowledge and your passion, whether it may be in the realm of directorial technique, cinematography, art design, acting, make-up, editing, lighting, or costume. We should all keep the flame burning.

Some say that I have spent a lot of my time and energy on the Archive. It's fallacious. The fact is, the Archive staff have devoted so much toil and effort into the preservation of my art form: Cantonese opera. If not for them, it would have been virtually impossible for a solitary old man like me to dive deep into the archives and find all the films featuring Cantonese opera feats, and locate individual scenes and sequences. I would like to therefore extend my most sincere thanks to this team of passionate individuals, whom I am so fortunate to have met.

I am immensely grateful for this opportunity to rediscover the feats performed by Cantonese opera artists of different generations, for they have left behind a sizeable legacy. It

9

二零一九年十一月號香港電影資料館《通訊》第九十期內頁文章

名字，你會痛心嗎？如果會，就請有識之士坐言起行，將你認為寶貴、認為值得公開的東西整理出來，憑你專長的知識，憑你的良心去做，不管是導演手法、攝影藝術、美術、演員演技、化裝、剪接、燈光、服裝等專題，應該繼續再繼續。

有人說我為資料館花了很多精神、時間，怎麼說？其實是資料館的同事為我戲曲界花了很多心血、時間，幸好有他們，否則你叫我這古稀老翁埋首目錄當中，找出有戲曲功架的電影，還要在其中找出該片段，相信難之又難。所以慶幸遇到一群熱心人，在這裏衷心感謝！

這次我能從電影中找回不同輩份的藝術家們的戲曲功架，我十分感恩，他們留下了不少好東西，如果沒有電影，那些藝術便隨人而去，多可惜！好！既然今天我們仍看得到那麼多的珍貴影像，我們就應好好學習，看了要思想儲藏，還要模擬學習，最重要的是練，還要感受眼神、風采。總而言之，這些寶物呈現在眼前，如何對待，悉隨尊便，而且資料館不是為一個人服務的，所以為配合時間，或要作一點犧牲也未可料，看你的了！

這一次整理過程中，美中不足的就是有些好東西礙於版權所限，不能面世，希望各方持份者一起尋求共識，免使藝術精品變為廢物，合十以待。

藝術沒有代溝（價值觀）

絕對沒有想過廉政公署會邀約撰文，有點受寵若驚。以「價值觀」為題，為廉政公署三十週年特刊寫了這篇文章。價值觀不同，造成上一輩、我輩與下一輩的代溝問題，但藝術及表演，是無國界、無代溝，或可消弭彼此間的代溝。

以下原文載於廉政公署《拓思德育期刊》第九十一期《潤物有聲》（三十週年特刊）：

有人說，代溝根本不存在，多少忘年之戀，就沒有代溝，藝術也被說成沒有代溝。也有人說，老人家追得上時代，就沒有代溝，其實以上全部都是對的，也可舉出很多例子。但代溝仍然存在，這是因為生長的地方、成長的過程、父母的身授、學校的教育及朋友的影響而形成。

大家都應該聽過「近朱者赤，近墨者黑」這句話吧！其實以我觀察所得，最嚴重的鴻溝是「價值觀」，不同環境成長，不同經歷，便有不同的價值觀。好像我小時候，沒錢交學費，學校在課室內的擴音器裏，叫出你的名字：「阮兆輝同學，請你的家長快些交學費。」每天一兩次，兩三天後就播出最後限期，意思是你在限期前，再不交學費，以後你就別來上學啦！你們想想，我只是個讀小學二年級的小孩子，被全班同學一齊報以注目的眼神，那時一班大概有四十人，我當時的感覺，六十多年後的今天，還歷歷在目。而父母在窮困中，又真的無法可想，我唯有無奈地失去了學校教育。但奇怪的是，我一丁點抱怨都沒有，不單沒有抱怨父母，也沒抱怨任何人。有很多人遇到這情形，都會怨命；而我不相信命運，所以也不怨天尤人。沒交學費就不讓你上學，這是規矩，人家有甚麼錯？從那時起，我就有個不成熟的抱負，我今天雖上不到課，長大後卻要當畫則師，因為我自小喜歡畫畫。當然到了現在，誰都知道我這人生第一個抱負是達不到了。

阮兆輝｜資深粵劇表演藝術家

藝術沒有代溝

有人說，代溝根本不存在，多少忘年之戀，就沒有代溝，藝術也被說成沒有代溝。也有人說，老人家追得上時代，就沒有代溝，其實以上全部都是對的，也可舉出很多例子。但代溝仍然存在，這是因為生長的地方、成長的過程、父母的身教、學校的教育及朋友的影響而形成。

大家都應該聽過：「近朱者赤，近墨者黑」這句話吧！其實以我觀察所得，最嚴重的鴻溝是「價值觀」，不同環境成長，不同經歷，便有不同的價值觀。好像我小時候，沒錢交學費，學校在課室內的擴音器裡，叫出你的名字：「阮兆輝同學，請你的家長快些交學費。」每天一兩次，兩三天後就發出最後限期，意思是你在限期前，再不交學費，以後你就別來上學啦！你們想想，我只是個讀小學二年級的小孩子，被全班同學一齊報以注目的眼神，那時一班大概有四十人，我當時的感覺，六十多年後的今天，還歷歷在目。而父母在窮困中，又真的無法可想，我唯有無奈地失去了學校教育。但奇怪的是，我一丁點抱怨都沒有，不單沒有抱怨父母，也沒抱怨任何人。有很多人遇到這情形，都會怨命；而我不相信命運，所以也不怨天尤人。沒交學費就不讓你上學，這是規矩，人家有甚麼錯？從那時起，我就有個不成熟的抱負，我今天雖上不到課，長大後卻要當畫則師，因為我自小喜歡畫畫。當然到了現在，誰都知道我這人生第一個抱負是達不到了。抱負達不到，不是死刑；沒錢讀書，就要賺錢讀書。結果賺到錢的時候，就沒時間讀書，也超齡了。

人生不斷建立目標，又一個一個不達標，畫則師雖然做不成，但讀書卻可以繼續。由於父親的鼓勵，我一直在自修，想一展自己的抱負。有人覺得我只是個江湖藝人，讀書多有用嗎？你可別管，這是我抱負，我覺得不論做甚麼行業，總之讀多一篇，就得一篇，「開卷有益」是千古不易之道理。

我今年七十五歲，自有記憶以來，受過不少挫折，感情的、精神的、身體的，不管在哪一條路上，都遇上過大失敗，但因為我是從困難中成長的，更是被無數失敗培養出來的，這也得益於當時的環境。誰都窮，卻沒有一人怨窮；誰都辛苦，卻從未聽人怨過辛苦。那時有一句話：「吃得苦中苦，方為人上人。」於是鍛鍊我失敗時，從不怨天尤人，

14

從不諉過於人，從不放棄；跌到焦頭爛額，爬起來，從頭來過。為甚麼可以這樣堅持？就是環境培養，加上你從書本上、從現實裡得到的知識，會令你崇拜一些偶像人物，從而令你模仿他，走他的路。各方各面的影響下，我不知不覺間，培養出自己的價值觀。人與人之間，只要價值觀相同，就沒有代溝，就算有，也不太深。

人性裡的貪嗔癡，是與生俱來的，懶惰也是與生俱來的。對與錯的判斷，常常被這幾種念頭左右着。窮孩子可能一念之差，為非作歹，為了金錢，將一切背棄了，但如果你的價值觀不在金錢，而在做個正人君子，你就絕對不會用不正當的手段去得到金錢。心中有一標準價值觀，便會常常提醒自己的行為。我從窮困艱苦中出來，但我從不對任何富家子弟羨慕，也不妒忌，這是各有前因莫羨人。貧與富不是好人與壞人的定義，也不是成功與失敗的定義，人只要從正確的價值觀出發，實現你的抱負，那就應是最正確的道路。

再打個比方，近年星期天，茶樓酒家常見幾代同堂吃午飯，但你有注意有一常見的現象嗎？就是八、九十歲的一代，只要是健康的，都是「講古佬」；五、六十歲的則碌得點頭點腦，其實那些故事，他聽了過百次，但他想老人家開心，這是戲綵娛親的現代版。二、三十歲的一代，大多數談吃喝玩樂，樓價股市；再下一代則目不斜視，十分專注，埋頭苦幹打機。將歷史薪輸給後人是責任，想老人家開心是親情，談股論金是經濟，打機是玩樂，這是價值觀的寫照。

15

廉政公署《拓思德育期刊》第九十一期《潤物有聲》（三十週年特刊）內頁文章

抱負達不到，不是死刑；沒錢讀書，就要賺錢讀書。結果賺到錢的時候，就沒時間讀書，也超齡了。

人生不斷建立目標，又一個一個不達標，畫則師雖然做不成，但讀書卻可以繼續。由於父親的鼓勵，我一直在自修，想一展自己的抱負。有人覺得我只是個江湖藝人，讀書多有用嗎？你可別管，這是我的抱負，我覺得不論做甚麼行業，總之讀多一篇，就得一篇，「開卷有益」是千古不易之道理。

我今年七十五歲，自有記憶以來，受過不少挫折，感情的、精神的、身體的，不管在哪一條路上，都遇上過大失敗，但因為我是從困難中成長的，更是被無數失敗培養出來的，這也得益於當時的環境，誰都窮，卻沒有一人怨窮；誰都辛苦，卻從未聽人怨過辛苦。

那時有一句話：「吃得苦中苦，方為人上人。」於是鍛煉我失敗時，從不怨天尤人，從不諉過於人，從不放棄；跌到焦頭爛額，爬起來，從頭來過。為甚麼可以這樣堅持？就是環境培養，加上你從書本上、從現實裏得到的知識，會令你崇拜一些偶像人物，從而令你模仿他，走他的路。各方面的影響下，我不知不覺間，培養出自己的價值觀。人與人之間，只要價值觀相同，就沒有代溝，就算有，也不太闊。

人性裏的貪嗔癡，是與生俱來的，懶惰也是與生俱來的。對與錯的判斷，常常被這幾種念頭左右着。窮孩子可能一念之差，為非作歹，為了金錢，將一切背棄了。但如果你的價值觀不在金錢，而在做個正人君子，你就絕對不會用不正當的手段去得到金錢。心中有一標準價值觀，便會常常提醒自己的行為。我從窮困艱苦中出來，但我從不對任何富家子弟羨慕，也不妒忌，這是各有前因莫羨人。貧與富不是好人與壞人的定義，也不是成功與失敗的定義，人只要從正確的價值觀出發，實現你的抱負，那就應是最正確的道路。

再打個比方，近年星期天，茶樓酒家常見幾代同堂吃午飯，但你有注意有一常見的現象嗎？就是八、九十歲的一代，只要是健康的，都是「講舊時」；五、六十歲的則聽得點頭點腦，其實那些故事，他聽了過百次，但他想老人家開心，這是戲綵娛親的現代版。二、三十歲的一代，大多數談吃喝玩樂，樓價股市；再下一代則目不斜視，十分專注，埋頭苦幹打機。將歷史灌輸給後人是責任，想老人家開心是親情，談股論金是經濟，打機是玩樂，這是價值觀的寫照。

「玩轉大戲」之《留堂會，唔係樓台會》

這是「一桌兩椅慈善基金」製作、二零二一年社區文化大使「玩轉大戲」的社區巡迴演出，以粵劇、南音、戲劇融於一身，向大眾推廣戲曲藝術。

以下原文為《留堂會，唔係樓台會》撰寫的詞曲：

《流水行雲》

愁苦困，未得見面誠有憾，剩空盼，成朝未見她到來臨，怕有意外生，怕或者我太天真，佢是否會笑我天真，又恐怕佢另有情人。

《燕歸人未歸》

晚風涼，人情暖，淡淡夕陽等待鳥歸旋，記得我細細個，响度氹氹轉，冬來夏去幾十年，總覺得無分近遠，令人回味辣苦甜酸，三代情牽一線，分散又團圓，地球依舊不停轉，尋安靜，看晚霞一片，往時今日也依然。

《上雲梯》

到此方知有樂趣，無咗掛牽隨我欲為之，放低了心思，功夫、功課做晒人伶俐，情如醉，揮灑處，放心啦水到便成渠，何必斤斤計着小處，仰首天空，有不盡美。

大龍鳳

近年不斷有朋友叫我為「大龍鳳劇團」的歷史出版專書，因為我是恩師麥炳榮先生的徒弟，實在責無旁貸。但思前顧後，又怕人說我叨「大龍鳳」的光，從中賺錢，所以計劃一直耽擱不前。忽聞岳清兄有意執筆撰寫「大龍鳳」的歷史，當然求之不得，總算有個有心人為「大龍鳳」的歷史留下篇章。

以下原文載於二零二二年出版、岳清著的《大龍鳳時代——麥炳榮、鳳凰女的粵劇因緣》：

《大龍鳳時代——麥炳榮、鳳凰女的粵劇因緣》

欣聞岳清老弟以「大龍鳳」為主題成書，當然單是「大龍鳳」三字，已令我掀起回憶，且觸及情意結。雖然以「大龍鳳」為「班牌」的粵劇團早已有之，也聽叔父輩說，從前還有「鹹龍」、「淡龍」之稱，因為廣州是河水，淡的，香港是海水，鹹的；即是說廣州、香港兩地都曾有「大龍鳳劇團」，但以前歸以前，近七十年來，人人樂道的「大龍鳳」，就是先師麥炳榮、「女姐」鳳凰女領導的「大龍鳳」。也不知從何時開始，「大龍鳳」成了「大陣仗」的代名詞，連電影及傳媒都常出現「同你做場大龍鳳」的對白，可見「大龍鳳」三字真的深入民心。

「大龍鳳」既是我師父為文武生的班牌，而我在近年亦執筆寫書，為甚麼卻沒親自寫「大龍鳳」呢？其實我與「大龍鳳」的關係，雖是千絲萬縷，但我卻不是「大龍鳳」的必然成員。最初的「大龍鳳」，我是未加入，直到我一九六零年拜師，師父要我跟着開班，學他演出，便將我帶入「大龍鳳」。由《十年一覺揚州夢》至《不斬樓蘭誓不還》，其實年份不長，後來我更是除了經常在遊樂場及神功戲演出外，還間中去新加坡、馬來西亞一帶走埠，一去就是半年。我在港沒戲演時，師父開班，我一定去服侍他，但我有演出及不在港時，當然就不能去「大龍鳳」了。我既然只是斷斷續續在「大龍鳳」演出，又怎能有資格去寫「大龍鳳」呢？況且我一向都不是長於在圖書館查舊報紙，找年、月、日的人，所以一直我都不敢寫。因為不知就裏的人，一定以為我很熟悉「大龍鳳」，其實大謬不然，所以岳清老弟肯費心去收集「大龍鳳」的資料，我還該向他致謝才對。希望常將「搞場大龍鳳」掛在口邊的人，今次真能知道甚麼是「大龍鳳」。

樂樂公公唱唱貢

《樂樂公公唱唱貢》是由慕雪與思聰的「一桌兩椅慈善基金」主辦，為「國際綜藝合家歡二零二二」而製作的兒童節目。觀眾對象是小朋友，還要是唱南音，要令小朋友有興趣睇和聽，是有一定的難度。我當然是負責演公公這個角色及唱南音。有冇諗過日常對話都可以係歌詞？我還將日常上茶樓飲早茶、食一盅兩件，寫入南音曲文中，其實南音可以好生活化和好有趣。還有那首《親戚歌》，絕對可以作為學校的德育教材，不論老中青，現在都分不清親屬關係，我

《樂樂公公唱唱貢》演出宣傳單張

將它寫入南音中，都是希望可以用輕鬆手法將親屬關係灌輸給下一代。

以下原文是二零二二年《樂樂公公唱唱貢》南音曲詞：

歌曲《親戚歌》（南音版）

作曲：伍卓賢

作詞：阮兆輝

公公（南音）：親戚關係，記住唔准有錯差。

爸爸個爸爸係爺爺　爸爸個媽媽係嫲嫲。

爸爸個兄嫂，就係伯父伯母呀

爸爸個細佬，叔叔嬸嬸係一家。

佢哋嘅仔女係點叫呀？係叫堂兄弟姐妹　唔使逐個查。

爸爸個妹係姑姐呀　爸爸個家姐叫做姑媽。

佢哋嘅丈夫都係叫姑丈，無咩變化

啲仔女全部係表　唔使亂麻麻

公公（南音）：媽媽嘅關係　睇你記性高唔高。
　　　　　　　媽媽個爸爸　（說白）係邊個？
樂樂：　　　　係你囉
公公（南音）：媽媽個媽媽呢？
樂樂：　　　　婆婆囉
公公（南音）：你都有前途。
　　　　　　　媽媽嘅兄嫂係舅父舅母　媽媽嘅姐妹係姨媽阿姨
　　　　　　　姨丈係佢哋嘅丈夫。
　　　　　　　佢哋嘅仔女一律都係叫表
　　　　　　　唔使計數㗎　上一代反而要清楚
　　　　　　　咪個個都叫 Auntie 與 Uncle。

歌曲《相處一刻》（南音版）

作詞：阮兆輝

音樂編排：伍卓賢

公公：從來習慣早起身。出門撞到個個都會叫早晨。。

去到茶樓好有親切感　一盅濃普洱　兩件點心。

所謂一盅兩件自得其樂　攤開張報紙睇吓新聞。。

雖然嗰度嘈嘈震　我都悠然自得唔會分心。

喺外國環境唔同　冇間茶樓近　冇雷公咁遠

叫籠蝦餃燒賣　有時要講英文。。

諗起舊時放假嗰陣　晨早就叫樂樂起身。

有時帶佢喺街邊食豬腸粉　佢將芝麻甜醬猛咁淋。。

去到大牌檔嘅風味　唔容易搵

我叫杯和尚春井　將樂樂嚇親。

你以為公公咁殘忍咩　其實係滾水蛋　似唔似

睇真吓就笑死人。。

《拆拆折子戲》之《游龍戲鳳》

「戲曲X劇場」是「一桌兩椅慈善基金」最擅長的，二零二三年以粵劇融合戲劇，製作了《拆拆折子戲》，以粵劇折子戲《游龍戲鳳》貫穿故事，重現經典粵劇場面，展現戲曲活潑又日常化的面目。身為藝術總監，我特別為他們重寫《游龍戲鳳》的經典場口，現場觀眾還可以投票選擇鳳姐與正德皇的結局，最後一段白欖共分三段，是二人三個不同的結局，相當有趣。

以下原文出於粵劇折子戲《游龍戲鳳》經典場口：

《花間蝶》

記當時，帝主輕別離，倚窗空淚垂，盼歸期，魚沉雁渺，心中意難寄。（轉《賽龍奪錦》）將艱難放低，把精神振起，拋開相思，專一心思，發展買賣，做好生計，到今天，店開滿境，自創宏業，樂也何如，一生榮華，何用顧慮。

《錦城春》

孤皇支持，難料到嬌姿力能逮，展翅宏圖實有為，竟有女兒力勝男兒志，衷心佩服娥眉。（轉《孔雀開屏》）（士合仜合 伬仜合）

（齊唱）我等齊心一致，敢對危艱不懼畏，合群，合群，一心一心，眾同營造歡樂千世。

（白欖）

明武宗，即係正德皇，微服下江南，行吓行吓覺口乾，入咗呢間龍鳳店，見到李鳳姐確是好紅妝，兩人同相愛，游龍戲鳳，永傳揚。

（白欖）

明武宗，即係正德皇，游龍戲鳳夠荒唐，回京之後無音訊，你話鳳姐幾徬徨，幾徬徨。

明武宗，即係正德皇，游龍戲鳳情義長，帶埋儀仗同鳳輦，啲啲打打共拜堂，共拜堂。

明武宗，即係正德皇，回京之後盡遺忘，鳳姐等唔到皇帝，等到個閻羅王，閻羅王。

內涵與膽識

我與茹國烈兄相識於香港藝術發展局。其後在西九文化區，我們又在另一個環境中碰頭。他雖然在政府的架構裏工作，身居高位，但作風絕不官僚，還要是一盞指路明燈，令我們這班只懂藝術、不懂行政的人，少點碰壁、少點走冤枉路。

以下原文載於二零二三年出版、茹國烈著的《城市如何文化》：

《城市如何文化》

「香港是文化沙漠」這個句子，姑勿論真確與否，卻不斷惹來爭議。單單是「文化是甚麼？」已經各說各的，莫衷一是。儘管如此，明知山有虎，偏向虎山行的人，也不是沒有，就如本書的作者茹國烈。

記得十幾年前，我加入了香港藝術發展局為委員，初次接觸茹國烈。那時他是藝發局的行政總裁，當我道明來意後，他竟直截了當地答覆我「行不通」。當然他的態度及措詞是十分有禮貌的，但畢竟也是拒絕。我正想游説他同意我的建議時，他卻提議我改變一下模式，走另一渠道，十分清楚地向我解釋，整個架構、規條等等的框架。他引導我走向一條行得通的路，既不費時，也不費力，更不違規，卻可達到最終的目的。這頭一次的「過招」，令我對支配公帑者的印象忽然改觀，似國烈兄的處事果斷，少之又少。後來他離開藝發局，過檔西九文化區，我們又再碰頭，他仍坐在「腹背受敵」的「三煞位」，一方面要聽從似是官方的董事局，另一方面要與藝術家溝通。不幸的是，董事局大多是不食人間煙火的世外高人，藝術家亦不乏出世修行者，要這兩方面都明白事實，作出討論，單是這一點，可證國烈兄已備蘇張之舌了。但如果單憑如簧之舌，豈非「得把口」？非也！你不妨去翻查他在藝術中心、藝術發展局及西九文化區任職其間，幫助了多少藝術家？做了多少實事？

如今挺身而出去寫《城市如何文化》，不管此書出版後反應如何，國烈兄也是個勇士！這種勇氣源自他的「內涵與膽識」。

《麥惠文粵曲講義——傳統板腔及經典曲目研習》序言

我與「麥帥」麥惠文先生相識時長，相交則甚淺，常於班中碰面，但不算交淺言深。甚至茶餘酒後，亦鮮談私事，談公事則不少。執筆為他的新書寫序，似難非易，總算完成任務，「麥帥」請勿見怪。

以下原文載於二零二三年出版、麥惠文著的《麥惠文粵曲講義——傳統板腔及經典曲目研習》：

《麥惠文粵曲講義——傳統板腔及經典曲目研習》

欣聞麥帥著作面世，衷心期待。

前時收到想我寫少許文字，我當然不會推辭，我想認識超過六十五年的交情，要寫一千字，應該手到拿來，但執起筆卻覺得並不容易，原因是這幾十年的交往，卻未有特別深刻的溝通。因為最早期是我跟隨「非姨」薛覺非學演《白門樓》劇中的「呂布照鏡」時，雖然已是麥帥以小提琴拍和，但那時麥帥是「大人」，我則只是個「細路」，年齡差距雖無代溝，但找不到可談的話題。到後來斷斷續續的合作，亦因為我只是個二三線的「二步針」，所以很少與棚面師傅交談。這種交往，不親密，卻也不疏遠。

記得有一天，麥帥找我當他的下架，也許他有下架「甩底」，找我臨時頂檔，那時真是受寵若驚，於是跟着他做了一晚「棚面師傅」，玩的是中胡，那齣戲是《鳳閣恩仇未了情》，我也常演的，算是捱過了。之後我們的「香港實驗粵劇團」因為沒有任何資助，而且我們也找不到班主，於是全團都是老闆。那時音樂師傅十分吃香，故此「實驗劇團」這種沒固定薪金的制度，很難找到音樂師傅的幫忙，麥帥卻二話不說便加入「實驗劇團」。這段時間也是常見，但卻是公事，很少有所謂私交。說來奇怪，麥帥後來更是我師父演出的頭架，也是我第一次在利舞臺擔正文武生的頭架，這是多少重關係？更兼近二十年，我也頗好杯中物，而麥帥是識酒之人，常在「鑪峰樂苑」唱局之後，一同宵夜，但幾十年來都是一大群人一齊。不管在公在私的場合，都從未試過兩人單獨談些私事。想起來，也許我一直有些先入為主、根深蒂固的感覺，就是尊敬這位「大人」，我依然是「細路」。

寫到這裏，我不禁笑起來，世界有這麼奇怪的事，相識六十五年以上的朋友，卻未有過朋友式的談話。雖如此，麥帥這本作品，值得大家珍藏，卻是事實。

《倚晚晴樓曲本》序言

《倚晚晴樓曲本》是胡國賢校長的心血結晶，正是這些年來的努力成果集結。四部粵劇作品，包括我曾演出的《孔子之周遊列國》和《桃谿雪》，還有我沒有份演出的《揚州慢》、《半日閻王》及粵曲若干。胡校長由連工尺、叮板、排場也一知半解，從未接受過任何正規訓練的粵劇「發燒友」，今日已變成「編劇新秀」。胡校長的劇本可演性高，文詞亦甚古雅。

以下原文載於二零二三年出版、胡國賢著的《倚晚晴樓曲本：胡國賢粵劇粵曲創作集》：

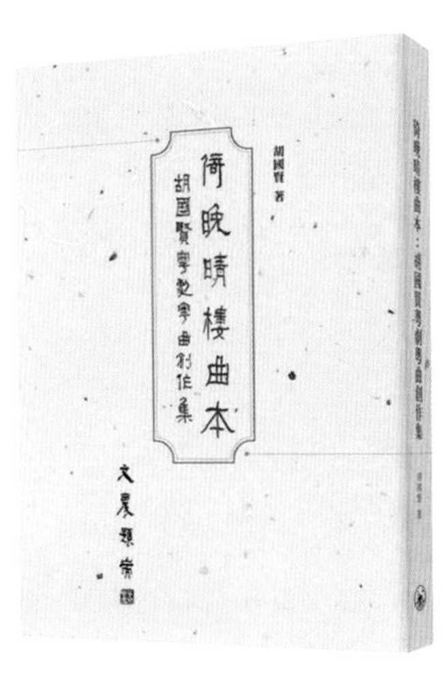
《倚晚晴樓曲本：胡國賢粵劇粵曲創作集》

記得初次認識胡校長，就是參與他的大作《孔子之周遊列國》的演出。雖然年輕時曾稍讀過《論語》，但只是皮毛，比起真正研究《四書》的學者，相去甚遠。最令我緊張者，是演出的宣傳：「看粵劇學《論語》」。這麼一來，就不容許演出中，任何一個演員在唱唸上有絲毫出錯。所以，不單是我個人，還要想辦法令全團人都重視這個問題。於是，這齣戲除了想令年輕人重視《論語》及古文（包括古典文學和文化）外，更迫着我重溫書本。對我來説，確是個很好的經驗，在此真要向胡校長説聲：「多謝！」

說起來，胡校長後來的幾齣新戲，原來我多多少少也有參與。其中《桃谿雪》，我更身兼演員和藝術顧問；而《揚州慢》也曾向他提供過一些意見。至於他獲獎的《半日閻王》，我更是評審之一，雖然當時不知那是他的作品。此外，我也曾引薦他為教育局《粵劇合士上——梆黃篇》撰寫粵曲教材。據聞他的《三小豬》更成為某所小學的粵曲金曲呢！

胡校長的粵劇和粵曲作品，直接及間接使我重新溫習。相信大家都讀過「溫故知新」和「學而時習之」這兩句話。與胡校長這些年來的合作、交往，更令我親身感受到這兩句話的真實意義。謝謝胡校長！

《香江傳奇：一代瞽師杜煥》序言

我與鴻曾兄交情非淺，杜煥先生更是我崇拜的地水南音宗師，難得鴻曾兄有心，為杜大師一生傳奇編寫成書，造福後代。《香江傳奇：一代瞽師杜煥》一書中記載了一代南音宗師唯一即興的自傳創作《失明人杜煥憶往》，一生經歷及時代變遷，歷歷在目。

以下原文載於二零二三年出版、榮鴻曾與吳瑞卿合著的《香江傳奇：一代瞽師杜煥》：

《香江傳奇：一代瞽師杜煥》

少年時每讀簡齋之《臨江仙》，讀至「二十餘年如一夢，此身雖在堪驚」，頗覺二十年是悠長的歲月，如今屈指一算，與鴻曾兄之交往，不經不覺已接近半個世紀。據鴻曾兄為拙作寫序時之憶述，我們結識在一九七三年，訂交於一九七五年，後來有一大段時間各自忙碌，連信也沒通，只是偶爾在某些場合碰碰面。直到一九九六年，湛太（湛黎淑貞博士）為教育署推動粵曲入教科書，邀我加入委員會，我聽此消息：「粵曲入教科書，粵曲入學校課堂」，當然喜出望外，更是義不容辭的參與；更驚喜的是，委員會主席竟是多年不見的好友鴻曾兄。自此次之後，又時有見面。直至二零零一年，鴻曾兄時任港大音樂系主任，想我作粵曲班的導師。我這個未教過學的人，因鴻曾兄的關係，盛情難卻，另外也真想嘗試一下。由那次開始直到現在，我仍不斷與各院校交往。我之踏入教學之路，是鴻曾兄一手造成的，一年後他離開港大，全身投向美國匹茲堡大學，連教育署的委員會主席也辭去了。這段時間又天南地北，少通音問。忽然有一日，他找我為他幾十年前所錄製的南音大師杜煥先生專輯做旁述，我這南音迷當然求之不得。此時才知原來數十年前他已在收集南音資料，如果他當時告知，我一定投入其工作，趁機向杜煥先生學習，思之誠可惜也。

鴻曾兄為杜大師錄音，頗費苦心，因當時如在小房間，甚至錄音室錄音，杜煥先生會覺得太靜，令他不習慣，產生心理壓力。鴻曾兄竟情商到富隆茶樓，每星期三天的下午，來個南音茶座，此舉配合，可謂天衣無縫了。錄下了數十小時的精品，後來更獲何耀光慈善基金支持，得以出版，真為後人造福，為研究及求學者打開一扇大門。

鴻曾兄與我之投契，其實來自一個意念：就是大家都同意學術與藝術必須共融合作，如果各自為政，必定事倍功半。猶幸我們努力了數十年，今日所見與往日大大不同，之有今日之局面，鴻曾兄功不可沒。他的弟子、再傳弟子、再再傳弟子，大都追隨其教誨，逢研究藝術，便要與藝術界的朋友打破隔膜，共同研究，互補不足，收其事半功倍之效。鴻曾兄不單有個人成就，對學與術的交流，更是成功的先鋒，今天喜見的景象，鴻曾兄居功至偉。

欣聞鴻曾兄與吳瑞卿博士合著《香江傳奇：一代瞽師杜煥》，訴說一代宗師杜煥先生的傳奇故事，更將杜煥先生的傳統曲目唱詞加以整理，實為後學的一大幸事。

藝以人傳，令後學得承教範

難得尹飛燕找到有心人將她的演藝心得整理成書，為她的新書寫序當然義不容辭，何況書中介紹那幾齣開山戲都是由我編撰的。

以下原文載於二零二三年出版、尹飛燕著的《尹飛燕談劇與藝：開山劇目篇》：

《尹飛燕談劇與藝：開山劇目篇》

記得在很久之前的某一天，飛燕忽然問我：「我做正印好嗎？」我答：「當然好，人望高處，但誰請你做正印？」她答：「陳慧思和幾個好友們，與我一齊籌組。」我當然贊成。在劉洵老師提議了以《花木蘭》為戲碼後，我便替飛燕度身訂造一齣戲，希望藉以打響頭炮。飛燕的唱、做、唸、打都有一定的水平，其平喉更值得標榜，因我常與她演《孟麗君》，知她的平喉不論在唱腔、吐字、發聲等，皆有造詣，故靈機一觸，便決定寫《花木蘭》。憑她的努力，此戲首演就能博得行內行外人士之認可，讓她成功邁出正印花旦的第一步。

飛燕當然要在演藝事業上繼續上進，若要再下一城，須再為她打造新劇本。《花木蘭》雖有武打場面，但畢竟是穿男裝開打，未能展現她苦練不斷的旦行武戲。有見及此，便徵求「霞姨」（鄭孟霞前輩）容許我將她的名作《碧波潭畔再生緣》整理復演，易名為《碧波仙子》。飛燕於該劇更有發揮，不論唱腔、耍帶、武功、脱手等等，都能施展其平生所學，其苦練之功可呈現無遺。

該兩劇雖云有用武之地，畢竟是功多於藝。後經商量，便推出《狸貓換太子》。她極度用心地細味劇中人物之內心，反覆的鑽研與琢磨令其演技更上一層樓。幾齣戲下來，飛燕可算奠定了其正印的地位。

前兩天她來電囑我為她新書寫序，我真喜出望外。我們這行，是藝以人傳，但如何傳法呢？黑書白紙是最長久流傳的辦法。以她這個性內向的人，能將所學公諸於世是十分難得的，所以寫序之責義不容辭。希望旦行的後學，得承教範，更願飛燕繼續傳揚藝術，我心之盼也。

二零二二年夏

七十年了

血汗氈毹轉眼就七十年了！在「演藝七十樂今宵」綜藝晚會上見到數十年前一同演出《歡樂今宵》的朋友，話當年，談過往，還有一班新相識的演藝朋友，開開心心做了一晚值得紀念的節目。

以下原文載於「東華三院呈獻：阮兆輝演藝七十樂今宵」綜藝晚會場刊獻詞：

地球每天在轉，從來未停頓過。進入戲曲界，一轉眼就七十年了。早期甚麼天才神童，其實只是個無知小兒，進而成為後起之秀，也只是個不知天高地厚的傻小子。從幼年、少年、中年到老年，一直在奮力前行，很少時間可以坐下來反思，到底這七十年裏，我做了些甚麼？成功嗎？失敗嗎？不管怎樣，這次為東華三院義演，覺得與有榮焉。能為社會盡一分力，總好過一事無成兩鬢斑！

獻詞 Message

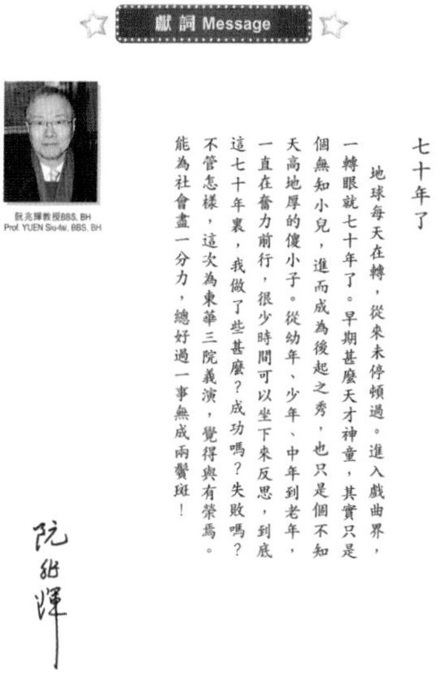

七十年了

地球每天在轉，從來未停頓過。進入戲曲界，一轉眼就七十年了。早期甚麼天才神童，其實只是個無知小兒，進而成為後起之秀，也只是個不知天高地厚的傻小子。從幼年、少年、中年到老年，一直在奮力前行，很少時間可以坐下來反思，到底這七十年裏，我做了些甚麼？成功嗎？失敗嗎？不管怎樣，這次為東華三院義演，覺得與有榮焉。能為社會盡一分力，總好過一事無成兩鬢斑！

阮兆輝教授BBS, BH
Prof. YUEN Siu-fai, BBS, BH

阮兆輝

《阮兆輝演藝七十樂今宵》場刊獻詞

我手寫我書

這是一篇半賣廣告的新書《此生無悔付氍毹》推介文章，是國內《廣東藝術》雜誌邀約撰寫。我很少寫這類文章，怕有賣花讚花香之嫌，但本着實話實說，讓國內讀者多了解香港粵劇的演出，也是一件好事。

以下原文載於《廣東藝術》雜誌二零二三年第四期：

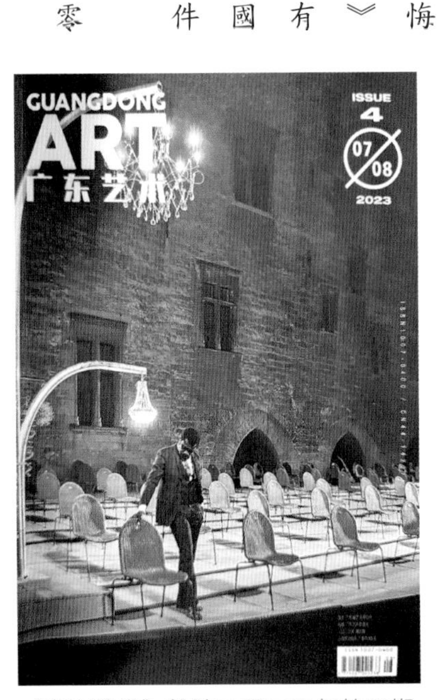

《廣東藝術》雜誌二零二三年第四期

記得二零一六年，我執筆寫第一本書《阮兆輝棄學學戲 弟子不為為子弟》的初期，總執着於「資格」兩字，因為常將自己定位為江湖藝人、失學兒童，這兩個身份配得上著書立說嗎？但後來睜眼看一下，真嚇了一大跳，原來現今世界，誰都可以出書，總之你夠膽、有錢，便可以有著作出版，不管車天車地，胡說八道，也可問世，印行了之後，便可有黑書白紙的證據。如果哪位作家是亂說一通，五十或一百年後，大家都當成真實，不論甚麼範疇都可瞞天過海，因為知道真相的人，沒留下片言隻字。今天的謬論，他年便成金科玉律，越想越恐怖，於是也不管自己有多少學識，冒着大不韙，奮起提筆，本着良心地寫。我想文筆是次要，最重要的是字字皆真實。

從那時開始，第一本書揭出我很少對人說的我的家族及成長過程，出版後，可能大家覺得書內句句真言，無花無假，銷量還不錯，更蒙天地圖書公司的錯愛，對我繼續支持，新增了我的信心，於是一口氣寫了《此生無悔此生》及工具書《生生不息薪火傳——粵劇生行基礎知識》。本來是不間斷地寫下去，不料來了個疫症，鋪天蓋地的攻來，除了演出停頓，幾乎心臟也停了。不單是身體，也不單是經濟，是看見整個世界都陷入了一片混亂、一片恐懼之中，望前面也看不到一丁點希望，心想何年何日才復常呢？那時本來執着筆，卻寫不到、想不到，要寫甚麼呢？本來已有腹稿的，但因環境的影響，文思堵塞了，執着筆的手，寫不上字，唯有「畫公仔」以消煩悶。如是者三年下來，我的好友們都替我擔憂，於是提議我先錄音，說說心意，慢慢變成文字，然後再行整理。幸好接納了這好意，於是我的第四本著作《此生無悔付氍毹》，終能在今年六月問世。本書的內容其實是我上一本書的諾言，就是要將我花過心思研究，不管在扮相、穿戴、唱腔、用聲，都下過心思的角色，一一記錄下來；有些較仔細的，連介口上的心理歷程都寫得清楚，解說人物的背景、性格，將為甚麼要這樣演，說得明明白白。如有流派不同路子的，我也有提及，免生爭議。此書本是我一直都想寫的書，卻想不到幾乎難產，幸而得各方相助，不致胎死腹中。

因為我覺得戲曲演員，如果只是化了裝去講故事，則非常可悲。戲曲演員要演人物，把劇中人物活生生、有血有肉地呈現觀眾眼前，把觀眾帶進戲裏面，所以我要自己訓練到一人千面，不可以千人一面。當然這只是我的理想，我自己是否已經做到呢？我沒資格自己評自己，留給大家評論吧！但我的目標是想做到這點。

書中有數百張我的劇照，百分之九十是演出時在台下拍攝的，因我最怕在影樓打好燈光拍攝「硬照」，渾身不自然，猶幸我的好友蘇仲女士，擅於在台下拍攝，捕捉我的眼神，戲的感覺活現照片中，相片還加註上甚麼戲、甚麼角色，盡量詳細；而另一好友李夢蘭小姐更為我在文字上加以整理，得兩位的助力，減輕我不少壓力，希望此書能令大家看得明白，感到滿意。

我心中的海

其實我在藝海遨遊了七十多年，今次演出《老人與他的海》，我感到除了台上與那條無形的大魚肉搏，鬥到筋疲力竭，遍體傷痕外，何嘗不是在「戲曲」這個藝海游到力竭筋疲，幸好不是一無所獲，還要是豐收的呢！

以下原文載於二零二三年新視野藝術節《老人與他的海》場刊：

第一次接觸《老人與海》時，我已有參與粵劇的經驗，同時亦是個新晉電影演員，需要接受電影訓練，對電影有一定興趣和認識。

看到《老人與海》電影廣告時，我便被攝影一欄吸引着。攝影師黃宗霑先生以華人身份成為荷李活一流攝影師，他善於拍攝背光場景，甚至能把外國演員的藍眼睛拍成黑眼睛。於是我慕名入場欣賞電影。一路看，一路被劇力牽引着，開頭欣賞攝影，繼而是演員史賓沙．德利西（Spencer Tracy），再而便被整齣電影感動了。

走出影院後，我一直在想一個簡單的故事、現實的人性和真摯的感情，如何構成這部豐富的電影。螢幕上只有一個老人、一個小孩、一隻船、一條魚，就算有其他演員，出鏡

阮兆輝｜鄧樹榮
Yuen Siu-fai | Tang Shu-wing
老人與他的海
The Old Man and His Sea

《老人與他的海》演出單張

也不多。比起當時一般荷李活電影，尤其是大堆頭、大製作的所謂巨製，真有天淵之別。可是這齣《老人與海》給你的感受卻能直達你心底深處。當然那時做夢也不敢想將《老人與海》改編成粵劇，念頭一直只能藏於心內。直到近年常與樹榮兄碰頭，有意無意地談及《老人與海》，才發現我倆對這故事的感受不謀而合。我更忽然悟到，戲曲既然以抽象為表演程式，那麼《老人與海》豈非可以作為教材？因為捕魚的場景既沒有海，也沒有船，更沒有魚，連魚絲也是抽象，加上風、雨、雷、浪等等，全是由演員表演出來。這本該是戲曲演員必須具備的能耐，但這些，近年大家都淡忘了。

一聲嘆氣，便激發樹榮兄的創意念頭：「不要光是嘴上說。」於是我們便坐言起行，他負責將我的意願完成，我們便探討如何融合，樹榮兄負責現代劇場，我負責戲曲部份。《老人與他的海》終於面世了！我們合作愉快，也希望大家接受這嘗試！

《老人與他的海》（粵劇劇本版）

《老人與他的海》是我近年演出中，收到甚多反饋的一場表演，我自己亦在這次與鄧樹榮兄的合作中，有新的劇場體驗。初時未敢估計觀眾的反應會否兩極化：粵劇觀眾不愛舞台劇表演，舞台劇觀眾不愛粵劇演出，心中總少不免有些忐忑不安。誰料演出後，回饋正面和積極，下半段個人獨腳戲中，最後一句英語對白："A man can be destroyed but not defeated." 更是全節的亮點，出自戲曲裝扮的我的口中，還要除下那一口鬚才講的英文口白，既呼應《老人與他的海》的寓意，亦可作為人生的座右銘。謝幕時觀眾反應熱烈，我們全團人都喜出望外。

以下原文為《老人與他的海》（粵劇演出劇本）：

（文鑼十五槌首板）

（老人內場唱梆子首板）曉風（介）拂面（介）精神爽。

（滾花鑼鼓老人上介）

（老人做解纜、推船、上船等介口）

（老人唱梆子滾花）若無魚獲，決不回航。

（慢板鑼鼓，梆子慢板板面）

（老人唱梆子慢板）天未光，先解纜，看多少漁夫，齊離岸。備絲鈎，陳魚餌，不用慌忙。

（序續唱）旭日初升，朝霞明媚，令人開朗。八十四天全無收穫，受盡世態炎涼。看今天我奮雄心，向前觀望（工）水鳥兒，來覓食，飛往前方。那一邊，定有魚群，我定能如願望。（士字腔）（序）穩櫓兒，拋釣絲，你們無須客氣，快快品嚐。（長序做釣到魚折鈎介）（續唱）小泥艋，先存下，再將餌上。（續唱）看今天，交好運，又有魚上釣，未夠半尺長。（又做折鈎等動作）（續唱）不若這一回，用鮮魚作餌，好待大魚上當。（轉《漢宮秋月》，夾動作鑼鼓）

（老人做拋絲、等待、有魚上釣、試探、引魚吃餌唱）好好享用，毋庸疑惑，不須禮讓，應該吞，吞到入你心肝，這小魚肥美，你隨便吞嚥似虎狼，叫聲乖乖，使乜咁狼忙。

（音樂《別鶴怨》尾段）（老人續做介）

（老人唱快花）魚絲將盡，急急忙忙，翹住個樁。木頭硬容易斷絲，便前功盡枉。用膊頭同背脊，一任皮肉割傷。這魚兒有幾多斤，我真難想像。（五槌）難道真有金鰲上釣，不過是神話說洪荒。（禿唱《追信》牌子）這一番心中暗着慌（上板），手中絲覺魚兒好大力量，無力收絲，也不可放，難任牠走脱入海牀，回首望，岸邊已杳然，前方更茫茫，難以掌握，沒了主張，安天命，跟這大魚，天涯海角任飄航。（音樂：合士合 合士合仜伬仜合）（白）你比我見吓你啦！鬥咗半日都唔知個對手係點嘅？（唱木魚）隨着魚兒去，不知過了多少時光。天色漸暗，覺微寒。日落西山留不住，四邊無際不知身在何方。兄弟啊，我亦疲時你亦倦咯，何必還要鬥力長。（音樂：伬仜合）（老人倦欲睡介）（鑼鼓，開邊，老人見大魚出水面大驚介）（連環西皮尾）哎吔吔，魚兒比我船還要大，今回取捨費思量。（仄槌，老人［轉韻腳］唱花）不知要鬥到幾時，腹中飢餓便難再鬥。（譜子）（做用刀切魚肉吃介）

（老人白）好味！淡咗少少！（花）下次出海，要帶豉油。我這個老人傻頂透。眼前不在嘅，何必籌謀。（白）如果我隔籬個細路喺度就好，等佢見識吓，又可以陪吓我，而家剩得條魚陪住我，兄弟，我死都要同你一齊……齊……（累了半睡介）

（音樂，日出介）

（鑼鼓，有波浪介）（《柳浪聞鶯》）

（老人驚醒介）

（老人白）哦！魚兒仍在，哈哈！（花上句）大魚兒，你是我敵人，也是我朋友。這生死搏鬥不罷不休。（唱《貴妃醉酒》第二段）決不肯放手（序），怎甘休，且看是誰堅忍高壘深溝。想以後又有幾個，知我目前愁，實在難受，但我耐力應足夠，跟你遨遊。魚兒啊！知你力大無儔，恕我難將你遷就。

（老人搏鬥一回，自思口古）牠去東，我被拖到東，牠向西，我被拖向西，這……豈不是被牠拖着鼻子走。如此下去拖到何年何日，才是盡頭。（白）兄弟啊！（花上句）你可以毀滅我，但係想打敗我，絕不能夠。（音樂：平靜）

（煞板）筋疲（介）力盡（介）。又見日影西投。

（音樂，平靜的音樂，老人昏昏欲睡，在平靜樂聲中，暗中有擂鼓，擂鼓越來越強，老人又醒介）

（老人唱《銀台上》引子）日以繼夜，頸背似刀剖。（開邊覺痛介）（續唱）只能任它血汗流，且忍耐，極之痛楚，無論如何都要忍受，為了是與牠搏鬥，不可以掉頭走，且算是一分一寸，也難以做成一絲錯漏。（開邊）（靜場）

（老人靜聽魚的信息）
（老人倦極介）（大首板，二黃首板長板面）
（老人唱二黃首板）　朦朧間（介）少年時（介）與強人講手。（上天梯）（醒介）（二黃花）原來是夢，醒來又見曙光浮。魚兒轉向東游，定是牠，牠力量也不夠。趁時機來發難，輕輕地手執絲鈎。　不要驚動牠，我慢把身移，把魚叉執在手。（五槌）存亡生死，就在這一鈎。（牌子，老人做殺魚介）（《水仙子》頭段、三段尾）
（老人唱二黃花）看着血染波濤，心中內疚。你也是英雄豪傑，（白）兄弟啊！（唱）你敗在我手也不算蒙羞。（老人做把魚拖埋船邊，用索索住魚介）（慢五槌）
（老人唱二黃花）兄弟啊！對唔住，我難接你上船，你重長過我隻船尺九。好彩有東方吐白，可以回返埗頭。（大邊風雨介）
（老人唱二黃花）驟雨狂風，血腥引來群鯊之口。（《雁兒落》牌子，做打鯊魚介，最後大魚被咬盡只剩骨，老人失意介）
（老人唱二黃花）兄弟啊！怨我護兄無力，累得只剩骨頭。（音樂鑼鼓表示回航）（《悲秋》）

（老人唱二黃花）到岸邊，我卻舉步艱難，再回頭（白）只剩魚骨，（唱）世間人，定笑我一無所有。（慢五槌）（唱）得失何須人談論。得失只在我心頭。（完）（鑼鼓送出台口）

（老人口白）A man can be destroyed but not defeated.

除下那一口鬚，說出全劇最後一句對白："A man can be destroyed but not defeated."

《青春常駐》與南音混唱

此曲的南音部份，原是我為二零二三年《歡樂滿東華》籌款而新寫的，《青春常駐》則為張敬軒先生原唱的歌曲。今次改由譚嘉儀小姐與我合唱，是廣東傳統說唱「南音」和流行曲《青春常駐》的新鮮組合。全曲共新寫了三小節南音，與《青春常駐》混合演唱。

與譚嘉儀小姐為《歡樂滿東華》籌款獻唱《青春常駐》與南音

《青春常駐》及南音歌詞

《青春常駐》（一）

叮噹可否不要老　伴我長高　星矢可否不要老　伴我征討

孩子　即使早知真相那味道　卻想完美到　去違抗定數

（南音）（一）

人生路有低有高。不同起點，不同途。
終點雖同，不同時候到，就算英雄帝主，也不可把權操。
傻妹發夢冇咁早，邊有人唔會老，長生不老世間無。

《青春常駐》（二）

偶像全部也不倒　爸媽以後也安好
最好我在意的　任何面容都　不會老
為何在遊蕩裏　在遊玩裏　突然便老去
談好一個事情　可以兑現時　你又已安睡
祈求舊人萬歲　舊情萬歲　別隨便老去
時光這個壞人　偏卻決絕如許　停留耐些　也不許

南音（二）

光陰去不能追。有人積極亦有衰頹。

老有可為當爭取，遇難放棄等於自我殘摧。

時間有如東逝水，由它去，不能超越，只有追隨。

《青春常駐》（三）

芳芳可否不要老　再領風騷　嘉嘉可否不要老　另創新高

人生　恍恍惚惚走到這段路　也只能靠你　去提我未老

那段年月有多好　怎麼以後碰不到

那些已白髮的　就如在無聲　的控訴

南音（三）

妙想天開有着數，因為心情開朗冇晒牢騷。

八十衰翁扮吓細路，心情就好，唔覺老，童真可貴樂陶陶。

《漁生請你指教》藝術總監的話

南音裊裊，昔日漁歌何處聞？

今次為香港藝術發展局喬遷誌慶而創作的《漁生請你指教》，是配合新址在香港仔而就地取材的故事。以南音說唱融合戲劇，將水上人百折不撓的故事娓娓道來。劇中部份南音是我撰寫的，在此與各位分享一下漁家的生活感受。

以下原文載於二零二四年《漁生請你指教》場刊：

欣聞藝術發展局喬遷，雖然越搬越遠，但新址能有一個多用途的空間，可供表演之用，而我們「一桌兩椅」又有幸能參與。作為第一個在這新場的表演團體，除了感覺榮幸之外，更感到責任重大。不僅要好好利用這場地空間去發揮戲劇效果，故事內容更要切合地區性，將香港仔這個南區重鎮的特點介紹出來，所以我們小心翼翼地打造一個以漁家為背景的故事——因為香港仔是本島上最大、最重要的一個

《漁生請你指教》寫詞及演唱也是由我負責

漁港，而內容則描述三代人的故事。現今社會，倫常和親情日漸疏離，身為炎黃子孫，總覺得不是味道。因此藉着這個機會，便集結幕後精英，打造一齣以漁家為背景的倫常溫馨劇。希望各位在接受之餘，也能了解我們將傳統說唱藝術「南音」保存及推廣。

《漁歌漁哥》

以下原文載於二零二四年《漁生請你指教》場刊：

《漁歌漁哥》（《漁生請你指教》南音唱詞）

詞：阮兆輝

各位你哋好呀　聽我講吓呢個地方。
呢度叫做香港仔　好有名堂。
好早就世界聞名有海鮮舫　仲有田灣對上嗰個山崗。
知否多少偉人長眠山上　就係百年前興建嘅永遠墳場。

石岩嗰面有個出名魚蛋粉　排長龍幫襯幾誇張。
香港九龍啲海鮮檔　貨源就係呢個漁市場。
深灣係天然避風港　打風落雨船艇都唔使慌。
仲有段歷史聽完會拍掌　英國人登陸遇到個艇家娘。
同佢問呢度地名　佢話係香港　於是英文譯咗作Hong Kong。
仲有啲故事一陣至講　各位千祈最緊要　睇到散場。

（南音）

漁民生活刻苦耐勞　出海捕魚不怕浪急風高。
當年莫講話雷達　連收音機都冇　無從預計風雨波濤。
佢哋心中堅信神庇護　破除萬難　不怕雨箭風刀。
並非迷信更唔係老土　想吓就知得到漁民堅毅　值得自豪。

（木魚）

我哋水上人生活　其實好艱難　靠隻罟仔打魚　搵兩餐。

後來魚蝦大順有錢賺　開間海味舖　攬到冇陣得閒。

娶埋新抱本來好棧　點知老婆捱到落咗鬼門關。

跟住個仔海味都唔賣　去賣鹹鴨蛋

於是家公新抱喊到心煩。

好彩新抱份人真夠硬　舖頭同屋企　都係佢一手支撐。

孫子湊大埋　捱到佢金睛火眼　咁嘅新抱搵多個都難。

（板眼）

孫仔好乖　不過人懶散　賴頭撒尾亂晒坑。

佢個女朋友斯文　都好順眼　希望幫吓嗰孫仔　就冇得彈。

（板眼）

做人想快活　唔好計較咁多。

食完餐飯　食嚿菠蘿。

孫仔鍾意食燒鵝　周之無日走咗去踢波。

今晚食飯特登約埋我　唔通有啲唔妥　既然有飯食　就咪咁依哦。

《野蠻奶奶？》

以下原文載於二零二四年《漁生請你指教》場刊：

《野蠻奶奶？》第二部份（《漁生請你指教》南音唱詞）

詞：阮兆輝

根（南音）：唔使講　有乜相干。

家婆新抱應該有商量。

老爺漁根弟與他的新抱羅水嬌閒話家常

初入我門一定唔多慣
其實妳奶奶冇意　出口把人傷。
一家和氣至得興旺　聽我講
平心靜氣　要記住夫婦情長。

根（南音）：其實你個奶奶　相處唔難
當時嫁入我門　捱得好交關。
三從四德　唔多慣　跟住出海仲麻煩。
暈浪坐低　奶奶話佢偷懶　企起身　又暈過又嘔一餐。
你而家嘅苦處　佢捱過晒　佢將你玩咋　你唔使幾耐

根、Tiff：就知佢唔係野蠻。

信手塗鴉紙上傳

我不擅於書畫文墨，只曾跟隨父親學點皮毛，實難登大雅之堂，但偶爾興到，也會大筆一揮。多年來不經不覺曾寫下多款題字，談不上妙筆生輝，只是信手塗鴉，濫竽充數，幸勿見笑。

月是故鄉明　二零零二年廣東佛山祖廟演出後題字

二零零二年九月二十一日乃中秋佳節，祖籍佛山的我應佛山祖廟之邀，回鄉參加在祖廟萬福台舉辦的《月是故鄉明——星、馬、桂、粵、港、澳古曲專家聚萬福台中秋古腔傳唱名曲專場》。

盛會難逢，各名家在扇上題名後，我於扇上揮筆題了「二零零二年中秋　佛山祖廟．月是故鄉明」，以茲留念。

佛山祖廟演出後扇上題字

壬午年舞台回顧　二零零二年月曆封面題字

這是我首個個人月曆，配合月曆的主題，我題了「壬午年舞台回顧」，以茲紀念。

二零零二年月曆封面題字

二零零三年月曆封面題字

血汗氍毹五十年　二零零三年月曆封面題字

初次以「血汗氍毹」為題，以示五十年來的演藝生涯是有血有汗，有喜亦有悲。自此紛紛有人問我「氍毹」兩字何解？如何讀法？成了「血汗氍毹五十年」的小插曲。

年復年的感嘆　一事無成兩鬢斑　二零零四年月曆封面題字

二零零五年是我耳順之年，但總覺一事無成，力不從心，感嘆之餘，竟題了「年復年的感嘆　一事無成兩鬢斑」於月曆之上，朋友們都嘖嘖稱奇。

二零零四年月曆封面題字

二零零五年月曆封面題字

花甲回頭夢未醒　二零零五年月曆封面題字

活了一甲子，回望前塵，癡夢未醒。「花甲回頭夢未醒」是不願醒，為伊消得人憔悴，繼續沉醉我的梨園夢。

「再以催歸吐直聲——粵劇武探花梁蔭棠百年華誕慈善演出」特刊題字　二零一一年

梁蔭棠先生有粵劇「武探花」之稱，人稱「一哥」。二零一一年廣東粵劇博物館舉辦「紀念粵劇武探花梁蔭棠百年華誕」慈善演出。我於「再以催歸吐直聲」特刊題字為賀：

陳老一梁老一狀元探花
嘆後學誰人堪稱榜眼
問粵劇何日正軌重歸
你也催我也催創新革舊

後學 兆輝

陳老一梁老一狀元探花
嘆後學誰人堪稱榜眼
問粵劇何日正軌重歸
你也催我也催創新革舊
後學 兆輝

「再以催歸吐直聲——粵劇武探花梁蔭棠百年華誕慈善演出」特刊題字

「慶鳳鳴劇團南丫島（榕樹灣）天后寶誕演出廿屆誌慶」特刊題字　二零一三年

二零一三年為「慶鳳鳴劇團」於南丫島榕樹灣天后寶誕賀誕演出二十週年紀念，創下香港粵劇團在同一地方賀誕演出長達二十年的紀錄。我為「慶鳳鳴劇團南丫島（榕樹灣）天后寶誕演出廿屆誌慶」特刊題字為賀：

滄桑世事幾更遷
寒暑催人白髮添
榕樹灣頭多樂事
珍惜南丫二十年

「慶鳳鳴劇團南丫島（榕樹灣）天后寶誕演出廿屆誌慶」特刊題字

田竇先師寶座題字　二零一三年

「慶鳳鳴劇團」每年三月廿四日田竇二師寶誕都會在戲棚內舉行賀誕儀式，劇團特請我於神紅上手書「田竇先師之寶座」，以示心誠意尊，祈求二師庇佑，演出成功。

田竇先師寶座題字

多次為「慶鳳鳴劇團」的田竇先師寶座題字

由我親題「阮兆輝血汗氍毹六十年」 的演出大幕

阮兆輝血汗氍毹六十年

二零一三年「從藝六十年」大幕題字

二零一三年的從藝紀念演出，我以「血汗氍毹六十年」為題，還特製了一幅大幕，在大幕上題有我寫的「阮兆輝血汗氍毹六十年」及配以劇照大相，頗有氣勢。

「呆佬拜壽」劇中對聯題字

二零一三年

我飾演的劉阿茂於《呆佬拜壽》尾場對對聯的情節中，為岳父所出的下聯：「雲頭掣電霍光起自漢中」，對通了上聯，即席揮毫：「船尾通泉孔子生於周末」，表示劉阿茂才情驚四座。這對聯當然不是我作的。

於《呆佬拜壽》劇中即席揮毫：「船尾通泉孔子生於周末」。

願教甲午沒風雲　二零一四年月曆封面題字

甲午是多事之年，每逢甲午總會發生一些大事。中日甲午戰爭是我國一場戰況慘烈的戰事，故月曆以「願教甲午沒風雲」為題，希望二零一四年是一個風平浪靜的甲午年，以寄吾願。

二零一四年月曆封面題字

二零一五年月曆封面題字

無限唏噓步古稀　二零一五年月曆封面題字

二零一五年是我步入七十古稀之年的日子。人生七十古來稀，但煩事紛擾，我便為我的個人月曆題上「無限唏噓步古稀」，以為寫照。

李天弼《粵曲通識——唱腔研習之路》內頁題字　二零一八年

為賀李天弼兄新書出版，我題賀詩句如下：

半生道席半生歌
縱橫細賞經歷多
腔調探微傳薈萃
後學從今少張羅

兆輝

天弼學長雅囑
半生道席半生歌
縱橫細賞經歷多
腔調探微傳薈萃
後學從今少張羅
兆輝
（阮兆輝）

《粵曲通識——唱腔研習之路》內頁題字

【第七章】此生歲月堪回首

此書已到最終章，來個點題的大事記錄，才算圓滿。我從不愛回顧，但偶爾翻檢前塵往事，回看自己曾經幹過的事，又覺得不枉此生。我是一個沒有存檔習慣的人，若非有朋友一再幫忙撿拾記錄，此章根本無法完成。七十多年來，拍過的電影、演過的粵劇，我哪會記得清？還有多如星數的推廣與傳承活動、無數的公職事務、與學界的頻繁交往，橫跨電影、電視、電台、粵劇、戲曲、現代劇場、學界等不同界別，浩如煙海的資料已散迭難全。

不同的朋友都曾經問過我，同一天內是否真的可以走那麼多場講座加演出，甚至同一日有講座、排戲、演唱會及演出？我又不是孫悟空，不會變身，又如何應付？但當時又真的勉強安排到，當然少不免麻煩各單位遷就一下。

這篇章內沒有記錄我的一般演出工作，只將較重要的事件輯錄下來，希望大家不要覺得太繁瑣，沒有甚麼看頭，其實很多工作連我自己都印象模糊，但原來我又真的做了這麼多類型的工作。

年份	重要大事
一九四五年	十一月於佛山黑巷出生
一九五三年	家人安排投考中聯電影公司《苦海明燈》童星一角，未被取錄。
	投考永茂電影企業公司，取錄為童星。
	下半年，算是正式踏入電影界。
	十一月二十日，首部電影《養子當知父母恩》上映。
一九五四年	四月一日，電影《父與子》上映。
	第一次隨片登台 （電影《父與子》）
	跟隨袁小田師傅學北派
	跟隨劉兆榮、林兆鎏、黃滔三位師傅學唱。
	七月，正式接班，參與「碧雲天劇團」演出《梁天來嘆五更》。
	十月二十八日，電影《空谷蘭》上映。
一九五五年	四月二十一日，電影《父母心》上映。
一九五六年	演出「麗聲劇團」的《香羅塚》，飾演趙喜郎。
一九五七年	冬天，首次隨劇團遠赴越南登台。
一九五八年	四月，與花旦胡笳組成「阮兆輝劇團」在高陞戲院演出《小秦英大鬧金水橋》。
	六月，香港大舞台開幕，「麗聲劇團」演出《白兔會》，飾演咬臍郎。
	八月，「大乾坤劇團」於香港大舞台演出，表演舞獅子出洞。
一九六零年	五月十八日，拜粵劇名伶麥炳榮為師。
一九六二年	三月十日至二十日，「大龍鳳劇團」在香港大會堂首演《鳳閣恩仇未了情》，飾演海鯨。
一九六三年	年底離開「大龍鳳劇團」
一九六六年	八月二十二日至二十六日，首次與尤聲普合作統籌及修訂《趙氏孤兒》劇本，並由「滿堂紅劇團」於香港大會堂演出。
	開始在啟德遊樂場演出
一九六七年	九月，隨王豪赴韓國拍片，擔任「場記」。
一九六八年	往台灣發展，擔任電影場記、副導演、演員、甚至武師及替身。
一九六九年	年底回港
一九七零年	成立「香港粵劇藝術研究社」
	出任「香港八和會館」第十五屆理事
	與尤聲普、梁漢威等成立「香港實驗粵劇團」。
一九七一年	為天聲唱片公司灌錄首張唱片，與李寶瑩合唱《桂枝寫狀》。
一九七二年	加入麗的電視，主持《粵劇精華》及參與《香江花月夜》。
一九七五年	七月，與南紅組成「金利年劇團」於利舞臺戲院演出《虹橋贈珠》，擔任文武生。
一九七六年	加入無綫電視（TVB）

年份	重要大事
一九八零年	一月十五日至十七日，「香港實驗粵劇團」於香港大會堂演出《趙氏孤兒》。
	八月一日至六日，「香港實驗粵劇團」參與市政局主辦的「中國戲曲節」，於香港大會堂演出《十五貫》及折子戲。
一九八三年	離開無綫電視（TVB）
	三月，半露天型設計的高山劇場開幕，開幕演出由新馬師曾與南紅合演《白蛇傳》，參與是次演出，擔任小生。
一九八四年	二月（農曆正月），最後一次與恩師麥炳榮以「寶人和劇團」班牌在百麗殿舞台演出，擔任小生。
	隨「勵群粵劇團」赴美國、法國、荷蘭演出。
	九月十三日（農曆八月十八日），恩師麥炳榮於美國三藩市逝世。
	為亞洲電視主持《龍的家鄉》
一九八六年	六月二十三日起，為香港電台主持《風兩留珍》。
	六月二十九日起，為香港電台主持《唐滌生的藝術》。
一九八七年	一月十四日起，為香港電台主持《百花齊放》。
	兒子德鏘第一次登台，為香港電台《戲曲天地》三週年晚會，與蕭耀基演出《夜戰馬超》。
	五月二十一日至二十七日，為「藝峰粵劇團」，撰寫劇本《新啼笑姻緣》。
一九八八年	四月二十一日至二十七日，「金輝煌劇團」於新光戲院演出《花木蘭》，首次自撰全劇劇本。
	六月六日至八月二十九日，與粵樂名宿盧家熾先生為香港電台主持《那得幾回聞》（第一輯）。
	九月五日至一九九零年三月三十日，為香港電台主持《那得幾回聞》（第二輯）。
	十月十八日至二十日，根據鄭孟霞女士的《碧波潭畔再生緣》改編成《碧波仙子》，並由「金輝煌劇團」在荃灣大會堂演出。
	十一月，與尤聲普一同加盟「雛鳳鳴劇團」，十一月六日至九日及十一日在新界會堂演出。
一九八九年	一月三日至八日，整理《梁紅玉擊鼓退金兵》，由「金輝煌劇團」於百麗殿舞台演出。
	四月十四日至二十日，撰寫《狸貓換太子（上本）》，由「金輝煌劇團」於利舞臺戲院演出。
	六月二十四日，於香港中華文化促進中心演講廳舉行「粵曲粵樂茶寮」講座，黎鍵主持，阮兆輝回應，靚次伯主講，談《靚次伯——粵劇武生行當的藝術發展》。
	九月九日，香港文化中心開幕演出《六國大封相》，參與籌備及選角工作、重新整理《六國大封相》曲本，是次演出改以「蘇秦」坐車。
	十二月七日至十三日，與葉紹德合作編寫《紅杏枝頭春意鬧》，由「金輝煌劇團」

年份	重要大事
	於利舞臺戲院演出。
一九九零年	七月二十七日至二十八日，在香港文化中心音樂廳舉行《春暉粵曲演唱會》。
	九月二十二日，香港迄今最後一部粵語戲曲片《李香君》上映。
一九九一年	獲頒「香港藝術家」年獎之「歌唱家年獎」
一九九二年	獲頒授 BH 榮譽獎章
	應邀前赴倫敦，為英女皇作御前演出，獻唱南音《香江頌——擦亮明珠耀四方》。
	四月十一日，擔任「粵樂纍珠」粵樂賞析講座系列第二輯演講嘉賓，主講《粵劇唱做文、武場配合的技術》。
	五月三十日，擔任「粵樂纍珠」粵樂賞析講座系列第二輯演講嘉賓，主講《阮兆輝談阮兆輝》。
	八月二十二日，擔任「粵樂纍珠」粵樂賞析講座系列第三輯演講嘉賓，主講《粵樂音樂天地》。
一九九三年	二月十六日至十七日，「香港實驗粵劇團」應「一九九三年香港藝術節」邀請，於香港大會堂第三次載譽重演《十五貫》。
	與黎鍵、尤聲普、新劍郎及黃肇生成立「香港粵劇發展有限公司」，致力推廣粵劇活動。
	三月至六月，在高山劇場進行為期三個月的「粵劇之家試驗計劃」。
	四月四日，於新光戲院演出《再世紅梅記》時扭傷頸部，曾半身失去知覺。
	四月九日，於高山劇場為「粵劇之家」開幕舉行首演，演出《六國大封相》。
	四月三十日，與陳嘉鳴參與「粵劇之家」粵劇演出《販馬記》，任文武生。
	六月十四日及二十日，與南鳳主持「粵劇之家」教育研討課程（一）：「粵劇戲服穿戴知識」。
	十月二十日至二十一日，參與「中國音樂節」的《地水南音演唱會》，演唱《男燒衣》及《客途秋恨》。
一九九四年	三月九日至十日，「粵劇之家」於「第二十二屆香港藝術節」演出古腔粵劇《醉斬二王》。
	四月二十一日至二十七日，與南鳳組成「鳳笙輝劇團」，在新光戲院演出。
	七月二十七日至二十八日，在香港文化中心音樂廳首次舉行個人粵曲演唱會《眾星拱照阮兆輝粵曲演唱會》。
	九月十五日至十六日，「粵劇之家」演出《醉斬二王》。
	十一月十七日至十八日，「鳳笙輝劇團」參與「第二屆神州藝術節」，演出《雙仙拜月亭》及《群英會之三氣周瑜》。
	十一月五日、十二日、十九日及二十六日，舉行「曲藝新傳粵曲入門講座」。
一九九五年	二月十七日、十九日及二十三日，參與演出「一九九五年香港藝術節」之《霸王別姬》。

年份	重要大事
	三月二十九日，在香港文化中心音樂廳首次舉行個人南音演唱會《阮兆輝南音演唱會》。
	七月二十一日至二十八日，與王超群組成「鳳求凰劇團」，在新光戲院演出。
	十月十二日至十五日，「粵劇之家」在新界會堂統籌演出《趙氏孤兒》。
	十月九日，於閏中秋日在香港文化中心音樂廳主辦《名伶名腔名曲閏中秋》。
	十一月二十九日，「粵劇之家」統籌演出《名伶古腔粵曲演唱會（中國民俗文化節）》，與李銳祖合唱《月下追賢》。
一九九六年	開始出任教育署音樂科粵劇委員會委員
	一月十七日，在香港文化中心音樂廳再次舉行個人粵曲演唱會《眾星拱照阮兆輝粵曲演唱會一九九六》。
	三月七日至十日，「一九九六年香港藝術節」由「粵劇之家」統籌演出《大鬧青竹寺》，演出時不慎腰部受傷。
	三月十三日至十九日，與曾慧組成「新聲粵劇團」，於新光戲院演出。
	四月二十二日，策劃及演出在香港文化中心音樂廳舉行的《名曲曲曲通款曲》演唱會。
	六月十七日至十八日，於新光戲院舉行全男班《七雄薈聚頌笙歌》演唱會。
	九月十日至十二日、十六至十七日、二十三日至二十六日，分別在臨時區域市政局轄下九個會堂舉行《阮兆輝東南西北唱南音》演唱會。
	十月八日至九日，與尹飛燕、龍貫天、曾慧等於新光戲院演出《雙班攜手賀春暉》。
	十一月二十九日至十二月一日，高山劇場重開獻禮，「粵劇之家」演出阮氏編撰的《長坂坡》。
	「粵劇之家」獲得香港藝術發展局資助，專門為教育署進行各項有關在學校推廣戲曲的龐大計劃。
一九九七年	一月九日至十二日，「粵劇之家」載譽重演《趙氏孤兒》。
	一月十七日至二十三日，與尹飛燕組成「雙喜粵劇團」，於新光戲院演出，特別推出久未在舞台演出的《吳宮鄭旦鬥西施》。
	二月二十一日至二十二日、二十四日至二十五日，「一九九七年香港藝術節」，除演出《西河會妻》外，還負責舞台及佈景設計。
	十二月三日至十日，邀請陳好逑組成「好兆年劇團」，演出與葉紹德合作編撰的《文姬歸漢》。
一九九八年	二月二十八日、三月一日、三月三日至五日，為「一九九八年香港藝術節」，執筆撰寫《呂蒙正 · 評雪辨蹤》及統籌是次演出。
	四月二十五日、五月一日至二日，與尹飛燕組成「新雙喜劇團」，在新界會堂巡迴演出。
	九月十七日至二十三日，與彭熾權、尹飛燕組成「鵬飛劇團」，在新光戲院演出。

年份	重要大事
	十一月二日至三日，「一九九八年亞洲藝術節」於香港文化中心大劇院演出《玉皇登殿》，由「粵劇之家」製作、統籌。阮氏為整理委員會成員之一，並負責舞台及佈景設計及與陳好逑合演《仙姬大送子》。
	十二月二日至六日，與戲曲界「國寶」——國家一級演員裴艷玲合作《南戲北劇顯光華》，演出《龍鳳呈祥．三氣周瑜》（京粵崑）及京劇《鍾馗》等劇，於《鍾馗》一劇飾演杜平一角。
	十二月二十七日，於藝術圖書館舉行的「一九九九年藝術節講場」，與譚榮邦對談《藝術節與本土粵劇發展》。
	十二月三十一日至一九九九年一月三日，參與《粵劇戲神賀誕例戲——觀音得道之香花山大賀壽》，飾演達摩化身（書生）。
一九九九年	一月十五日至十七日、二十二日至二十四日，參與「一九九九年香港藝術節」《紅伶排場戲薈萃》，與陳好逑合演《梨花罪子》。
	三月三日至九日，與陳詠儀組成「兆儀鴻劇團」，於新光戲院演出，擔任文武生。
	三月二十五日至二十六日，「好兆年劇團」載譽重演《呂蒙正．評雪辨踪》。
	六月十七日至二十三日，與尹飛燕組成「燕笙輝劇團」，於新光戲院演出。
	八月十三日至十四日，參與「玲瓏粵劇團」的《新馬師曾名劇欣賞》演出，擔任文武生。
	九月十九日，「梨園藝萃迎千禧」之《唐滌生逝世四十週年紀念匯演》舉行「粵劇論壇：編劇家唐滌生與香港粵劇」，與梁漢威、葉紹德、李龍談《香港粵劇舞台藝術與唐滌生》。
	十月二十一日至二十六日，與梁漢威、陳詠儀組成「兆儀威劇團」，於新光戲院演出。
	十月二十三日，「梨園藝萃迎千禧」之《唐滌生逝世四十週年紀念匯演》舉行「粵劇論壇：編劇家唐滌生與香港粵劇」，與葉紹德、蘇翁、楊智深談《粵劇編劇沿革及唐滌生的編劇藝術》。
	十一月十八日，「葵青劇院開幕獻禮」演出《文學經典．紅伶薈萃》，負責統籌工作，與尹飛燕合演《水滸傳之宋江怒殺閻婆惜》。
	十二月二日、三日及七日，「梨園藝萃迎千禧」之《唐滌生逝世四十週年紀念匯演》，「好兆年劇團」演出《白兔會》、《販馬記》及《香羅塚》。
	十二月二十六日，與梁漢威、新劍郎聯合主持「梨園藝萃迎千禧」之《粵劇文化交流座談會》。
二零零零年	一月二十日至二十三日、二十八日至三十日，「葵青劇院開幕獻禮」演出《文學經典．紅伶薈萃》，演出四大南戲「荊、劉、拜、殺」及「古典小說粵劇經典」，統籌及撰寫折子戲《殺狗勸夫》。
	二月二十五日至二十七日、二十九日、三月一日至二日，「二零零零年香港藝術

年份	重要大事
	節」，統籌及參與演出《三帥困崤山》。
	六月三日至四日，「元朗劇院開幕演出」，統籌、撰寫劇本及擔演《四進士》。
	八月九日至十日，應康樂及文化事務署邀請，重演《四進士》。
	十月二日至八日，「燕笙輝劇團」（第二屆）於新光戲院演出新劇《一縷詩魂兩段情》。
	十月二十五日至二十九日，「粵劇之家」籌劃「廣東傳統小武戲專場」，演出《雪重冤》及與陳好逑合演《金蓮戲叔》。
	十二月二十七日，統籌及策劃於香港文化中心音樂廳舉行的《弦韻笙輝名曲夜》演唱會。
	十二月二十九日至三十一日，「港藝匯萃千禧頌」，由「香港實驗粵劇團」統籌，演出《十五貫》。
二零零一年	於香港大學音樂系擔任粵曲課程兼任導師，教授戲曲課程，為期一年。
	二月十六日至十八日、二十三日至二十四日，「二零零一年香港藝術節」，參與演出《曹操 · 關羽 · 貂蟬》。
	八月十四日，夥拍南音名家區均祥在香港文化中心音樂廳舉行《阮兆輝説説唱唱唱南音》。
	九月十四日至二十三日，與蓋鳴暉、吳美英組成「春暉劇團」，於新光戲院演出，擔任文武生；蓋鳴暉、吳美英擔任正印花旦。
	十二月二十七日至二零零二年一月二日，「燕笙輝劇團」（第三屆）演出《何文秀會妻》。
二零零二年	一月，與陳詠儀組成「春暉劇團」到美國三藩市演出。
	三月十一日至十三日、十五日、十七日，「二零零二年香港藝術節」，統籌及演出《文武雙全陳好逑》專場。
	八月一日至七日，「燕笙輝劇團」（第四屆）於新光戲院演出新劇《哪吒》。
	八月二十八日，策劃統籌於香港文化中心音樂廳舉行的《友好歌廳紅伶粵曲演唱會》。
	十月六日，參與「粵劇南派藝術導賞講座系列」，與新金山貞、黎鍵談《粵劇「南派」表演與「南撞北」的藝術》。
	十一月二十九日至十二月三日，與梁少芯組成「春暉劇團」（第二屆）於新光戲院演出。
	十二月六日、八日、二十八日及三十日，康樂及文化事務署主辦，與南鳳、吳仟峰演出《大鬧廣昌隆》，執筆撰寫劇本及統籌是次演出。
二零零三年	一月十九日，在香港中央圖書館地下演講廳舉行藝術講座：《閒話五十年》，擔任嘉賓講者。

年份	重要大事
	二月十四日至十七日，「二零零三年香港藝術節」，演出《金葉菊》，並擔任統籌。
	二月十五日，與黎鍵主持「二零零三年香港藝術節講座」，講題為《阮兆輝、黎鍵細談悲情粵劇〈金葉菊〉》。
	三月二十四日至二十六日，於香港文化中心音樂廳及沙田大會堂舉行「從藝五十週年專場演出」：《眾星彈唱賀金禧》、《甜酸苦辣半世紀》、《唱盡半生情》。
	五月，獲香港藝術發展局頒發「藝術成就獎」。
	八月二十日至二十四日，《金輝薪傳茁青苗》從藝五十週年伸延演出，以淨、末、丑各行當，為一班年輕演員配戲演出。
	十月十日至十九日，邀請陳好逑、尹飛燕、南鳳、蓋鳴暉、吳美英、李龍、尤聲普、陳詠儀於新光戲院聯合演出《阮兆輝從藝五十年專場》。
	十月二十二日，與尹飛燕、胡美儀、陳詠儀於香港文化中心音樂廳舉行《燕韻丰儀慶金輝》粵曲及小調演唱會。
	十二月二日至三日、二十三日至二十四日、三十日至三十一日，康樂及文化事務署主辦，演出《伍子胥傳上、下本》，執筆撰寫劇本、統籌及擔演。
二零零四年	一月一日至二日，與尹飛燕於佛山市順德區大良鳳城影劇院，參與《香港著名粵劇紅伶鳳城獻演》，演出《百戰榮歸迎彩鳳》及《春花笑六郎》。
	一月十日，「二零零四年香港藝術節講座」，與陳守仁談《大龍鳳時代與麥炳榮》。
	二月三日至七日，「二零零四年香港藝術節」，統籌及演出《大龍鳳大時代》。
	二月十六日，與尹飛燕組成「玉華年劇團」，於香港文化中心大劇院演出，擔任文武生。
	二月十八日，夥拍梁漢威、區均祥、唐健垣、尹飛燕在香港文化中心音樂廳舉行《南音群英會》。
	三月十六日，與鄭敏儀、葉家歡、黃綺雯、葉慧芬、新劍郎在香港文化中心音樂廳聯合舉行《春風化雨頌菊壇》粵曲演唱會。
	五月十四日至十六日，「好兆年劇團」前赴澳門文化中心演出《文姬歸漢》、《呂蒙正．評雪辨踪》、《趙氏孤兒》。
	六月十二日，《玉皇登殿與粵韻古調》音樂會前講座，與黎鍵、鄧美玲、高潤鴻對談。
	六月十四日，與梁漢威、吳仟峰、龍貫天在香港文化中心音樂廳聯合舉行《雄霸半邊天》全男班粵曲演唱會。
	七月三日至四日，《玉皇登殿與粵韻古調》音樂會，演唱大調《柳搖金》及南音《除卻了阿九》。
	八月七日至十二日，「燕笙輝劇團」(第六屆) 演出《血滴玉麒麟》，負責撰寫劇本。
	九月，教育統籌局出版《粵劇合士上》教材，擔任「粵劇課程發展實驗小組」委員

年份	重要大事
	(二零零零年至二零零四年），參與其中「粵劇常用辭彙」的工作、「粵語及中州音韻示範」及《長坂坡》的製作。
	十月十八日，與新劍郎、潘佩璇、張琴思、董潔貞、程德芬在香港文化中心音樂廳聯合舉行《佩環琴韻顯德貞》粵曲演唱會。
	十一月十六日、十七日、二十日，「排場戲專場」與尹飛燕、尤聲普演出《山東響馬》及《荷池影美》。
二零零五年	二零零五至二零零七年任香港藝術發展局藝術組顧問
	三月十六日，夥拍梁漢威、區均祥、唐健垣、尹飛燕在香港文化中心音樂廳再次舉行《南音群英會二零零五》。
	五月十八日，夥拍龍貫天、任冰兒、胡美儀、鄭敏儀、梁煒康、阮德鏘，在香港文化中心音樂廳舉行《重把餘音裊裊歌紅伶紅星電影粵曲大匯串》演唱會。
	與汪明荃合力保留新光戲院
	與汪明荃榮獲《明報周刊》三十七週年暨二零零五年度演藝動力大獎之「致敬大獎」，表揚兩人為粵劇界出力，挽救了新光戲院。
	九月二十四日、二十八日至三十日，康樂及文化事務署主辦「好兆年劇團重演優秀粵劇作品」，演出《呂蒙正 · 評雪辨蹤》、《趙氏孤兒》、《文姬歸漢》。
	十月二十四日至二十六日，於新光戲院舉行《新光 · 新光　香港粵劇界扶助新光戲院聯合義演》。
	十月二十七日至三十一日，與尹飛燕組成「新群英劇團」，於沙田九約演出神功戲。
	十一月九日至十一日、十三日至二十日，參與「雛鳳鳴劇團」於香港文化中心大劇院演出的《西樓錯夢》。
二零零六年	三月四日至五日，「二零零六年香港藝術節」，統籌《梨園朝暉顯光芒》的演出及擔任藝術總監。
	八月，成立「朝暉粵劇團」。
	八月四日至八日，第一屆「朝暉粵劇團」於新光戲院演出，首次於《六國大封相》中跳「羅傘架」。
	十一月十八日，「香港八和會館恭祝華光先師寶誕慶祝活動」，於新光戲院演出《香花山大賀壽》，首次飾演桃心。
	十二月七日至二零零七年一月四日，參與「雛鳳鳴劇團」於香港演藝學院歌劇院演出的《帝女花》。
二零零七年	二月十八日至二十一日，「朝暉粵劇團」（第二屆）於高山劇場演出，於《六國大封相》中飾蘇秦。
	三月二十七日，香港大學教育學院中文教育研究中心主辦，於仁濟醫院王華湘中學

年份	重要大事
	舉行「粵劇小豆苗——粵劇融合中國語文科新高中課程及評估計劃：大老倌到校現身說法」，任嘉賓講者，講題是《阮兆輝談粵劇》。
	四月二十八日，香港大學教育學院中文教育研究中心主辦，於香港真光中學舉行「粵劇小豆苗——粵劇融合中國語文科新高中課程及評估計劃：大老倌到校現身說法」，任嘉賓講者，講題是《阮兆輝談粵劇》。
	五月十三日，參與「南音：香港文化瑰寶專題講座」，講題為《地水南音和戲台南音》。
	七月，出任第三十三屆香港八和會館副主席。
	二零零七至二零零八年，任康樂及文化事務署表演藝術顧問（中國戲曲）。
	八月二十七日，與張琴思、楊麗紅在香港文化中心音樂廳舉行《阮兆輝三人行粵曲演唱會》。
	九月七日，香港中文大學粵劇研究計劃演出青年版《帝女花》，任藝術指導，李奇峰任執行藝術指導，聯同編劇家葉紹德先生將《帝女花》濃縮成三小時的劇本。
	九月十九日，與陳好逑聯同「朝暉粵劇團」參與《聲藝獻愛心》（香港防癌會粵劇籌款晚會）演出《趙氏孤兒》。
	十月，隨香港八和會館到南京及北京參與《慶賀回歸十週年》演出。
	十二月十五日，香港大學教育學院中文教育研究中心主辦，「粵劇小豆苗——粵劇融合中國語文科新高中課程及評估計劃：中學中文科教師培訓」，任嘉賓講者，講題是《粵劇的表演美學》。
二零零八年	三月六日，「第三十六屆香港藝術節講座」，與鄭培凱教授對談《關漢卿筆下的關大王及盼與望》。
	三月十四日至十六日，「二零零八年香港藝術節」，於香港大會堂統籌演出及編寫《關漢卿作品選：關大王及盼與望》。
	六月七日至十一日，為「朝暉粵劇團」撰寫《呆佬拜壽》及參與演出。
	八月二十七日至三十一日，香港大學專業進修學院（HKU Space）主辦，於元朗香港大學嘉道理農業研究所舉行五日四夜的「暑期粵劇體驗營」活動，擔任藝術總監。
	二零零八年至二零一三年，擔任香港藝術發展局戲曲組主席。
	十月四日，參與「瀟湘夜雨臨江驛演出前座談會」，講題為《為南北曲改粵裝》。
	十月二十日、二十五日、十一月四日，康樂及文化事務署主辦，與南鳳、尤聲普演出《瀟湘夜雨臨江驛》，並撰寫劇本。
	十一月八日及十五日，香港大學教育學院中文教育研究中心主辦，「粵劇小豆苗——粵劇融合中國語文科新高中課程及評估計劃：中學中文科教師培訓」工

年份	重要大事
	作坊，任嘉賓講者，講題是《粵劇的表演美學》。 十一月十日，與南鳳參與「瀟湘夜雨臨江驛演出後座談會」，講題為《演繹不完滿的結局後感》。
二零零九年	一月六日至八日，參與《古調精華：古腔排子演唱會》，擔任導賞及演出。 二月十九日及二十一日，由《帝女花（青年版）》原班演員於葵青劇院公開演出《帝女花（青年版）》，擔任藝術總監及導演。 五月一日，與張敏慧女士聯合編寫的《辛苦種成花錦繡——品味唐滌生〈帝女花〉》出版。 九月九日至十日及十七日，康樂及文化事務署主辦演出《狸貓換太子（上、下本）》，執筆撰寫《狸貓換太子（下本）》及演出。 十一月十一日至十二日，康樂及文化事務署主辦「葉紹德作品展演」，「好兆年劇團」演出《梟雄虎將美人威》及《趙氏孤兒》。 十一月十四日，香港八和會館為「慶祝華光先師寶誕」，於香港文化中心大劇院舉行賀誕，演出《香花山大賀壽》，飾演韋馱。 十二月四日至六日、十一日至十二日，與南音名家區均祥應康樂及文化事務署邀請，舉行五場《南音裊裊舊風情》演唱會。 十二月，參與香港教育學院為期三年的「中小學粵劇教學協作計劃」。 二零零九年及二零一零年，擔任香港大學校外課程與香港八和會館聯合主辦的「粵劇編劇課程」導師。 二零零九年及二零一零年，擔任僱員再培訓局與香港八和會館聯合主辦的「粵劇培訓課程」導師。
二零一零年	一月六日至十日，在香港文化中心大劇院舉行「香港實驗粵劇團四十年回顧．前瞻」演出，特別撰寫《煉印》一劇。 一月起，擔任「香港理工大學駐校藝術家」。 一月二十五日至三月三日，舉行「香港理工大學駐校藝術家計劃」之「粵劇藝術入門示範講座」、「粵劇研習工作坊」及「歷史與戲曲」講座。 三月二日，「香港理工大學駐校藝術家計劃」粵劇演出，於香港理工大學賽馬會綜藝館演出《白兔會》。 三月八日，參與「香港大學粵劇教育研究及推廣計劃」，於香港大學徐展堂樓舉行「通識教育粵劇藝術講座」，講題為《粵劇藝術：從戲棚到劇場》。 四月十日，江門星光公園內設置展示五邑籍歌影視藝人風采的明星手印園區，應邀前往園區打手印。 四月二十三日，參與香港教育學院文化與創意藝術學系主辦的「粵劇之傳統與現代化及表演程式」講座。

年份	重要大事
	六月十一日，與張敏慧女士聯合編寫的《辛苦種成花錦繡——品味唐滌生〈帝女花〉》榮獲「第三屆香港書獎」頒發十二本中文好書之一。
	六月二十日，參與「中國戲曲節研討會」，講題為《中國傳統戲曲的國際認同與自我求存》。
	八月十九日至二十日，香港八和會館於「中國二零一零年上海世界博覽會」（上海世博會）呈獻《香港粵劇經典》，於上海戲劇學校演出《玉皇登殿》、《六郎罪子》、《曹操．關羽．貂蟬》。
	九月十九日，以一千一百四十一票高票當選「香港藝術發展局藝術範疇代表推選活動」戲曲範疇代表。
	十月十六日至十七日，深水埗廟會「關聖帝君迎聖大典暨深水埗關帝廟門樓落成典禮」演出神功戲，執筆撰寫《古城會》。
二零一一年	五月五日至六日，以香港八和會館副主席名義出席香港教育學院「粵劇創造力研討會」，參與「粵劇表演之創意」、「粵劇音樂之創意」、「粵劇創意之傳承」等專題研討。
	七月二十日至二十四日，於香港大學嘉道理研究所石崗中心再次舉辦「暑期粵劇體驗營」。
	九月，擔任香港教育學院「榮譽駐校藝術家」。
	於香港演藝學院戲劇學院擔任碩士課程導師，為期一年。
	於香港八和會館與香港科技大學合辦的「粵劇藝術概論」課程擔任導師， 課程為期三個多月。
	十一月三日至四日、二十六日，執筆撰寫《一捧雪》，與尹飛燕及阮德鏘攜手演出。
	十一月，與香港八和會館主席汪明荃、理事李奇峰代表會館出席由進念．二十面體舉辦的「非物質文化遺產發展論壇」。
二零一二年	一月十四日，「第四十屆香港藝術節講座」，與譚榮邦談《且在香江賞百花：粵劇發展的黃金時代》。
	二月十三日至十四日，與鄧美玲於香港文化中心演出《孔子之周遊列國》，飾演孔子，並於十二月一日至二日在葵青劇院重演。
	二月十八日至二十一日，「二零一二年香港藝術節」，統籌「且在香江賞百花」，演出《搜書院》、《折子戲：鳳儀亭、打麵缸、二堂放子、水淹七軍》。
	二月二十一日，「第四十屆香港藝術節座談會」，於環球貿易廣場演講廳舉行，與烏蘇拉嘉撒（Ursula Gessat）談《德國歌劇與中國戲曲的觀眾拓展及教育》。
	二月二十四日，於香港大學專業進修學院（HKU Space）教授粵劇台前幕後（短期賞析課程）課堂：《粵劇藝術導論》。
	三月八日、十二日至十三日，為慶祝香港大會堂成立五十週年，由康樂及文化事務

年份	重要大事
	處主辦，演出《百年粵樂粵曲名家作品演唱會》，擔任統籌及藝術總監。
	三月，出任西九文化區「戲曲中心」設計比賽評審。
	三月，獲香港教育學院頒授榮譽院士。
	四月二十四日至二十七日、五月四日，參與「高中生藝術新體驗計劃：粵劇《三國》」示範演出。
	二零一二年四月至二零二一年三月，出任香港八和會館「油麻地戲院場地伙伴計劃——粵劇新秀演出系列」藝術總監。
	五月十二日，出席中國戲劇家協會、廣東省政協辦公廳、廣東省文聯主辦的「嶺南地方戲曲傳承與創新研討會」。
	五月二十五日，因沒有接受政府資助，被拒登記為文化界選民，批評制度荒謬。
	七月二十七日至二十九日，「二零一二年中國戲曲節」，演出《無私鐵面包龍圖》之《赤桑鎮》、《灰闌記》，統籌是次演出、擔任藝術總監及編寫劇本。
	八月八日至十二日，於西貢北潭涌度假營第三次舉辦「暑期粵劇體驗營」。
	於香港大學專業進修學院（HKU Space）擔任「藝術評論證書」課程導師。
二零一三年	一月及六月兩度前赴江西，拜訪戲曲學者萬葉老師，探討「二黃腔」的源流。
	三月八日，「二零一三年香港藝術節」之「粵歷油麻地」與新秀鄭雅琪、陳澤蕾、苗丹青、梁心怡、阮德鏘、袁學慧等合演《雙仙拜月亭》。
	四月十五日至十九日，「高中生藝術新體驗計劃：粵劇《洛神》」示範演出。
	四月三十日至五月五日，「慶鳳鳴劇團」第二十屆榕樹灣天后誕神功戲演出。
	六月十日，於「監察西九文化區計劃推行情況聯合小組」委員會會議上發言：《戲曲就是戲曲，戲曲不是 Opera》及力爭「戲曲中心」英文翻譯應採用漢語拼音 Xiqu Centre。
	七月一日，參與「中國戲曲節二零一三」在油麻地戲院舉行的「探索明代南戲四大聲腔之今存研討會」。
	七月八日至十四日，「阮兆輝血汗氍毹六十年：作品展」於香港文化中心大劇院舉行。
	八月至九月，電影資料館舉行「《從神童到泰斗》阮兆輝從藝六十年影展」，八月三日舉行開幕儀式。
	八月十一日，香港電影資料館「百部不可不看的香港電影」舉辦《父與子》映後座談會——《阮兆輝的影藝回憶談》，擔任嘉賓講者。
	八月十四日至十八日，於西貢北潭涌度假營第四次舉辦「暑期粵劇體驗營」。
	八月二十四日、三十一日、九月七日、十四日，香港公開大學李嘉誠專業進修學院在荔景教學中心開辦「粵劇曲藝大師班系列：阮兆輝之唱做唸打及人物塑造」課程，阮氏親自教授。
	九月，香港中文大學圖書館進學園舉辦講座，講題為《虎度門度過六十年——阮兆

年份	重要大事
	輝談戲行甘苦與滄桑》。
	十月八日至十日，香港中文大學主辦「京崑粵劇．傳承之旅」，於中大邵逸夫堂第三度演出《孔子之周遊列國》。
	十一月一日，香港八和會館「慶祝華光先師寶誕」，在高山劇場賀誕，演出《香花山大賀壽》，飾演韋馱。
	十一月七日至十一日，在新光戲院舉行「阮兆輝血汗氍毹六十年：精選專場」。
	十一月十七日，參與「瞽師杜煥賀喜慶：八仙賀壽唱片發佈會暨南音演唱會」。
	十二月十六日至二十日，於高山劇場舉行「阮兆輝血汗氍毹六十年：粵劇行當展演」。
二零一四年	三月六日，參與「西九文化區戲曲中心茶館劇場模擬體驗——曲藝」活動，演唱南音《客途秋恨》。
	五月十九日至二十一日，與梁寶華教授前赴江西進行探討「二黃腔源流」的研究工作。
	六月二十二日，西九文化區管理局在油麻地戲院舉行「戲曲中心講座系列」，與著名戲劇大師裴艷玲女士暢談《劇種的借鑒與研習》。
	七月四日，香港八和會館於油麻地戲院舉行「粵劇教學協作計劃」總匯報暨交流分享會，以香港八和會館副主席身份報告對「粵劇教學協作計劃」的觀察和分享感受。
	七月二十五日至二十九日，延續從藝六十年演藝光輝，推出《氍毹魅力續光輝》。
	七月三十日至三十一日，「中國戲曲節二零一四：嶺南餘韻八大曲選演」，演唱《百里奚會妻選唱》及演出《六郎罪子》。
	八月六日至十九日，參與英國愛丁堡國際藝穗節（Edinburgh Festival Fringe），首演新編舞台劇《戲裡戲外看戲班》。
	十月三日，在香港教育學院舉行「探索粵劇二黃腔之來源研究」第一階段研究結果「更正粵劇裏的錯誤名稱『西皮』」發佈會」。
	十月十八日，獲香港特別行政區政府頒授銅紫荊星章。
	十月三十一日至十一月五日，「高山劇場新翼開幕演出」，與尹飛燕、尤聲普等演出《大明烈女傳》，統籌是次演出、擔任藝術總監及編寫劇本。
	十一月二十五日至二十六日，參與在廣州中山紀念堂及順德區演藝中心大劇院舉行的《紀念粵劇宗師薛覺先誕辰一百一十週年薛派名曲、名劇演出晚會》。
	十一月二十七日，參與在薛覺先故鄉，順德龍江鎮政府會議室舉行的「紀念薛覺先誕辰一百十一週年座談會」。
二零一五年	一月一日，紀念恩師麥炳榮百年冥壽，於松蔭佛道園進行封壽打齋儀式。
	一月五日至十一日，為「慶祝香港文化中心二十五週年誌慶」，康樂及文化事務署

年份	重要大事
	邀請「燕笙輝劇團」在香港文化中心大劇院演出。
	一月二十四日至二十八日，前往澳洲班迪哥（Bendigo）金龍博物館研究粵劇戲服及文物。
	四月七日，香港中文大學音樂系中國音樂資料館主辦「香港文化瑰寶系列之六：地水南音《觀音出世》唱片發佈暨南音演唱會」，擔任表演嘉賓，演唱南音《重尋》。
	四月，西九文化區管理局與香港八和會館合辦，香港青年粵劇演員及浙江小百花越劇團交流，與內地越劇表演藝術家茅威濤女士合作主持交流講座。
	五月十九日至二十一日，前赴武漢為「二黃腔源流」的研究工作進行資料搜集。
	五月，應香港演藝學院戲曲學院院長毛俊輝邀請，於戲曲學院主持講座，講述戲曲沿革、各派名家介紹及藝術特色，同時示範講解「生行」正統基本功及演出技巧。
	七月二十一日至二十三日，參與「中國戲曲節二零一五」《武皇陛下》的演出。
	八月一日，香港中文大學逸夫書院「芳艷芬藝術傳承計劃」舉行「粵劇唱腔傳承」課程，擔任嘉賓導師。
	八月十日至十一日，「燕笙輝劇團」於香港文化中心大劇院演出新撰的《一盞蓮燈兩代情》。
	九月六日至九日，於高山劇場演出「粵劇行當鬚生、老旦、花臉展演」。
	九月三十日至十月二日，與馮寶寶於沙田大會堂合作演出《拜將臺》。
	十月一日，參與「香港同胞慶祝中華人民共和國成立六十六週年文藝晚會」，與馮寶寶演出《紫釵記之拾釵》。
	十月三日至二十一日，到歐洲演出舞台劇《戲裡戲外看戲班》，在荷蘭鹿特丹、海牙、阿姆斯特丹，比利時安特衛普及意大利維泰博這五個歐洲名城演出，並在比利時布魯塞爾音樂學院及羅馬大學舉行粵劇文化交流講座。
	十一月二十六日，出席香港教育學院文化與創意藝術學系於油麻地戲院舉行的「粵劇生行身段要訣：電腦化自動評估與學習系統發展計劃」發佈會。
	十二月一日至三日，聯同陳好逑、尤聲普及多位粵劇演員及新秀，於葵青劇院演出《四代同台》，演出多齣粵劇折子戲及古腔排場戲。
	十二月二十八日至二零一六年一月八日，應香港教育學院文化與創意藝術學系梁寶華教授邀請，策劃及拍攝「粵劇生行身段要訣」及參與「粵劇生行身段要訣：電腦化自動評估與學習系統發展計劃」。
二零一六年	一月十三日，再次應香港演藝學院戲曲學院院長毛俊輝邀請，於戲曲學院主持「阮兆輝先生大師班：唱唸做打表演技巧指導課」。
	二月十日，與華懋集團合作，於荃灣如心廣場演出舞台劇《戲裡戲外看戲班》。
	三月十日及十一日，「第四十四屆香港藝術節」，參與《李太白》演出。
	四月二十一日，獲香港藝術發展局頒發「傑出藝術貢獻獎」。

年份	重要大事
	四月二十四日至二十五日，與陳咏儀（註：陳詠儀於二零一零年十一月改名為陳咏儀）於葵青劇院合演新編粵劇《隔世情緣》。
	四月，獲邀請出任康樂及文化事務署「博物館專家顧問（粵劇）」。
	六月三十日至七月二日，應南寧市民族文化藝術研究院邀請，參與國家藝術基金「南派粵劇表演人才培養」項目，前赴南寧教授《金蓮戲叔》。
	七月，親撰《阮兆輝棄學學戲 弟子不為為子弟》，並於「第二十七屆香港書展」推出。七月二十四日於香港書展「世界視窗講座系列」舉行「阮兆輝．粵劇．昨日．今日……」新書講座。同年榮獲「二零一六年香港金閱獎（最佳文史哲書）」。二零一七年七月再度榮獲「香港出版雙年獎」之「藝術及設計」出版獎。
	七月二十五日，於香港書展「世界視窗講座系列」舉行的《小蘭齋雜記》新書講座，擔任嘉賓講者。
	八月二十四日至二十八日，於西貢北潭涌度假營第五次舉辦「暑期粵劇體驗營」。
	八月三十日，參與北京「中國國際青年藝術週」，於北京青藍劇場演出舞台劇《戲裡戲外看戲班》。
	九月三十日及十月一日，「二零一六年第二屆香港文化節」於理工大學賽馬會綜藝館演出「青靈宵劇團」粵劇小品《牛郎與織女》。除演出外，負責劇本概念及參訂。
	十一月七日至八日，《孔子之周遊列國》於沙田大會堂第四度載譽重演。
	十一月十一日，在台北誠品松菸店誠品表演廳演出《南音粵韻——阮兆輝與竹韻小集》，演唱南音《重尋》及《男燒衣》。
	十一月十二日，在台北市中山堂中正廳演出《香江寄情——阮兆輝、竹韻小集與TCO學院國樂團》，演唱《釋冤調》及《柳搖金》。
	十二月七日，《粵劇合士上——梆黃篇二零一七》教材套簡介會，擔任示範嘉賓。
二零一七年	一月十八日，參與教育局藝術教育組教師專業發展課程的《粵劇名作欣賞》，與鄧美玲、陳守仁主講《獅吼記》。
	二月十日，應邀參與「香港城市大學中國藝術示範講座」，講題為《詠春與粵劇的文化關連》。
	二月十一日，獲香港電台頒發「戲曲天地梨園之最二零一六」最高榮譽獎項「梨園金鳳凰」。
	二月十一日，「第四十五屆香港藝術節」，於香港理工大學蔣震劇院舉行講座《粵劇舞台上的弄臣》，擔任演講嘉賓。
	二月二十四日，再次應邀參與「香港城市大學中國藝術示範講座」，講題為《抽象裏的真實》。
	三月四日至五日，「第四十五屆香港藝術節」，演出《漢武東方》。
	三月十七日至十八日，由康樂及文化事務署主辦，演出「重演優秀粵劇作品（編

劇：阮兆輝）」，演出《大鬧廣昌隆》及《狸貓換太子（上本）》。

五月三日，國際獅子總會中國港澳三零三區主辦、粵劇發展基金資助，在電視廣播城擔任「兒童及青少年粵劇折子戲公開大賽——總決賽」評判及進行錄影，節目於五月二十日播出。

五月十九日至二十一日，康樂及文化事務署主辦《粵劇南派藝術精粹——武松》，參與劇本整理及修訂。

六月二十四日，在香港演藝學院香港賽馬會演藝劇院演出《粵韻大調——阮兆輝 X HKAPA》。

六月三十日至七月二日，參與「中國戲曲節二零一七」，香港八和會館於香港文化中心大劇院演出《觀音得道》、《香花山大賀壽》。

七月，於「第二十八屆香港書展」推出《生生不息薪火傳——粵劇生行基礎知識》。

七月二十三日於香港書展舉行「香港教育大學藝術教育傳承篇：阮兆輝談藝術教育的明天」講座。同年九月榮獲「二零一七年香港金閱獎（最佳生活百科）」。

八月四日至六日，參與「中國戲曲節二零一七」，演出《奪王記》。

十月二日，「香港金閱獎」於鑽石山荷里活廣場明星廣場舉行「星級作家講座」，擔任講座嘉賓，講題為《誠惶誠恐：從粵劇演員到作家》。

十月十三日至十九日，參與韓國首爾「首爾表演藝術博覽會」，演出舞台劇《戲裡戲外看戲班》。

十一月四日，參與香港學者協會主辦「百歲流芳——唐滌生戲曲藝術傳奇活動系列講座」，講題為《唐劇的創新與迴響》。

十一月十五日，於東華學院京士柏校舍陳文綺慧演講廳擔任演講嘉賓，講題為《習以為常對戲曲演員的好處》。

十一月十六日，香港八和會館「慶祝華光先師寶誕」於高山劇場賀誕，演出《香花山大賀壽》，飾演「曹寶」。

十一月十八日，參與「金牌小武桂名揚新書發佈座談會」。

十一月二十二日，參與「芳艷芬藝術傳承計劃公開講座」之《神級前輩武生王靚次伯》，擔任嘉賓講者。

十一月二十六日，參與「粵劇日」於香港文化中心音樂廳演出《戲裡戲外看戲班》。

十二月二日，香港中文大學於邵逸夫堂舉辦「中國文藝大師湯顯祖作品之夜」，演出《紫釵記之拾釵》。

十二月，教育局出版《粵劇合士上——梆黃篇》教材套，擔任教材套編輯委員會會員及唱段示範。十二月七日出席於香港太空館演講廳舉行的簡介會。

十二月十七日，參與「南薛北梅」藝術系列活動，於香港大會堂低座展覽廳主持《薛覺先和唐雪卿》專題講座。

年份	重要大事
二零一八年	二月十一日，電影《古巴花旦》於太古城百老匯 MOViE MOViE Cityplaza 舉行特別場首映影後談，與導演魏時煜、監製羅卡對談。
	二月，獲香港大學通識教育部邀請，與鄧樹榮於香港大學鈕魯詩樓對談，講題為《西九作為大舞台——劇場與戲曲發展》。
	三月九日至十一日，「第四十六屆香港藝術節」於香港大會堂參演《霸王別姬》。
	四月二十五日，應聖愛德華天主教小學馮立榮校長邀請，於校園電視台錄唱馮校長為創校五十週年撰寫的南音新曲《抱古嘗新》。
	五月二十八日，於灣仔聖公會聖雅各堂主持「星級導師計劃：阮兆輝舞台歲月」。
	五月三十日，「中國戲曲節二零一八：戲曲藝術講座」，擔任嘉賓講者，講題為《從京劇程派到中國戲曲的流派》。
	五月，出任「一桌兩椅慈善基金」有限公司藝術總監。
	七月十三日，參與香港大學專業進修學院（HKU Space）中華文化概覽於帝盛酒店一樓貴賓廳舉行的《粵劇六十年縱橫談》，擔任主講嘉賓。
	七月，擔任香港粵劇學者協會與英國西倫敦大學音樂學院共同推出的全球首個「粵曲（演唱）考級試」之首席考官。
	八月七日至八日、十二日，「中國戲曲節二零一八」，與陳好逑、李龍、尤聲普等演出《文姬歸漢》。
	八月，聯同「一桌兩椅慈善基金」及何家耀為「工尺譜申請列入香港非物質文化遺產代表作名錄」提交建議書。
	九月，擔任香港中文大學音樂系客座副教授。
	九月五日至十一月二十八日，應香港中文大學音樂系邀請，於香港中文大學利黃瑤璧樓教授「中國戲曲欣賞」通識課程。
	九月二十二日，於荃灣三棟屋博物館非遺中心演講廳舉行「非遺系列活動」，講題為《認識粵劇的藝術》。
	九月二十四日至三十日，「春暉粵藝工作坊」舉行《雙生輝映戲如龍》，與李龍、尹飛燕、尤聲普合作演出。
	九月二十七日，出席於鑽石山荷里活廣場明星廣場舉行的「金閱獎頒獎禮」，擔任頒獎嘉賓。
	十月一日，出席香港學者協會於油麻地戲院舉行的「粵曲考級試簡介會」。
	十月二日起，應香港理工大學邀請，開辦 Art Pal「粵曲入門班」，負責課程策劃，並擔任導師。
	十月六日至十日，參與「新加坡國立大學藝術節」，演出舞台劇《戲裡戲外看戲班》。
	十月二十四日至二十五日，香港藝術發展局主辦第二屆《賽馬會藝壇新勢力》（二零一八），邀請「春暉粵藝工作坊」演出《戲裡戲外看戲班》。

年份	重要大事
	十月二十七日至二十八日、三十一日，應香港中文大學中國音樂研究中心邀請，在上海金澤工藝社里仁坊古戲台、上海豫園．海上梨園及上海音樂學院演出「《滬上粵韻》廣東南音及粵樂講座暨音樂會」。
	十一月二日，參與康樂及文化事務署主辦的「關漢卿的冤與願講座」，與李小良談《尋找關漢卿》。
	十一月四日、十九日及十二月三日，參與「四代同台」演出的「關漢卿精選劇目」。
	十一月十二日，香港中文大學中國音樂研究中心與中大音樂系於中大何添樓聯合舉辦「氍毹逐夢——阮兆輝對粵劇發展的微願」公開講座，擔任主講嘉賓。
	十二月九日，參與康樂及文化事務署主辦的「關漢卿的冤與願講座」，講題為《從曲學和文學理論管窺關漢卿》。
	十二月十四日至十六日，在北京恭王府參與「口傳心授：香港特別行政區非物質文化遺產傳承與保護學術研討會」。
	十二月三十一日至二零一九年一月三日，西九文化區戲曲中心大劇院開放日，演出《三氣周瑜》、《胡不歸》、《香羅塚》、《洛神》，擔任藝術總監。
二零一九年	一月六日，「沙田粵劇同樂日二零一九」，參與在沙田大會堂舉行的《粵曲創作和梆黃唱腔賞析》，擔任示範嘉賓。
	二月四日，港台電視 31 在大除夕晚上，獻上賀年倒數綜藝節目《花豚錦簇喜迎春》，與兒子阮德鏘演出《拉郎配》。
	二月九日至十五日，與李龍、尹飛燕等於沙田大會堂演出《雙生輝映戲如龍》。
	二月二十日至二十一日，由香港粵劇商會主辦「好戲連場賀新歲」，於西九文化區戲曲中心大劇院第五度演出《孔子之周遊列國》。
	二月二十三日，參與於油麻地戲院舉行的「古典粵劇《斬二王》的藝術剖析」，擔任嘉賓講者。
	二月二十三日，參與「文學大龍鳳開幕講座」，講題為《是誰個扶飛柳絮——粵劇傳承與文學修養》，擔任嘉賓講者。
	三月二日，「香港文化瑰寶系列之八：杜煥地水南音《大鬧廣昌隆》唱片發佈暨南音演唱會」於西九文化區戲曲中心大劇院舉行，演唱《男燒衣》。
	三月四日起，再次應香港理工大學邀請，開辦 Art Pal「粵曲入門班」，負責課程策劃，並擔任導師。
	三月六日，為香港教育大學通識課程「中國的世界非物質遺產：崑曲與粵劇」擔任講者，主講《從中國的世界遺產看中國文化》。
	三月七日，教育局藝術教育組於教育局九龍塘教育中心舉辦「教師培訓講座：粵劇名作欣賞《琵琶記》」，與尹飛燕、陳守仁擔任嘉賓講者。
	四月十二日，應邀出席「優質學校在香港」聯校教師專業發展日在順德聯誼總會李

年份　　重要大事

兆基中學舉辦的開幕典禮，擔任主題演講嘉賓，講題為《從粵劇傳承看藝術教育》。

五月三日，「中國戲曲節二零一九」《廣東四合院》講座，與陳子晉談《瀕臨湮沒的廣東説唱藝術》。

五月二十九日，「中國戲曲節二零一九」《廣東四合院》講座，與高潤權、高潤鴻、曾慕雪談《大八音與古腔粵曲》。

六月七日，參與香港電影資料館舉行「影畫早晨——美艷親王羅艷卿」講座，擔任演講嘉賓。

六月二十五日至二十六日、七月四日至七日，應康樂及文化事務署邀請，統籌策劃「二零一九年中國戲曲節」節目《廣東四合院——大八音、説唱、廣東音樂及古腔粵曲音樂會》。

七月十六日，「中國戲曲節二零一九」《廣東四合院》講座，與余少華、高潤權、高潤鴻、陳子晉談《廣東音樂、説唱、大八音及古腔粵曲：何去何從？》。

七月二十七日至二十八日，參與「二零一九至二零二零西貢區藝術節——藝術文化傳承樂西貢」舉行的《開幕禮暨南音粵韻音樂會》。

八月三十日，參與竹韻小集、重慶交響樂團與重慶市曲藝團於重慶市歌劇院藝術廳舉行的《山水間——渝港民樂交流音樂會》，演唱南音《男燒衣》及《客途秋恨》。

八月，上海浦江店建投書局舉行「書局有戲 · 上海」活動，主講《粵劇發展與滬上地區文化關係》。

九月五日，出席「香港節二零一九 · 藝匯上海——香港粵劇上海灘展演」於上海浦江店建投書局舉行的「粵劇生、旦、淨、丑行當展演」演前戲曲講座。

九月七日，參與孔教學院於香港體育館舉行的《慶祝中華人民共和國成立七十週年晚會暨祭天祈福典禮》，與鄧美玲演出折子戲《子見南子》。

九月十四日，參與香港電影資料館舉行《斷橋產子》電影及座談會，擔任嘉賓講者。

九月三十日，獲香港教育大學邀請，主講《粵劇特點、申遺經過和成果、工尺譜申遺的意義和進展》。

九月，為香港電影資料館「銀光承傳——粵劇申遺十週年」項目，精心挑選一些粵劇電影內的經典做手及功架，電影資料館加以剪輯後，於映後座談會上播放，並擔任座談會嘉賓，講題為《香港電影裏的戲曲功架》。

十月二十日至二十六日，應邀前往夏威夷大學（University of Hawaii at Manoa）及墨西哥馬薩特蘭文化學院（The Mazatlan Cultural Institute）演出舞台劇《戲裡戲外看戲班》及交流。

十一月八日至九日，帶領「春暉粵藝工作坊」參與「香港節二零一九 · 藝匯上海——香港粵劇上海灘展演」，於上海長江劇場舉行「粵劇生、旦、淨、丑行

年份	重要大事
	當展演」。
	十一月二十三日，應邀前往廣州大劇院歌劇廳參與《粵劇表演藝術大全》首發式晚會。
	十一月二十五日，榮獲「香港粵劇金紫荊」頒發「藝術成就獎」。
	十二月三日，獲邀參與「當粵劇遇上粵樂」音樂示範講座，與香港中文大學中國音樂研究中心執行總監陳子晉對談，探討二十世紀初香港粵劇和粵樂的發展，並闡述兩者的特色與異同。
	十二月五日，參與「粵劇與傳統音樂傳承國際論壇二零一九」，擔任圓桌討論嘉賓，討論題目為《專業演員的培養》。
	十二月二十日，參與的電影紀錄片《戲棚》首映。
二零二零年	一月至四月，再應香港中文大學音樂系邀請，教授「中國戲曲欣賞」通識課程，後因疫情影響，部份課程改為網上授課。
	一月二十九日至五月三十一日，因應疫情關係，劇場全面封閉，現場演出全部取消。
	七月五日，參與香港八和會館香港粵劇演員會「齊心抗疫在家賞曲」網上粵曲籌款演唱會，與鄧美玲合唱《三看御妹》。
	七月七日，九龍東區扶輪社午餐例會邀請，在尖沙咀半島酒店漢口廳舉行《中國戲曲該如何欣賞？》講座，擔任嘉賓講者。
	七月十五日至九月三十日，因應疫情關係，劇場再度全面封閉，現場演出全部取消。十月一日始重新開放。
	七月，親撰《此生無悔此生》，由天地圖書出版發行。
	七月十八日，原訂舉行香港書展新書講座《粵劇真的能傳下去嗎？》，因疫情關係取消，延至二零二一年舉行。
	十月四日，參與香港電影資料館二十週年第一項誌慶節目「瑰寶情尋——聲影『留』傳」之《危城鶼鰈》映後談。
	十月，二零二零年新冠疫情肆虐，聯同鄧拱璧與「一桌兩椅慈善基金」倡議及統籌製作「仝人同心抗疫重生」網上籌款粵曲演唱會。
	十一月二日、十九日及十二月十九日、三十日，「粵港澳粵劇群星會」分別於澳門文化中心、沙田大會堂、香港文化中心及廣東粵劇藝術中心演出《胡不歸》。
	十二月二日至二零二一年二月十八日，劇場繼續因疫情封閉。
二零二一年	一月，原定參與香港賽馬會「藝壇新勢力二零二零」《文武老少功架展現》，因疫情影響，改於二零二一年一月於網上免費播放《十五貫》之〈訪鼠〉。
	一月，港台電視 31 製作《耆問人生：終身職業》，與十一歲的何卓樺分享自己當初如何決定終身職業。
	二月六日，順應世界潮流趨向及因疫情關係，透過流行的電子頻道及平台將粵劇推向新領域，拓展「春暉集阮兆輝藝術舞台」YouTube 頻道。二零二一年榮獲第

年份	重要大事
	二屆「香港粵劇金紫荊最受歡迎 YouTube 頻道」獎項。
	二月二十七日至二十八日，於油麻地戲院演出新編合家歡童話粵劇《秋冬歷險記》，擔任藝術總監並指導一群新秀演員生動演繹。
	三月十二日，參與香港藝術發展局 Arts Go Digital 藝術數碼平台計劃的「《斬二王》自助導賞看排場」網上免費節目於油麻地戲院錄影，擔任藝術總監。
	三月，參與香港藝術發展局 Arts Go Digital 藝術數碼平台計劃，製作「粵劇 360° Cantonese Opera Jigsaw Puzzle」，讓年輕觀眾透過短片認識粵劇藝術，迴響不絕。
	三月，於無綫電視《流行經典五十年》節目，與尹飛燕獻唱《紫釵記》之〈劍合釵圓〉及演唱一段由阮德鏘撰寫的「抗疫南音」。
	三月，辭任香港八和會館副主席及油麻地伙伴計劃「粵劇新秀演出系列」藝術總監。
	四月七日，「賽馬會藝壇新勢力」首度撮合阮氏與歌手張敬軒合作，推出新歌《魂遊記》。
	四月十七日起，與梁之潔聯合主持香港電台《戲曲天地》為紀念鄧碧雲而製作的一連五集紀念特輯《碧海雲天念芍芙》。
	七月十日，由「一桌兩椅慈善基金」主辦《戲曲劇場及美學講解》，擔任嘉賓講者。
	七月十四日，出席在香港會議展覽中心舉行的「第三屆香港出版雙年獎頒獎禮」。《此生無悔此生》榮獲「藝術及設計」出版獎。
	七月十五日，於香港書展「世界視窗講座系列」舉行新書講座《粵劇真的能傳下去嗎？》。
	八月九日，由「一桌兩椅慈善基金」主辦《戲曲劇場及美學講解》，擔任嘉賓講者。
	十一月二十七日至二零二二年一月二十六日，教授由香港中文大學中國音樂研究中心、西九文化區戲曲中心合辦，康樂及文化事務署「非物質文化遺產辦事處」資助的「南音藝粹傳承」課程。
	十一月二十八日，康樂及文化事務署主辦《傳統粵劇舞台擺設解構》，擔任嘉賓講者。
二零二二年	擔任香港青苗粵劇團藝術總監。
	一月七日至四月二十日，疫情關係，劇場全面封閉，所有現場演出取消。
	七月十五日至十七日，參與「一桌兩椅慈善基金」的國際綜藝合家歡節目，首次演出兒童劇《樂樂公公唱唱貢》。
	八月一日至四日，為慶祝香港特別行政區成立二十五週年，「春暉粵藝工作坊」策劃「四代同台」粵劇演出，演出《沙三少與俏銀姐》、《漢武帝夢會衛夫人》及《折子戲》。
	八月十二日，「一桌兩椅慈善基金」主辦《戲曲中的「三國」關係》講座，擔任嘉賓講者。
	八月二十七日，於香港大學圖書館二樓 Ingenium，參與《昨日的影今日的光——粵

年份	重要大事
	語片劇照風華半世紀》分享會。
	八月，應香港地方志中心邀請，參與《香港志．表演藝術卷．戲曲章》編撰工作。
	九月八日，「一桌兩椅慈善基金」主辦《戲曲中的「三國」關係》講座，擔任嘉賓講者。
	九月十八日，獲邀參與「歲月如歌——香港大會堂六十週年」藝文講座系列：《粵劇「存珍．傳薪》，與黎耀威及吳立熙分享心得。
	十一月四日，參與香港中樂團於香港文化中心舉行民族管弦樂《蒼龍引》音樂會，以傳統南音唱出《粵韻芳華》，講述灣區故事。
	十一月十九日，香港粵劇學者協會主辦「在職小學音樂科教師粵劇教學培訓先導計劃（二零二二至二三學年）」教師備課工作坊，在天主教伍華小學舉行「經典折子戲賞析（一）」，擔任導師。
	十二月十日，參與香港教育大學粵劇傳承研究中心主辦「大灣區粵劇承傳發展研討會二零二二」。
	應倪惠英邀請，與何家耀為中共廣州市委宣傳部、廣州市文化廣電旅遊局和廣州市振興粵劇基金會、廣東粵劇促進會共同主辦的《粵劇表演藝術大全》「音樂卷」灌錄牌子曲。
二零二三年	一月九日至十二日，於香港文化中心大劇院舉行「阮兆輝血汗氍毹七十年」第一炮演出，正印花旦陳咏儀因病改由梁心怡替代演出。
	二月至七月，參與「一桌兩椅慈善基金」主辦、與香港中文大學音樂系中國音樂研究中心合辦的「講古．講今．講南音」互動課堂，於各中小學進行六十場講座。
	三月十一日，獲邀參與二零二二至二三年度「新亞書院文化講座」，在新亞中學禮堂主講《粵劇裏的中國文化》。
	四月四日，參與「一桌兩椅慈善基金」主辦的《講古．講今．講南音》，擔任嘉賓講者。
	四月十七日至十九日，與鄧美玲合作，於沙田大會堂舉行「阮兆輝血汗氍毹七十年」（第二炮）。
	六月十八日，由「一桌兩椅慈善基金」主辦策劃二零二三藝文薈《〈霸王別姬〉：歷史與戲曲》講座，擔任嘉賓講者及示範。
	六月二十八日至七月二日，於香港文化心中心舉行「阮兆輝血汗氍毹七十年」紀念演出，同期舉行「阮兆輝血汗氍毹七十年」展覽會。
	六月，親撰《此生無悔付氍毹》由天地圖書出版發行。七月二十二日於香港書展「心靈勵志講座系列」舉行《戲是如何煉成的？》新書講座。
	七月四日至七日，參與「鴻嘉寶劇團」於大灣區演出《鳳閣恩仇未了情》及七月八日參與講座。

年份	重要大事
	七月十二日，香港學者協會主辦「大戲必修」在職小學音樂科教師粵劇教學培訓先導計劃（二零二二至二零二三）學與教體驗分享會，擔任示範嘉賓及領唱。
	七月十三日至十六日，參與「中國戲曲節二零二三」於西九文化區戲曲中心大劇院舉行的「粵劇武生藝術專場」演出。
	七月二十七日至八月一日，「春暉粵藝工作坊」獲邀到泰國演出《戲裡戲外看戲班》。
	八月十三日，參與由「一桌兩椅慈善基金」主辦的「二零二三社區文化大使計劃」講座，講題為《粵劇的精髓與價值觀》。
	八月十六日起，再次為香港電台主持《妙曲那得幾回聞》。
	八月二十七日，參與由「一桌兩椅慈善基金」主辦的「二零二三社區文化大使計劃」講座，講題為《粵劇的精髓與價值觀》。
	九月十四日，參與演出的電影《說笑之人》首映。
	十月一日至三日，帶領「春暉粵藝工作坊」首次於銅鑼灣維多利亞公園戲棚舉行的「太平處處是優場」演出。
	十月十五日，「新視野藝術節二零二三」舉行的「週末文化沙龍系列：海明威的經典與當代」講座，與鄧樹榮對談。
	十一月十日至十二日，參與「新視野藝術節二零二三」，在葵青劇院演出《老人與他的海》，及撰寫粵劇部份劇本。
	十一月二十二日，參與香港電影資料館主辦「從心出發——阮兆輝藝海揚帆七十載」《父與子》影後座談會。
	十二月十六日至二十日，參與「鴻運粵劇團」龍躍頭十年一屆太平清醮神功戲演出，首次演出《跳加官》。
二零二四年	一月二十日至二十一日，「一桌兩椅慈善基金」應香港藝術發展局邀請，於香港藝術發展局展藝館演出新址開幕節目——南音故事劇場《漁生請你指教》，撰寫南音唱詞及演出。
	一月二十五日起，應香港中文大學中國音樂研究中心及中國文化研究所邀請，開辦「中國文化體驗系列——南音藝粹傳承」課程。
	三月三日，與天津劇團王艷女士舉行南北劇種「京粵同源你中有我」座談會，為觀眾送上多年未曾公開演唱的京劇《烏龍院》選段。
	三月二十六日，參與團結香港基金、中國文化研究院、香港教育大學、聯合出版（集團）有限公司及香港商務印書館聯合舉辦的「燦爛那一刻：成就你我的核心價值觀系列講座」，與鄧樹榮先生、李子健教授、李正儀博士對談。
	四月一日，再獲康樂及文化事務署邀請出任「博物館專家顧問（粵劇）」，任期兩年。
	四月六日至七日，參與「高潤權鼓板五十年」從藝演出及擔任藝術總監。
	七月，親撰《此生歲月堪回首》由天地圖書出版發行。七月二十日於香港書展「心靈勵志講座系列」舉行《阮兆輝：堪回首？哪堪回首？》新書講座。

後記

此書可說是我近年完成得最快的一本，因為很大的篇幅是輯錄我三十多年來的文章及大事要略。我還要衷心多謝諸位好友為我撰文，彼此結緣非淺，相知相交，有相識數十年的，也有後起之秀，令我無言感激。但最重要的部份當然是我七十多年來的「第一次」，此番回看，原來自己做了這麼多的突破，成功與否，不是由我決定，大家自有判斷。

鳴謝

此書能成，十分感謝香港特別行政區廉政公署、康樂及文化事務署、香港藝術節、中國戲曲節、香港電影資料館、《香港戲曲年鑑》、教育局藝術教育組、電視廣播有限公司、國際演藝評論家協會（香港分會）、《廣東藝術》雜誌、一桌兩椅慈善基金有限公司、伍達僴女士、天地圖書有限公司、湛黎淑貞博士、鄧樹榮先生、陳守仁教授、胡國賢校長、馮立榮校長、黎耀威先生、吳岳清先生、阮紫瑩女士、蘇仲女士、李夢蘭女士。

書　名　此生歲月堪回首
作　者　阮兆輝
責任編輯　張宇程
美術編輯　郭志民
書名題字　伍達僩
圖片提供　蘇　仲
出　版　天地圖書有限公司
香港黃竹坑道46號
新興工業大廈11樓（總寫字樓）
電話：2528 3671　傳真：2865 2609
香港灣仔莊士敦道30號地庫（門市部）
電話：2865 0708　傳真：2861 1541
印　刷　亨泰印刷有限公司
柴灣利眾街27號德景工業大廈10字樓
電話：2896 3687　傳真：2558 1902
發　行　聯合新零售（香港）有限公司
新界荃灣德士古道220-248號荃灣工業中心16樓
電話：2150 2100　傳真：2407 3062
出版日期　2024年7月／初版・香港

ISBN ： 978-988-8551-46-0